16	3	2	13
5	10	11	8
9	6	7	12
4	15	14	1

Coleção LESTE

Tatiana Tolstáia

NO DEGRAU
DE OURO

Tradução
Tatiana Belinky

Posfácio
Cecília Rosas

editora 34

EDITORA 34

Editora 34 Ltda.
Rua Hungria, 592 Jardim Europa CEP 01455-000
São Paulo - SP Brasil Tel/Fax (11) 3811-6777 www.editora34.com.br

Copyright © Editora 34 Ltda. (edição brasileira), 2024
On The Golden Porch
Copyright © 1989, Tatyana Tolstaya
All rights reserved
Tradução © Herdeiros de Tatiana Belinky, 2024

A FOTOCÓPIA DE QUALQUER FOLHA DESTE LIVRO É ILEGAL E CONFIGURA UMA APROPRIAÇÃO INDEVIDA DOS DIREITOS INTELECTUAIS E PATRIMONIAIS DO AUTOR.

A tradução de Tatiana Belinky foi publicada
originalmente pela Companhia das Letras, em 1990,
e foi revista e acrescida de notas para esta edição.

Imagem da capa:
Vera Ermoláieva, Ilustração com soldados do Exército Vermelho, s.d., nanquim e guache s/ papel, 23,5 x 17 cm (detalhe)

Capa, projeto gráfico e editoração eletrônica:
Franciosi & Malta Produção Gráfica

Revisão:
Danilo Hora, Beatriz de Freitas Moreira

1ª Edição - 2024

CIP - Brasil. Catalogação-na-Fonte
(Sindicato Nacional dos Editores de Livros, RJ, Brasil)

Tolstáia, Tatiana, 1951
T598n   No degrau de ouro / Tatiana Tolstáia; tradução de Tatiana Belinky; posfácio de Cecília Rosas — São Paulo: Editora 34, 2024 (1ª Edição).
240 p. (Coleção Leste)

ISBN 978-65-5525-207-1

Tradução de: Na zolotom kryl'tse sideli

1. Literatura russa. I. Belinky, Tatiana (1919-2013). II. Rosas, Cecília. III. Título. IV. Série.

CDD - 891.73

NO DEGRAU DE OURO

Nota da tradutora 7

NO DEGRAU DE OURO

Bem me quer, mal me quer 11
Rio Okkervil 27
Chura querida 41
"No degrau de ouro..." 53
Caçada ao mamute 65
O círculo 77
Uma folha em branco 91
Fogo e poeira 115
Encontro com o pássaro 133
Durma bem, filhinho 151
Sônia 165
O faquir 177
Peters 205

Posfácio, *Cecília Rosas* 226

Sobre a autora 236
Sobre a tradutora 239

NOTA DA TRADUTORA

Não foi por acaso que o poeta dissidente russo, o expatriado Prêmio Nobel de 1987 Joseph Brodsky, disse que a escritora Tatiana Tolstáia "é a mais original e luminosa voz na prosa russa de hoje". A Rússia produziu toda uma plêiade de grandes romancistas e poetas, conhecidos — principalmente os primeiros — no mundo inteiro. Mas os contistas — fora alguns *hors-concours* como Anton Tchekhov — não são tantos, de tamanha repercussão, e o nome de Tatiana Tolstáia desponta para este rol.

Não há como discordar da opinião de Brodsky: os contos de Tatiana Tolstáia envolvem o leitor desde as primeiras linhas do seu texto personalíssimo, denso, mas ao mesmo tempo leve e poético, às vezes perpassado de um humor agridoce, muito especial. Surpreendente é a agilidade com que a autora manipula o tempo, numa narrativa mágica em que se imbricam e se fundem realidade e sonho, presente e passado, enquanto pinta os retratos sutis das suas personagens, com seus sentimentos e sensações, seus anseios e devaneios, suas ilusões e frustrações. Seus heróis são seres humanos frágeis, muitas vezes crianças e velhos, e outros, alguns nem ao menos simpáticos, mas para com os quais a autora, na sua profunda percepção psicológica, manifesta uma imensa compreensão e compaixão — em que pese a ironia e a crítica que transparecem no pano de fundo do cotidiano soviético pré-glasnost e pré-perestroika.

Surpreendente também é a sem-cerimônia com que a voz da narradora se mistura, no mesmo fôlego, com o pensamento e a ação das personagens. E também com referências "sem aspas", incorporadas ao texto, de versos e frases conhecidas (dos russos...) de grandes poetas, de canções populares, de provérbios, que enriquecem a narrativa com o seu sabor muito russo, mas que, infelizmente, se perdem um pouco — enquanto citações — na tradução, que optou por colocá-las em itálico, à guisa de informação para o leitor brasileiro, que merece conhecer a escritora excepcional que é Tatiana Tolstáia.

Tatiana Belinky

NO DEGRAU
DE OURO

BEM ME QUER, MAL ME QUER

— As outras crianças passeiam sozinhas, mas nós, não sei por quê, só com Marivana!
— Quando você fizer sete anos, então vai passear sozinha. E não se diz "nojenta" de uma pessoa mais velha. Vocês têm de ser gratas a Maria Ivânovna, porque ela passa o seu tempo com vocês.
— Mas ela não quer cuidar de nós, de propósito! E nós ainda vamos parar debaixo de um carro, na certa! E na pracinha ela faz amizade com todas as velhotas e se queixa de nós. E fala: "espírito do contra".
— Mas você de fato faz tudo por desaforo a ela!
— E vou continuar fazendo! E vou falar de propósito pra todas essas velhas "não passe bem" e "tudo de ruim".
— E você não se envergonha? É preciso respeitar os velhinhos! Não fazer-lhes má-criações, mas escutar o que eles dizem: eles são mais velhos e sabem mais do que você.
— E eu escuto! Mas Marivana só sabe falar do seu tio.
— E o que ela diz dele?
— Que ele se enforcou por causa da doença da bexiga! E antes disso ele foi atropelado pela roda da fortuna! Porque ele se envolveu em dívidas e atravessava a rua sem cuidado!
... Pequena, gordota, de respiração ofegante, Marivana nos detesta, e nós a ela. Detestamos o seu chapeuzinho de veuzinho, suas luvas furadinhas, as bolachinhas secas "rosca de areia" com que ela alimenta os pombos, e batemos os pés

de propósito para esses pombos, para espantá-los. Marivana passeia conosco quatro horas todos os dias, lê livros pra gente, e tenta conversar em francês — foi para isso, por sinal, que ela foi contratada. Porque a nossa própria querida e amada babá Grucha, que mora conosco, não sabe língua estrangeira nenhuma, e não sai para a rua há muito tempo, e se move com dificuldade. Púchkin também gostava dela, e escrevia sobre ela: "Decrépita pombinha minha!".[1] Mas sobre Marivana ele não escreveu nada. E, se escrevesse, seria assim: "Decrépita porquinha minha!".

Mas o mais espantoso — nem dá pra acreditar — é que Marivana também já foi a babá querida de uma menina já crescida! Essa menina, Kátia, Marivana lembra todos os dias. Ela não mostrava a língua, não enfiava o dedo no nariz, comia tudo até o fim, abraçava e beijava Marivana — uma anormal!

À noite, já deitadas em nossas camas, eu e minha irmã inventávamos as conversas de Marivana com a obediente Kátia:

— Coma as minhocas até o fim, Katiúcha querida!
— Com muito prazer, adorada Marivana!
— Coma o sapo marinado, filhinha!
— Eu já comi! Sirva-me mais um par de ratos mortos, por favor!...

Na pracinha, que Marivana chamava de "bulevar", pálidas meninas leningradenses cavoucam na escurecida areia outonal, escutando as conversas dos adultos. Marivana, tendo feito rápida amizade com alguma velhota de chapeuzinho, tira da bolsa fotografias velhas e duras: ela e o tio encostados

---

[1] Verso de "À minha babá" ("Niánie"), poema de Aleksandr Púchkin escrito em 1826. Arina Rodiónovna, babá de Púchkin, é lembrada por ter apresentado a ele todo um repertório de contos folclóricos tradicionais da Rússia. (N. da E.)

ao piano, e atrás uma cachoeira. Será possível que nas entranhas dessa bola de sebo arquejante esteja sepultada aquela alva criatura etérea de luvas brancas? "Ele substituiu para mim pai e mãe, e queria que eu o chamasse simplesmente de Georges. Ele deu-me instrução e educação, foi o primeiro que me apresentou à sociedade. Estas pérolas — aqui não dá para ver bem — foram presentes dele. Ele me amava loucamente, loucamente. Estão vendo como ele está distinto aqui? E, aqui, nós estamos em Piatigorsk.[2] Esta é a minha amiga Iúlia. E, aqui, estamos tomando chá no jardim." "Lindas fotografias. E esta também é a Iúlia?" "Não, esta é Zinaída. É a namorada de Georges. Foi ela que o arruinou. Ele era jogador." "Ah, então é isso." "É. Eu devia jogar fora esta foto, mas minha mão não se move. Pois isto é tudo o que restou dele. E os versos — ele era poeta." "Não me diga!" "Sim, sim, um poeta maravilhoso. Já não existem mais poetas assim. Tão romântico, um pouco místico..."

A velhota, bobalhona, toda orelhas, sorri sonhadora, olha para mim. Ela não tem nada que arregalar os olhos para mim! Eu mostro-lhe a língua. Marivana, cobrindo os olhos de vergonha, sibila com raiva: "Criatura horrorosa!". E à noite ela vai ler-me outra vez os versos do tio:

> *Babá, quem gritou tão alto,*
> *Na janela ele passou,*
> *Rangeu no degrau da porta,*
> *Sob a cama suspirou?*
>
> *Dorme, dorme, não te aflijas,*
> *Deus guarda o teu repousar,*

---

[2] Cidade localizada aos pés da cordilheira do Cáucaso, onde, em 1841, o poeta e escritor Mikhail Liérmontov foi morto em um duelo. (N. da E.)

Eram corvos que grasnavam
Sobre as covas a voar.

Babá, quem mexeu na vela,
Quem no canto se moveu,
Quem lançou a sombra negra
Que no chão se estendeu?

Dorme, filho, sem receio,
Forte é a porta, é alto o muro,
Do machado não escapa
O ladrão na noite escura.

Babá, quem foi que nas costas
Sem eu ver me bafejou?
Sorrateiro se aproxima
Se arrastando no lençol?

Filho meu, não tenhas medo,
Limpa os olhos, coração —
Forte é o laço, e o carrasco
Sabe a sua obrigação.

E agora, depois de versos como estes, quem vai ter forças para descer da cama, e, digamos, sentar-se no urinol? Debaixo da cama, junto da parede, todos sabem — esconde-se o Dragão: de botas de cordões, boné, luvas, óculos de motociclista e um gancho na mão.[3] De dia o Dragão não está, mas ao anoitecer ele se condensa a partir de uma substância crepuscular e aguarda, quieto-quieto: quem se atreverá a baixar

---

[3] Referência ao Dragão-Serpente (*Zmiêi-Drakon*) ou Serpente de Fogo (*Zmiêi Goynitch*), monstro do folclore eslavo. (N. da E.)

um pé? E, de repente, ele te engancha! Não vai te devorar, mas vai te arrastar e enfiar debaixo do rodapé, e então será uma queda interminável para baixo, sob o assoalho, por entre as divisões empoeiradas. O quarto é guardado também por outras raças de criaturas noturnas: o quebradiço e semitransparente Seco,[4] fraco mas assustador, passa a noite inteira de pé no armário embutido, e de manhã se vai por uma fresta. Atrás do papel de parede descascado, Indrik e Hisdrik[5] — um esverdeado, o outro cinzento — ambos correndo com muitos pés. E ainda no canto, no chão — um quadradinho de grades de cobre, e, debaixo dele, o abismo negro — a "ventilação". Até de dia é perigoso aproximar-se dela: lá no fundo, fixamente, sem piscar, espiam os Olhos. Sim, mas o mais medonho é aquele sem nome, que está sempre pertinho das nossas costas, que quase nos toca os cabelos (o tio é testemunha). Muitas vezes ele faz menção de nos agarrar, mas sempre como que deixa escapar o momento, e devagar, aborrecido, baixa as mãos incorpóreas. Enrolo-me no cobertor com força, cabeça e tudo, deixo só o nariz de fora — eles não atacam pela frente.

Depois de nos assustar com os versos do tio, Marivana vai passar a noite na sua casa, no apartamento comunal, onde, além dela, moram ainda: Iraída Anatólievna com seu diabetes e uma certa Sônia empoeirada, e os Badylov, privados de direitos de paternidade, e o tio que se enforcou... E ama-

---

[4] Alusão a Koschêi, o Imortal, vilão do folclore eslavo. Na antiga língua eslava, seu nome significa "seco", ou "petrificado" (de frio). Nas lendas orais, Koschêi e a Serpente são personagens intercambiáveis. (N. da E.)

[5] A Besta Indrik (*Indrik-Zviér*), "pai de todos os animais", é uma quimera reminiscente dos bestiários medievais. Hisdrik, provavelmente, é apenas uma corruptela do nome; esta grafia aparece no poema "Desde criança sou covarde" ("S detstva trussikhoi byla", 1942), de Natália Krandiiévskaia Tolstáia, avó paterna da autora. (N. da E.)

nhã ela virá de novo, se nós não ficarmos doentes. E nós adoecemos com frequência.

Mais de uma ou duas vezes, umas gripes de quarenta graus se põem a gritar, a badalar nos ouvidos, a bater em tambores vermelhos, nos cercam por todos os lados e, girando furiosamente, projetam o filme do delírio, sempre o mesmo: uma colmeia de madeira se enche de números de três dígitos; os números ficam maiores, o alarido mais alto, os tambores mais apressados — logo todas as células estarão repletas, já restaram bem poucas! Já, já, quase-quase! O coração não aguentará mais, explodirá — mas revogaram, deixaram, perdoaram, retiraram a colmeia, e, correndo em perninhas finas, um pão redondo com um sorriso malvado passou pelo campo do aeródromo — e tudo silenciou... só os aviõezinhos, como pontinhos de insetos, fogem pelo céu rosado e levam embora nas suas garrinhas o manto negro da febre. Passou.

Sacudam as migalhas do meu lençol, refresquem o travesseiro, estiquem o cobertor! Para não ficar nem uma dobrinha, senão voltarão os aviõezinhos com as suas garrinhas! Sem pensamentos, sem desejos, jazer de costas, no frescor, na penumbra — meia hora de descanso entre dois ataques dos tambores. Pelo forro, de canto a canto, passa um leque claro, e mais um leque e mais um — os automóveis já acenderam seus faróis, o crepúsculo desceu das alturas, e, por baixo da porta, para o quarto vizinho passaram um tapetinho de luz — lá estão tomando chá, iluminou-se o abajur cor-de-laranja, e alguém dos mais velhos já tece das suas franjas as trancinhas proibidas — "estraga o negócio". Enquanto os aviõezinhos não voltam, posso, deixando entre os lençóis de chumbo o meu invólucro corporal palpitante de febre, escapar em pensamento por baixo da porta — a longa camisola, os chinelinhos frios — e sentar-me invisível à mesa — esta xícara, eu até me esqueci dela durante a semana! — e, franzindo os olhos, viajar com o olhar pelas corcovas alaranjadas do abajur. O abajur é jovem, assustadiço, ainda não se acostumou comigo — foi só há pouco que, junto com o papai, nós o compramos na feira de velharias.

Ah, como havia gente ali, quantos donos de jaquetas estofadas e casacos de pelúcia, xales pardos de Orenburgo! E todos eles berravam e se agitavam e sacudiam diante do rosto do papai retalhos de pano azul diagonal e enfiavam no seu nariz reforçadas botas de feltro pretas! Que tesouros não havia ali! E o papai não aproveitou nada, deixou escapar tudo, não levou nada além do abajur. Quando a gente devia ter comprado de tudo e tudo: vasinhos e pratinhos e xales floreados e corujas empalhadas e porcos de porcelana e tapetinhos trançados de fitas! Seriam úteis também os gatos-cofrinhos e as flautinhas e os apitos e as flores de papel — papoulas com chumacinhos de algodão tintado no centro, e trêmulos jabôs verde-vermelhos de papel, presos em dois pauzinhos: a gente vira os pauzinhos, e começa a tremelicar a frágil renda franjada. Vira mais uma vez — e ela se enrola como um tubinho e some. Passavam maravilhosos quadros em oleado: Liérmontov montado num lobo cinzento rapta uma beldade desmaiada; ele mesmo, de cafetã, faz mira, por detrás dos arbustos, em uns cisnes de coroas de ouro; ele mesmo faz alguma coisa com um cavalo...[6] mas papai me arrasta adiante, mais adiante, passando por uns inválidos com caramelos, para a fila dos quebra-luzes.

Um mujique agarra papai pela manga de couro:

— Patrão, vende-me o teu casaco!

Ah, mas não nos amolem com bobagens, nós precisamos de um abajur, é ali adiante, eu viro a cabeça para os lados, vejo de relance vassouras, cestos, ovos de madeira coloridos, um leitãozinho — não seja tola, já basta, vamos voltar. Onde

---

[6] Possível referência a quadros do artista russo Viktor Vastsenóv (1848-1926) que representam contos folclóricos. (N. da E.)

está ele? Ah, aqui. Abrimos caminho de volta pela multidão, papai com o abajur, ainda escuro, calado, mas já aceito na família: agora ele é nosso, é um de nós, nós vamos amá-lo. E ele está quieto, espera: para onde o estão levando? Ele ainda não sabe que passará o tempo, e ele, outrora amado, será escarnecido, destronado, exilado, e para o seu lugar, jubilosamente, subirá o novo favorito: uma luminária branca, moderna, atarracada, de cinco hélices. E mais tarde, humilhado, aleijado, traído, ele sofrerá a derradeira vergonha: servir de crinolina num espetáculo infantil, e afundará para sempre no olvido do lixo. *Sic transit gloria mundi*.

— Papai, compre aquilo ali, por favor!
— O que é aquilo?

Uma alegre campônia, toda enrolada em xales, contente com o comprador, agita-se na friagem, bate os pés nas botas de feltro, brande uma trança dourada, cortada, da grossura de um cabo de navio:

— Compre!
— Você ficou maluca?! Cabelos alheios! E nem toque neles: estão cheios de piolhos!

Chiii, que horror! Fico gelada: realmente, piolhos enormes, cada um do tamanho de um pardal, de olhinhos espertos, de patinhas peludas, de garrinhas, se agarram ao lençol, se arrastam para o cobertor, batem palmas, cada vez mais alto e mais alto... Outra vez zune o delírio, grita a febre, giram as rodas de fogo — gripe!

... Escuro inverno urbano, uma corrente de ar frio vem do corredor — algum dos adultos traz nas costas um enorme saco listado com lenha para esquentar o aquecedor redondo e pardo no banheiro. Vamos, saia da frente, marche! Viva, hoje vamos tomar banho! A grade de madeira por cima da banheira, pesadas tinas descascadas, jarras com água quente, cheiro acre do sabão de piche, pele enrugada de calor nas palmas das mãos, o espelho embaçado, o bafo, a roupa de baixo limpinha e quente do ferro — e *zzzum!* — a corrida pelo frio corredor e *tchibum!* — na cama renovadinha: delícia celestial!

— Babazinha, cante uma canção!

A babá Grucha tem um monte de anos. Ela nasceu na aldeia, e depois foi criada na casa de uma bondosa condessa. A sua cabeça grisalha guarda milhares de histórias sobre ursos falantes, e sobre cobras azuis que durante a noite curam pessoas tuberculosas, rastejando através da chaminé da lareira, e sobre Púchkin e Liérmontov. E ela sabe com certeza que, se a gente comer massa de pão crua, vai sair voando. E quando tinha cinco anos — como eu — o rei enviou-a com um pacote secreto para o instituto Smólni,[7] para Lênin. No pacote havia um bilhete: "Renda-se!". Mas Lênin respondeu: "Por nada neste mundo!". E deu um tiro de canhão.

A babá canta:

> *Pelas pedras flui o Têrek,*
> *Onda turva a borbulhar,*
> *Um checheno escala a margem,*
> *Afiando seu punhal...*[8]

Balança a cortina na janela, por detrás da nuvem hibernal surge a lua com brilho ameaçador: do turvo canal de Kárpovka arrasta-se para a margem gelada um checheno escuro, peludo, faiscando os dentes...

Dorme, benzinho, adormece!

... Sim, mas falar francês com Marivana não está dando

---

[7] O Instituto Smólni, em São Petersburgo, serviu de quartel-general dos bolcheviques até meados de 1918, quando Moscou voltou a ser a capital do país. (N. da E.)

[8] Versos de "Canção de ninar cossaca" ("Kazatchia kolybelnaia pesnia"), poema de Liérmontov (1840). (N. da E.)

muito certo. Não seria bom me matricularem num Grupo Francês? Lá eles passeiam, e dão comida, e jogam loto. Claro, devem matricular-me ali! Mas à tarde a francesa devolve à mamãe a ovelha negra!

— Mamãezinha, a sua filha não está preparada de todo. Ela mostrou a língua às outras crianças, rasgou os desenhos e vomitou o mingau de semolina. Voltem no ano que vem. Até a vista. *Au revoir!*

— Até a *não vista*! — grito eu, arrastada pela mão da mamãe aborrecida. — Engula sozinha o seu mingau nojento! *Não revoir!*

("Ah, é assim? Então já pra fora daqui! E leve o seu repugnante rebento!" "Pois eu nem preciso disso! E não se encha de muita empáfia, madame!")

— Desculpe, por favor, mas com ela é realmente muito difícil.

— Está bem, está bem, eu compreendo!

Mas que castigo que você é!

... Vamos pegar os lápis de cor. Se molhar o vermelho com cuspe, ele dá uma cor especialmente acetinada e lisa. É verdade que dura pouco. Bem, mas para a careta da Marivana é suficiente. E aqui — uma enormíssima verruga. Perfeito. Agora o azul: uma bola, outra bola, mais uma bola. E dois tocos. Na cabeça, uma panqueca preta. Na mão, uma bolsinha, eu sei desenhar bolsinhas. Está pronta a Marivana. Está sentada num banquinho primaveril descascado, as galochas largadas no chão, os olhos fechados, e canta:

> *Eu viajava para caaasa...*
> *Minh'alma estava cheeeia...*[9]

---

[9] Versos da romança "Ia Iékhala Domói", de Maria Poiret (1863-1933), que fez carreira no teatro de variedades sob o pseudônimo Maríssina. (N. da E.)

Antes viajasse mesmo para sua casa! Que rolasse que nem um chouriço para a sua Katiúchenka.

"... Georges sempre comprava *halevá* para mim no Abricossov — lembra-se?" "Sim, sim, sim, como não..." "Tudo era tão elegante, delicado..." "Nem me fale..." "Mas agora... veja esses aí: eu pensei que era gente da intelectualidade! Mas eles cortam o pão em fatias *desta* grossura!" "Sim, sim, sim... E eu..." "Eu tratava a minha defunta mãezinha por 'senhora'. 'A senhora, mãezinha'... Havia respeito. Mas isto! — Tudo bem, eu sou uma pessoa estranha, mas com os pais, com os próprios pais — nenhum, mas nenhum mesmo! E à mesa elas avançam assim! E assim! E vão com as mãos, com as mãos!"

Deus do céu! Por quanto tempo ainda teremos de suportar-nos mutuamente?

E depois fecham a pracinha para a secagem.[10] E nós ficamos só andando pelas ruas. E aí certa vez, de repente, uma certa menina alta e magricela — um mosquito esbranquiçado — atira-se aos gritos no pescoço de Marivana, e chora, e afaga o seu trêmulo rosto vermelho!

— Babazinha minha! É a minha babazinha!

E, ora vejam, essa bola de sebo, banhada em lágrimas e sufocando, também abraça essa menina, e elas — desconhecidas! — aqui mesmo, bem diante dos meus olhos, ambas gritam e choram de tanto amor abobalhado!

— Esta é a minha babazinha!

Ei, menina, o que é isto? Esfrega os olhos! Esta é a Marivana! Olha, ali está a sua verruga! Esta é a nossa, a nossa Marivana, o nosso objeto de riso: burra, velha, gorda, absurda!

Mas será que o amor sabe disso?

---

[10] Na Rússia, com o fim do inverno, os parques, as praças e até as estradas podem ser fechados para manutenção e para a secagem da neve derretida. (N. da E.)

... Passe, vá passando, menina! Não tem nada a ver aqui! ... Derreteu-se toda... Eu me arrasto, raivosa e cansada. Sou muito melhor que aquela menina! Mas de mim Marivana não gosta desse jeito. O mundo é injusto. O mundo é feito às avessas! Eu não entendo nada! Eu quero ir para casa! Mas Marivana tem o olhar iluminado, agarra-me firme pela mão e vai bufando em frente, adiante.

— Meus pezinhos estão cansa-ados!

— Logo vamos terminar a voltinha e... para casa... já e já...

Lugares desconhecidos. Anoitece. O ar claro foi todo para cima e pende sobre as casas; o escuro apareceu e instalou-se nas entradas, nas portas, nos buracos das ruas. É a hora da tristeza dos adultos, de tristeza e medo das crianças. Eu estou sozinha no mundo inteiro, a mamãe me perdeu, logo, já, nós vamos perder o camiiinho! Sou tomada de pânico e agarro com força a mão fria de Marivana.

— É nesta entrada que eu moro. A... ali é a minha janela, a segunda depois da esquina.

Em cada janela, sobrancelhas franzidas, bocas abertas — vão me devorar! —, cabeças sem corpos. As cabeças são assustadoras, e a escuridão úmida da entrada é arrepiante, e Marivana não é da família. Lá no alto, na janela, o nariz apertado contra o vidro escuro, vigia o tio enforcado, passa as mãos pelo vidro, espia. Some, tio!!! Vais surgir te arrastando na noite, da Kárpovka, feito o checheno malvado, dentes arreganhados ao luar — e os olhos revirados — e vais correr rapidinho, de quatro, pela calçada de pedras, atravessando o pátio para o vestíbulo, para a escuridão pesada e cerrada, com as mãos nuas pelos degraus gelados, pela espiral quadrada da escada, mais alto, mais alto, para a nossa porta...

Depressa, depressa para casa! Para a babazinha! Ó babazinha Grucha! Querida! Depressa, pra junto de ti! Eu esqueci o teu rosto! Vou me apertar contra a tua saia escura, e que as tuas mãos velhinhas e quentes aqueçam o meu coração gelado, atrapalhado, confuso!

A babazinha vai desenrolar a minha echarpe, soltar o botãozinho que me machuca, me levar para o calor de caverna do quarto das crianças, com a lâmpada noturna vermelha, com os fofos montes das camas, e as amargas lágrimas infantis pingarão dentro do prato azul com o convencido mingau de trigo preto que se elogiava a si mesmo. E, vendo isso, a babazinha vai começar a chorar também, e sentará pertinho, e me abraçará, e não perguntará nada, e compreenderá com o coração, como um bicho entende outro bicho, como um velho entende uma criança, e uma criatura muda entende o seu igual.

Deus, como é terrível e hostil o mundo, como se contrai no meio da praça, no vento noturno, a alma desamparada e inexperiente! Quem é que foi tão cruel, que colocou dentro de mim o ódio, o medo e a tristeza, a piedade e a vergonha — e não me deu palavras: roubou-me a fala, selou-me a boca, colocou trincos de ferro, jogou fora as chaves!

Marivana, depois de tomar chá, mais alegre, entra no quarto para dar boa-noite... Por que será que a criança chora assim? Ora-ora-ora... O que foi que aconteceu? Cortou-se? Está com dor de barriga?... Foi castigada?...

(Não, não, nada disso, nada disso! Cale-se, você não compreende! Simplesmente no prato azul, no fundo, os gansos-cisnes já-já vão agarrar as crianças fujonas, mas as mãozinhas da menina estão machucadas, e ela não pode cobrir a cabeça, não tem com o que segurar a cabeça, não tem com o que segurar o irmãozinho!)

— Vamos, enxugue as lágrimas, que vergonha, uma menina tão grande! Acabe de comer tudo até o fim! Eu vou recitar uns versos para você!

Empurrando Marivana pelo cotovelo, soerguendo a cartola, de olhos apertados, dá um passo à frente o tio Georges:

*Não são tulipas brancas
Em rendas de noivado,
É espuma do oceano
Em ilhas mui distantes.*

*Rangem cordames, velas,
Sobre a vetusta quilha;
Incríveis alegrias
Aguardam-nos nas ilhas.*

*Não são tulipas negras,
Mulheres são na noite —
Ardem paixões diurnas.
Também à meia-noite!*

*Rolem barris pra fora,
São belas as nativas!
Queremos esta noite
Beber e divertir-nos!*

*Não são tulipas rubras
Boiando sobre o peito —
Do capitão a blusa
Tem três furos na frente.*

*Os bravos marinheiros
Se arreganham no fundo;
Eram belas as tranças
Das filhas daquel' mundo.*

— Que paixões horríveis para a criança, à noite... — resmunga a babá.

O tio cumprimenta e sai. Marivana fecha a porta atrás de si: até amanhã, até amanhã!

Vão-se embora todos, deixem-me, vocês não entendem nada!

No peito revolve-se uma esfera de espinhos, e as palavras não ditas, como bolhas nos lábios, misturam-se às lágrimas. A lâmpada noturna me acena, vermelha. "Mas ela está febril!", grita alguém da distante lonjura, mas não consegue abafar o rufiar das asas — os gansos-cisnes precipitaram-se do céu tonitruante!

... A porta da cozinha está fechada. O sol trespassa a custo o vidro opaco. O meio-dia inundou de ouro os tacos do assoalho. Silêncio. Atrás da porta, chorando, Marivana queixa-se de nós!

— Assim eu não posso mais! O que é isso: dia após dia é cada vez pior... Tudo ao contrário, tudo por desaforo... Eu vivi uma vida difícil, sempre com gente estranha, passei por todo tipo de tratamento, claro... Não, não falo das condições, as condições são boas, mas na minha idade... e a saúde... de onde vem tamanho espírito de contradição, hostilidade... Eu queria um pouco de poesia, elevação... É inútil... Não aguento mais...

Ela vai embora!

Marivana vai nos deixar. Marivana se assoa num lencinho minúsculo. Empoa o nariz vermelho, mira-se profundamente no espelho, demora-se, como se procurasse alguma coisa no seu universo inacessível e selado. E, é verdade, lá nas profundezas sombrias balançam cortinas esquecidas, bruxuleia a chama de uma vela, surge um tio pálido todo de negro com um papel na mão:

A rosa-princesa cansou-se da vida
E ao pôr-do-sol ela se adormeceu —
Com vinho de uma mortífera taça
Os lábios, tristonha, ela umedeceu.

Quedou-se o príncipe qual escultura
Na surda impotência do seu poder —
Sussurra o seu séquito, tão condoído,
Que ela era inocente, essa que morreu.

Os pais da princesa, reais purpurados,
Arautos mandaram para proclamar
Que os súditos, os cidadãos enlutados,
Bandeiras das torres fizessem baixar.

No lento e solene desfile funéreo
Me infiltro tal qual violino enlutado;
No esquife da morta eu espalho narcisos,
Enquanto a boca sorri melancólica.

Fingindo tristeza, eu baixo os olhos
P'ra que não me traia o olhar indiscreto.
Que bodas suntuosas são as que me aguardam!
Vós ainda não vistes nada semelhante!

Os lustres estão cobertos com brancos véus fúnebres, e os espelhos, com véus negros. Marivana baixa sobre o rosto o seu espesso veuzinho, junta com mãos trêmulas as ruínas da sua bolsinha, volta-se e se retira, arrastando seus desgastados sapatos pela soleira da porta, pela fronteira, para fora da nossa vida para sempre.

A primavera ainda está fraca, mas a neve já se foi, só nos interstícios das pedras ainda se demoram as últimas crostas enegrecidas. Mas ao sol já está quentinho.

Adeus, Marivana!

Temos o verão pela frente.

RIO OKKERVIL

Quando o signo do zodíaco passou para Escorpião, o tempo já ficou ventoso, escuro e chuvoso. A cidade, escorrendo molhada, batendo com o vento nas vidraças da indefesa, descortinada janela de solteiro, com queijinhos fundidos preservados na friagem do peitoril, parecia então o desígnio perverso de Pedro, a vingança do enorme tsar-carpinteiro,[11] olhos esbugalhados e bocarra dentuça escancarada, brandindo na mão levantada a machadinha de marinheiro, sempre alcançando nos pesadelos noturnos os seus súditos fracos e apavorados. Os rios, correndo até o mar estufado e assustador, recuavam precipitados, forçando com ímpeto sibilante as escotilhas de ferro fundido e rapidamente erguendo dorsos aquosos nos porões dos museus, lambendo as frágeis coleções a se desmancharem como areia molhada, as máscaras xamânicas de penas de galo, as espadas curvas de além-mar, os roupões bordados de miçangas, os pés nodosos dos irados funcionários do museu, acordados no meio da noite. Em dias como esse, quando da chuva, das trevas, do vento curvando as vidraças se desenhava a face branca e balofa da solidão, Simeônov, sentindo-se especialmente narigudo, a caminho da

---

[11] Pedro, o Grande (1672-1725), idealizador de São Petersburgo e modernizador do Estado russo, foi também aprendiz de carpintaria naval no período em que viveu anonimamente nos Países Baixos. (N. da E.)

calvície, sentindo especialmente os seus nem tão avançados anos em volta do rosto e as meias baratas lá embaixo, na fronteira da existência, esquentava a chaleira, limpando com as mangas a poeira da mesa, abria um espaço entre os livros de linguinhas brancas dos marcadores à mostra, colocava o gramofone, escolhia um livro de grossura adequada para colocar embaixo do seu canto cambaio e, em beatífica antecipação, da capa esgarçada e coberta de manchas amareladas, extraía Vera Vassílievna — um disco velho, pesado, com reflexos furta-cor de antracito, não riscado pelos lisos círculos concêntricos — de cada lado uma canção de amor.

Não, não é a ti que eu amo com tanta paixão![12] — saltitando, estalando e chiando, girava rápida debaixo da agulha Vera Vassílievna;[13] os chiados, estalidos e rotações espiralavam em negro funil, aumentados pelo corno do amplificador e, celebrando a vitória sobre Simeônov, fluía da orquídea engalanada a divina, escura, baixa, no começo rendada e enfumaçada, depois inflada por impulso submarino, erguendo-se das profundezas, transfigurando-se, tremulando sobre a água qual chama — *psht, psht, psht, psht* estufando-se qual velame — a voz — cada vez mais alta — rompendo cordames, voando incontida, *psht, psht*, qual caravela sobre águas noturnas faiscantes de fagulhas — cada vez mais forte — estendendo as asas, pegando velocidade, afastando-se suavemente da massa restante da correnteza que a gerara, do pequenino Simeônov deixado na margem, a cabeça meio calva e nua arrebitada para a gigantescamente avolumada, radiosa voz, a encobrir metade do céu, irrompendo num brado

---

[12] Verso da romança "Net, ne tebiá tak pylko iá liubliú", de Aleksei Chichkin (1885), a partir do poema homônimo de Liérmontov, de 1841, publicado postumamente. (N. da E.)

[13] Personagem inspirada em Vera Vassílievna Zorina (1853-1903), mezzo-soprano célebre por interpretar canções à moda cigana. (N. do T.)

triunfante — não, não era a ele que Vera Vassílievna amava com tanta paixão, mas, no fundo, era a ele somente, e isto era recíproco entre eles. *Psht-sht-sht-sht-sht.*

Simeônov retirava cuidadosamente a agora calada Vera Vassílievna, sopesava o disco, segurando-o com respeitosas mãos espalmadas; examinava a vetusta etiqueta: eh-eh, onde você está agora, Vera Vassílievna? Onde estão hoje os teus alvos ossinhos? E, virando-a de costas, ajeitava a agulha, de olhos apertados para os reflexos cor-de-ameixa do grosso disco balouçante, e novamente escutava, saudoso dos *há muito fanaram, pshtpsht, os crisântemos no jardim, pshtpsht, onde eles se encontraram*[14] e novamente, crescendo em corrente submarina, dissipando a fumaça, as rendas e os anos, estalava Vera Vassílievna e surgia como uma lânguida náiade — uma não esportiva, um pouco gorda náiade do começo do século —, ó doce pera, guitarra, roliça garrafa de champanha!

E aí a chaleira fervia, e Simeônov, pescando do peitoril um queijo fundido ou uns retalhos de toucinho, punha o disco de novo e festejava a celibatária sobre um jornal estendido, deliciando-se, contente porque hoje Tamara não o alcançaria, não perturbaria o precioso encontro com Vera Vassílievna. Sentia-se bem na sua solidão, no apartamento pequenino, a sós com Vera Vassílievna, e a porta bem fechada contra Tamara, e o chá forte e doce, e já está quase pronta a tradução de um livro desnecessário, de uma língua rara — entrará dinheiro, e Simeônov comprará de um certo comerciante malandro, por um preço alto, um disco raro, no qual Vera Vassílievna lamenta que não é para ela que chegará a primavera —, uma canção viril, canção da solidão, e a incorpórea Vera Vassílievna a cantará, fundindo-se com Simeônov numa só voz dramática e dolorida. Ó bendita solidão! A so-

---

[14] Versos de "Otsvielí uj davnó khrizantêmi v sadú", popular romança de Nikolai Kharito (1886-1918), escrita em 1910. (N. da E.)

lidão come direto da frigideira, pesca uma almôndega fria da turva lata de um litro, prepara o chá na caneca — e daí? Liberdade e sossego! Já a família tilinta no guarda-louça, dispõe em armadilha xícaras e pires, apanha sua alma com garfo e faca — agarra-a pelas costelas de ambos os lados —, sufoca-a com o capuz da chaleira, joga-lhe a toalha de mesa na cabeça, mas a solitária alma livre escapa de sob as franjas de linho, passa qual enguia pelo aro do guardanapo, e — upa! tenta pegá-la! — ela já está ali, no círculo mágico escuro e repleto de fogos desenhado pela voz de Vera Vassílievna, ela corre atrás de Vera Vassílievna, ao encalço das suas saias e leque, desde o salão dançante iluminado até o noturno balcão estival, até o espaçoso semicírculo sobre o perfumado jardim de crisântemos, aliás, o seu aroma, branco, seco e amargo, é na verdade um aroma outonal, ele já prenuncia o outono, separação, olvido, *mas o amor ainda vive no meu coração dolorido* — é um aroma doentio, aroma de decomposição e tristeza, onde estás agora, Vera Vassílievna, quem sabe em Paris ou em Xangai, e que chuva — azul parisiense ou amarelo chinês — tamborila sobre a tua sepultura, e que terra esfria teus alvos ossos? *Não, não é a ti que eu amo com tanta paixão!* (Vai falando! Claro que é a mim, Vera Vassílievna!)

Pela janela de Simeônov passavam bondes, outrora tilintando campainhas, balançando suas alças pendentes semelhantes a estribos — a Simeônov sempre parecia que ali, sob os tetos, estão guardados os cavalos, quais retratos dos bisavós dos bondes, carregados para o sótão; mas as campainhas silenciaram, só se ouvem as pancadas, os guinchos e rangidos na curva, finalmente os carros de flancos vermelhos e duros, com seus bancos de madeira, acabaram por morrer, e começaram a circular vagões arredondados, silenciosos, chiando nas paradas, era possível sentar, deixar-se cair sobre a poltrona macia que gemia sob o seu peso ao soltar o alento, e rodar para a lonjura azul, até a estação final que acenava, atraindo com seu nome: "Rio Okkervil".[15] Mas Simeônov nunca foi até lá. Um fim de mundo, e ele não tinha nada a fazer ali, mas nem é disso que se trata: não vendo, não conhecendo esse distante, quase já não leningradense riacho, podia-se imaginar tudo o que se quisesse: uma corrente turva, esverdeada, por exemplo, com um lento, verde sol turvo boiando nele, salgueiros prateados, com seus ramos silenciosos pendentes da margem cacheada, vermelhos sobradinhos de tijolos, com telhados de telhas, pequenas pontes de madeira corcovadas — um mundo quieto, lento como num sonho; mas na realidade lá decerto ficam depósitos, cercas, alguma fabriqueta nojenta a vomitar peçonhentos resíduos furta-cor, o monturo a exalar fétida, podre fumaça, ou algo mais, desesperançado, suburbano e banal. Não, não devo deixar-me ficar desiludido, viajar até o riacho Okkervil, melhor povoar em pensamento as suas margens com salgueiros cabeludos, dispor casinhas de telhados íngremes, soltar moradores vagarosos, quiçá de gorros alemães, meias listadas, longos cachimbos de porcelana entre os dentes... melhor ainda, pavimentar de ardósia as marginais de Okkervil, encher o rio com água cinzenta e limpa, levantar pontes com torrinhas e correntes, retificar os parapeitos de granito, colocar ao longo das marginais altas casas cinzentas com portões de ferro fundido — e que as grades dos portões sejam como escamas de peixes, e dos balcões fundidos espiem nastúrcios, instalar ali a jovem Vera Vassílievna, e que ela caminhe, calçando uma luva comprida, pelo pavimento de ardósia, colocando os pés muito juntos, em passos estreitos, pisando com seus sapatos pre-

---

[15] Um dos mais longos tributários do rio Okhta, que passa pelo lado leste de São Petersburgo (denominada Leningrado entre 1924 e 1991). Ao longo do conto, serão feitas algumas referências ao caráter exótico de seu nome, que vem, provavelmente, do finlandês. (N. da E.)

tos de ponta rombuda e saltos redondos como maçãs, na cabeça um chapeuzinho redondo, de véu, pela garoa quieta da manhã de Petersburgo, e a neblina, neste caso, deve ser azul-clara.

Colocar neblina azul-clara! A neblina está posta, Vera Vassílievna atravessa, bate-batendo seus saltos redondos, todo o trecho especialmente preparado, calçado pela imaginação de Simeônov, eis o limite do cenário, os recursos do diretor estão esgotados, ele está impotente e, cansado, libera os atores, risca os balcões com os nastúrcios, entrega a quem as quiser as grades com desenhos como escamas de peixe, derruba na água os parapeitos de granito, mete nos bolsos as pontes com suas torrinhas — os bolsos se esticam, pendem deles as correntes como do relógio do avô, e só o rio Okkervil, alargando-se e estreitando-se convulsivamente, flui e não consegue escolher para si uma imagem definida.

Simeônov comia os queijinhos fundidos, traduzia livros enfadonhos, à noite às vezes trazia mulheres, e pela manhã, desencantado, despachava-as — *não, não é a ti!* —, trancava-se contra Tamara, sempre a chegar com roupa lavada, batatas assadas, cortinas floreadas para as janelas, o tempo todo meticulosamente esquecendo em casa de Simeônov coisas importantes, ora grampos, ora um lencinho — ao anoitecer elas se lhe tornavam urgentemente necessárias e ela atravessava a cidade inteira atrás delas —, e Simeônov apagava a luz e ficava grudado no umbral, no vestíbulo, enquanto ela batia e batia na porta, e muitas vezes ele se rendia, e então jantava comida quente e bebia, da xícara azul e dourada, chá forte, com biscoitinhos caseiros polvilhados de açúcar, e para Tamara viajar de volta era naturalmente tarde demais, o último bonde já passara, e não iria até o nevoento rio Okkervil de qualquer maneira, e Tamara afofava os travesseiros, enquanto Vera Vassílievna, voltando-lhe as costas, sem escutar as desculpas de Simeônov, partia pela marginal para dentro da noite, balançando sobre seus saltos redondos como maçãs.

O outono já se condensava quando ele comprou de um outro comerciante astuto um disco pesado, lascado numa beirada — pechinchou, discutindo o defeito, o preço era mesmo alto demais, e por quê? — porque esquecida de todo estava Vera Vassílievna, não era tocada no rádio, nem mesmo pelos programas de perguntas e respostas passava o seu breve e terno sobrenome, e agora somente excêntricos refinados, esnobes, diletantes, estetas, com disposição para jogar dinheiro fora em troca do incorpóreo, correm atrás dos seus discos, caçam, enfiam nos pinos dos gramofones, transcrevem para fitas-cassete a sua voz grave, escura, faiscante qual precioso vinho rubro. Mas a velha ainda está viva, disse o malandro, ela mora em algum lugar em Leningrado, na pobreza, dizem, na penúria, ela não brilhou por muito tempo nem na sua época, perdeu os brilhantes, o marido, o apartamento, o filho, dois amantes e finalmente a voz — nesta ordem —, e conseguiu sobreviver a todas essas perdas até os trinta anos, desde então ela não canta mais, mas está vivinha. Então é assim, pensou Simeônov, com o coração pesado, e no caminho para casa, por pontes e jardins, por linhas de bonde, ele só pensava: então é assim... E, após trancar a porta e preparar o chá, colocou no prato da vitrola o tesouro recém-adquirido e, olhando pela janela para as pesadas e coloridas nuvens que se acumulavam no poente, construiu, como de costume, o trecho da marginal de granito, lançou a ponte — e as torrinhas hoje estavam mais pesadas, e as correntes de ferro, impossíveis de levantar, e o vento perturbava e enrugava e fazia ondular a larga, lisa superfície do rio Okkervil, e Vera Vassílievna, tropeçando mais que o previsto nos seus incômodos saltos inventados por Simeônov, torcia as mãos e inclinava a delicada cabecinha de cabelos muito alisados sobre o ombro roliço — quieta, *tão quieta, a lua alumia, e o meu pensamen-*

to fatal está repleto de ti[16] —, a lua não cedia, escapava como sabão entre os dedos, voava através das esgarçadas nuvens do Okkervil — neste Okkervil sempre acontecem coisas desassossegadas com o céu —, quão irrequietas se agitam as sombras diáfanas e domesticadas da nossa imaginação, quando os ruídos e odores da vida viva penetram no seu mundo enevoado e fresco!

Olhando para os rios do poente, onde tinha sua nascente também o rio Okkervil, já florescendo em verde peçonhento, já envenenado por um hálito vivo de mulher velha, Simeônov ouvia as vozes conflitantes de dois demônios em luta: um insistia em expulsar a velha da cabeça, trancar bem trancada a porta, de raro em raro abrindo-a para Tamara, viver como vivera dantes, amando na medida, sofrendo na medida, escutando nos momentos de solidão o som puro do corno de prata, a cantar sobre o ignoto rio nevoento, mas o outro demônio — um jovem insano com a consciência obscurecida pela tradução de maus livros — exigia que fosse para lá, que corresse, encontrasse Vera Vassílievna — meio cega, pobre, caquética, roufenha velhota, encontrá-la, inclinar-se para o seu ouvido quase surdo, e gritar-lhe através de anos e desgraças que ela é a primeira e única, que foi a ela, somente a ela, que ele sempre amou com tanta paixão, que o amor ainda vive no seu coração dolorido, que ela, divina peri,[17] içando-se pela voz das profundezas do mar, inflando as velas, voando impetuosa por sobre as chamejantes águas noturnas, projetando-se para o alto, escurecendo metade do céu, destruiu-o e ergueu-o a ele — Simeônov, o fiel cavaleiro —, e, esmagados pela sua voz argêntea, qual ervilhas miúdas, espalharam-se para todos os lados bondes, livros, queijinhos

---

[16] Verso de "Tikho, tak tikho", romança de Maria Poiret.(N. da E.)

[17] No folclore persa-islâmico, espíritos alados de beleza excepcional. (N. da E.)

fundidos, calçadas molhadas, gritos de aves, Tamaras, xícaras, mulheres anônimas, anos transcorridos, todas as coisas perecíveis do mundo. E a velha, atônita, o fitará com os olhos cheios de lágrimas: Como? Tu me conheces? Não pode ser! Ó meu Deus! Será que alguém ainda precisa disso? Como poderia eu pensar! — e, perturbada, não saberá onde fazer sentar Simeônov, e ele, apoiando-a cuidadosamente pelo cotovelo seco, e beijando a sua já não mais branca mão, toda coberta de manchas de velhice, a conduzirá para a poltrona, fitando o seu rosto murcho, de contornos antigos. E, olhando com dó e ternura para a partição dos seus frágeis cabelos brancos, pensará: Ó, como nos desencontramos neste mundo! Como o tempo nos separou tão loucamente! ("Ah, isso não", refutou seu demônio interior, mas Simeônov se inclinava para o que era necessário.)

De maneira banal, frustrantemente simples, ele conseguiu o endereço de Vera Vassílievna num quiosque de endereços na rua; o coração deu uma pancada: não seria Okkervil? Claro que não. E não era na marginal. Ele comprou crisântemos no mercado — miúdos, amarelos, envoltos em celofane. *Há muito fanaram*. E na padaria ele escolheu um bolo. A vendedora, levantando a tampa de cartolina, mostrou o eleito na mão estendida: serve? — mas Simeônov não percebeu o que escolhera, sobressaltado, porque por trás da vitrina da padaria passou — ou será que lhe pareceu? — Tamara, a caminho de seu apartamento, quentinho, para apanhá-lo. Mais tarde, já no bonde, ele abriu a compra, interessou-se. Tudo bem assim, assim. De frutas. Decente. Por baixo da vítrea gelatina lisa, nos cantos, dormiam frutas solitárias: aqui uma fatia de maçã, ali — no canto mais caro — uma fatia de pêssego, aqui congelou-se em frio eterno metade de uma ameixa, e, aqui, um canto brejeiro, feminil, com três cerejinhas. Os lados polvilhados de miúda caspa de confeitaria. O bonde deu um solavanco, o bolo estremeceu, e Simeônov viu, na superfície aquosamente espelhada de gelatina, a impressão clara de um polegar — do padeiro descuidado ou da desajeitada vendedora. Não faz mal, a velha tem a vista fraca. E eu vou cortá-lo imediatamente. ("Volte", balançava tristemente a cabeça do demônio-guardião, "corra, salve-se.") Simeônov amarrou o pacote de novo, como pôde, e ficou a olhar para o poente. O rio Okkervil fluía em torrente ruidosa, debatia-se contra as margens de granito, as margens se esfacelavam como areia, deslizavam para a água. Junto à casa de Vera Vassílievna ele ficou parado, passando os presentes de uma mão para a outra. O portão, pelo qual ele deveria entrar, era ornamentado, por cima, de escamas de peixe decorativas. Atrás dele, um pátio assustador. Um gato passou chispando. Sim, era bem como ele imaginou. A grande artista esquecida deve morar justamente num pátio assim. Passagem de serviço, baldes de lixo, corrimão estreito, de ferro, sujeira. O coração palpita. *Há muito fanaram. No meu coração dolorido.*

Ele tocou. ("Tolo", cuspiu o demônio interior e deixou Simeônov.) A porta se escancarou sob o impulso de burburinho, cantoria e gargalhadas, explodindo das entranhas da moradia, e logo surgiu Vera Vassílievna, branca, enorme, pintada, de grossas sobrancelhas negras, surgiu ali, sentada à mesa posta, no segmento iluminado, ao lado de um monte de antepastos de cheiro picante, chegando até a porta, e uma enorme torta de chocolate, encimada por um coelho de chocolate, surgiu rindo às gargalhadas, rindo alto em cascata, surgiu — e foi roubada pelo destino para sempre. E ele devia dar meia-volta e ir embora. Quinze pessoas à mesa gargalhavam, olhando para dentro da sua boca: era o dia do aniversário de Vera Vassílievna, Vera Vassílievna contava uma anedota, sufocando o riso. Ela começara a contá-la ainda quando Simeônov subia a escada, ela o traía com esses quinze ainda quando ele hesitava e hesitava junto ao portão, passando o bolo defeituoso de uma mão para a outra, ainda quando ele viajava no bonde, ainda quando se trancava no apartamento e abria com a manga, na mesa empoeirada, um espaço para a sua voz de prata, ainda quando ele, pela primeira vez, todo curiosidade, tirou do envelope amarelado e rasgado o disco negro e pesado, com reflexos lunares, ainda quando não existia Simeônov algum, só o vento balançava o capim e no mundo reinava o silêncio. Ela não o esperava, magra, na janela ogival, perscrutando na distância o vítreo fluir do rio Okkervil, ela gargalhava com voz grave por cima da mesa vergada sob as travessas, sobre saladas, pepinos, peixes e garrafas, e bebia descaradamente, a feiticeira, e movia-se descaradamente pra lá e pra cá com seu corpo volumoso. Ela o traíra. Ou seria ele que traíra Vera Vassílievna? Agora já era tarde para distingui-lo.

"Mais um!", gritou rindo alguém, de sobrenome, como logo se esclareceu, Beijovski. "Pague a multa!" E a torta com a impressão do dedo e as flores foram tiradas de Simeônov, e ele foi obrigado a sentar-se e a beber à saúde de Vera Vassílievna, uma saúde que, como ele constatou com hostilidade, ela simplesmente não sabia onde meter. Simeônov ficou sentado, sorrindo maquinalmente, assentia com a cabeça, enganchava com o garfo um tomate salgado, olhava como todos para Vera Vassílievna, escutava as suas pilhérias, ruidosas — a sua vida estava esmagada, atropelada, partida ao meio; tonto, é sua própria culpa, agora não dá mais para fazer voltar nada, mesmo se fugir; a diva encantada foi raptada pelos salteadores, e ela mesma deixou-se raptar com muito prazer, desdenhou o seu formoso, triste e calvo príncipe, prometido pelo destino, não quis escutar os seus passos por entre o rumor da chuva e os uivos do vento por trás das vidraças outonais, não quis adormecer, picada pelo fuso mágico, encantada por cem anos, cercou-se de gente mortal, comestível, deixou acercar-se de si este horrível Beijovski — especial e intimamente aproximado pelo som do seu sobrenome —, e Simeônov pisoteava as altas casas cinzentas à beira do rio Okkervil, destruía as pontes com as torrinhas e jogava as correntes, enchia de lixo as claras águas cinzentas, mas o rio tornava a rasgar o seu leito, e as casas teimavam em levantar-se das ruínas, e pelas pontes indestrutíveis galopavam carruagens atreladas a uma parelha de baios.

"Tem cigarros?", perguntou Beijovski. "Eu larguei, por isso não os trago comigo", e aliviou Simeônov de meio pacote. "O senhor quem é? Um admirador ardoroso? Isto é bom. Tem apartamento? Com banheiro? *Gut*. Porque aqui só há um, comunal. Poderá levá-la à sua casa para se lavar. Ela gosta de se lavar. Reunimo-nos no dia primeiro de cada mês para ouvir gravações. O senhor tem o quê? Tem "Esmeralda verde-escura"?[18] Pena. Já faz anos que procuramos, é uma desgraça. Não se encontra em parte alguma. Esses seus tiveram tiragens grandes, não interessam. Procure "Esmeralda". Tem relações para conseguir linguiça defumada? Não, isto lhe faz mal, eu só pergunto... para mim. Não conseguiu encontrar flores mais miúdas para trazer, foi? Pois eu trouxe rosas, do tamanho do meu punho, literalmente." Beijovski mostrou de perto o punho cabeludo. "Você não é jornalista, não? Seria bom um programa de rádio sobre ela, a nossa Veroca está sempre pedindo isso. Uh, que fisionomia. Um vozeirão de diácono, até agora. Dê-me o seu endereço, vou anotar", e, contendo Simeônov na cadeira com sua grande mão, "fique, fique sentado, não me acompanhe." Beijovski levantou-se e saiu, levando consigo a tortazinha de Simeônov com a impressão datiloscópica.

Pessoas estranhas povoaram instantaneamente as margens nevoentas do Okkervil, arrastavam seus velhos trastes

---

[18] Referência a "Tiómno-zelióni Izumrud", canção de Boris Fomín (1900-1948) com letra de Anatóli D'Aktil (1890-1946). (N. da E.)

malcheirosos — panelas e colchões, baldes e gatos ruivos, nas margens de granito já não dava para passar, eles já cantavam aqui suas cantilenas, varriam o lixo para o pavimento de ardósia de Simeônov, pariam, multiplicavam-se, visitavam-se uns aos outros, a velha gorda de sobrancelhas negras derrubou com um empurrão a sombra pálida de ombros roliços, pisou, esmagando-o, o chapeuzinho de véu, com um rangido sob os pés, esfacelaram-se para todos os lados os antigos saltos redondos. Vera Vassílievna gritou por cima da mesa: "Passe-me os cogumelos!". E Simeônov passou-os e ela comeu os cogumelos.

Ele olhava como se mexia o seu grande nariz e o bigode embaixo do nariz, como ela passava de rosto em rosto os olhos grandes e negros, velados por uma névoa senil, quando alguém ligou o gravador, e soou, flutuando, a sua voz de prata, ganhando força — tudo bem, tudo bem, pensava Simeônov. Logo eu chegarei em casa, tudo bem. Vera Vassílievna morreu, morreu há muito tempo, assassinada, esquartejada e devorada por esta velha, e seus ossos já estão sugados, eu celebraria as exéquias, mas Beijovski levou a minha torta, tudo bem, aqui estão os crisântemos para o túmulo, secos, doentes flores mortas, muito a propósito, eu honrei a memória da falecida, posso levantar-me e partir.

Diante da porta do apartamento de Simeônov aguardava-o Tamara — a querida! —, ela recolheu-o, carregou-o para dentro, lavou-o, despiu-o e alimentou-o com comida quente. Ele prometeu a Tamara casar-se com ela, mas de madrugada, em sonhos, chegou Vera Vassílievna, cuspiu-lhe no rosto, insultou-o e saiu para a noite, pela úmida marginal, balançando-se sobre os inventados saltos pretos. E, de manhã, Beijovski tocava e batia na porta, vindo para examinar o banheiro e prepará-lo para a noite. E à noite ele trouxe Vera Vassílievna à casa de Simeônov para lavar-se, ele fumava os cigarros de Simeônov, avançava nos sanduíches, falava:

"Siiim — a Veroca, ela é uma força! Quantos homens ela devorou no seu tempo — é um deus nos acuda!". E Simeônov, contra a vontade, escutava como bufava e se espremia no estreito bojo da banheira o pesado corpanzil de Vera Vassílievna, como o seu flanco rotundo e delicado se desgrudava com um *plaft* molhado da parede do banheiro onde se colara, como a água escapava pelo ralo com um som de sucção, como chapinhavam pelo chão os pés descalços, e como, finalmente, abrindo o gancho da porta, saía enrolada no roupão, vermelha e afogueada, Vera Vassílievna: "Uuufa. Que bom". Beijovski se apressa com o chá, e Simeônov, contido e sorridente, foi enxaguar a banheira após Vera Vassílievna, lavar com a ducha móvel as cascas cinzentas das paredes ressequidas da banheira, extrair os cabelos brancos do orifício do ralo. Beijovski deu corda no gramofone, ouviu-se a maravilhosa, tempestuosa voz crescente, surgindo das profundezas, abrindo as asas, alçando-se acima do mundo, acima do corpo afogueado da Veroca, a beber chá do pires, acima de Simeônov, curvado em sua obediência vitalícia, acima da tépida, doméstica Tamara, acima de tudo que não pode mais ser consertado, sobre o crepúsculo próximo, sobre a chuva iminente, sobre o vento, sobre os rios sem nome, a fluírem para trás, a saírem das margens, reinando e inundando a cidade, como só os rios sabem fazer.

CHURA QUERIDA

Pela primeira vez Aleksandra Ernéstovna passou por mim de manhã cedo, toda banhada pelo róseo sol moscovita. Meias enrugadas, pernas arqueadas, o tailleurzinho preto ensebado e puído. Em compensação, que chapéu!... As quatro estações do ano — bolas-de-neve, lírios-do-vale, cerejas, bérberis — se entrelaçavam sobre um prato de palha clara, presas aos restos dos cabelos com um alfinetão deste tamanho! As cerejas se soltaram um pouco e chocalharam com um som de madeira. Ela tem noventa anos, pensei. Mas me enganei em seis anos. O ar ensolarado desce por uma viga do telhado da casa fresca e antiga, e corre novamente para cima, para cima, lá onde raramente olhamos — onde um balcão de ferro fundido está suspenso a uma altura inabitável, onde o telhado é íngreme, e há uma delicada gradezinha, erigida direto no céu matinal, e uma torrinha se derretendo, uma agulha, pombos, anjos — não, eu enxergo mal. Sorrindo beatificamente, com olhos embaçados de felicidade, Aleksandra Ernéstovna se desloca pelo lado ensolarado, movendo em largo círculo os seus pés pré-revolucionários. Creme de leite, um pãozinho e uma cenoura na sacola de rede puxam a sua mão para trás, esfregam-se contra a pesada bainha preta. O vento veio do sul a pé com cheiro de mar e de rosas, promete um caminho por escadas fáceis para terras azuis, paradisíacas. Aleksandra Ernéstovna sorri para a manhã, sorri para mim. A roupa preta, o chapéu claro, chocalhando seus frutos mortos, somem atrás da esquina.

Mais tarde cruzei com ela no bulevar escaldante — encurvada, enternecida com uma criança suada, solitária, encalhada na cidade abrasada — filhos próprios ela nunca teve. Uma anágua horrível aparece por baixo da sua saia ensebada. A criança alheia despejou confiantemente os seus tesouros arenosos no colo de Aleksandra Ernéstovna. Não suje a saia da titia. Não é nada... deixe.

Eu a vi também no ar sufocante do cinema (tire o seu chapéu, vovozinha! Não dá pra se ver nada!). Em descompasso com as paixões da tela, Aleksandra Ernéstovna respirava ruidosamente, estalava o invólucro amarrotado de papel-alumínio do chocolate, grudando com laminha gosmenta a sua dentadura de farmácia.

Por fim ela foi arrastada pela torrente dos carros de bafo de fogo até os portões de Nikitski, atrapalhou-se, perdeu o rumo, agarrou-se à minha mão e nadou para a margem salvadora, perdendo por toda a vida o respeito de um negro diplomático, encastelado atrás do para-brisa verde de um automóvel baixo e reluzente, e dos seus filhotes cacheados e engraçadinhos. O negro roncou, soltou uma fumacinha azul e voou para os lados do conservatório, mas Aleksandra Ernéstovna, trêmula, assustada, arregalada, pendurou-se em mim e me arrastou para o seu refúgio comunal — bibelôs, moldurinhas ovais, flores secas —, deixando atrás de si um rastro de sal-de-cheiro.

Dois quartinhos minúsculos, teto alto esculpido, do papel descolado das paredes sorri, fica pensativa, faz muxoxo uma beldade encantadora — a Chura querida, Aleksandra Ernéstovna. Sim, sim, sou eu mesma! De chapéu e sem chapéu e de cabelos soltos. Ah, como eu era... E este é o seu segundo marido, e este é o terceiro — uma escolha não muito feliz. Mas para que falar agora... Se, quem sabe, ela tivesse ousado fugir para Ivan Nikoláievitch... Quem é esse Ivan Nikoláievitch? Ele não está aqui, está espremido no álbum, achatado entre quatro cantoneiras de cartolina, esmagado por certa dama de anquinhas, comprimido por uns efêmeros cachorrinhos brancos, mortos ainda antes da Guerra Russo-Japonesa.[19]

Sente-se, sente-se, o que posso servir-lhe?... Venha, naturalmente, pelo amor de Deus, venha!... Aleksandra Ernéstovna está sozinha no mundo, e tem tanta vontade de prosear!
... Outono. Chuvas. Aleksandra Ernéstovna, está me reconhecendo? Sou eu mesma! Lembra-se... Bem, não importa, eu vim visitá-la. Visitas! Ah, que felicidade! Aqui, aqui, eu já vou arrumar... Vivo assim mesmo, sozinha. Sobrevivi a todos. Três maridos, sabe? E Ivan Nikoláievitch, ele me chamou, mas... Quem sabe eu devia ter ousado? Que vida tão longa. Esta aqui sou eu. Esta, também. E este é o meu segundo marido. Eu tive três maridos, sabe? Na verdade, o terceiro não era tão...

Mas o primeiro era advogado. Famoso. Vivíamos muito bem. Viajávamos. Na primavera, para a Finlândia. No verão, para a Crimeia. Bolos brancos, café preto. Chapéus com rendas. Ostras — muito caro... À noite, teatro. Quantos admiradores! Ele pereceu em 1919 — esfaqueado num beco.

Oh, naturalmente, durante a vida toda ela teve rom-a-a-nces, como não? O coração feminino, ele é assim! Ainda três anos atrás, Aleksandra Ernéstovna alugou um quartinho a um violinista. Vinte e sete anos, premiado, uns olhos!... Claro, os sentimentos, ele os ocultava no fundo da alma, mas o olhar — este entrega tudo! À noite, Aleksandra Ernéstovna costumava perguntar-lhe: "Chá?". Mas ele só olhava assim e não dizia na-da! Então, está entendendo?... Péé-érfido! Ficou assim calado, enquanto morou com Aleksandra Ernéstovna. Mas era visível que ele ardia todo e por dentro

---

[19] Conflito ocorrido em 1904-1905, com os impérios russos e japonês em disputa pelos territórios da Manchúria e da Coreia. (N. da E.)

simplesmente borbulhava! À noite, os dois sozinhos em dois quartinhos apertados... Sabe, havia algo assim, no ar — era claro para ambos... Ele não aguentava e saía. Perambulava por aí até tarde da noite. Aleksandra Ernéstovna se mantinha firme e não lhe dava esperanças. Mais tarde ele — de tristeza — se casou com uma assim, nada de especial. Mudou-se. E uma vez, depois de casado, cruzou com Aleksandra Ernéstovna e lançou-lhe um olhar assim — reduziu-a a cinzas! Mas novamente não disse nada. Sepultou tudo no fundo da alma.

Sim, o coração de Aleksandra Ernéstovna nunca ficou vago. Três maridos, a propósito. Com o segundo ela viveu até a guerra num apartamento enorme. Médico famoso. Visitantes ilustres. Flores. Alegria sempre. E morreu alegremente: quando já estava claro que era o fim, Aleksandra Ernéstovna resolveu convidar ciganos. Como queira, sabe, mas, quando se olha para o belo, o ruidoso, o alegre — até morrer fica mais fácil, não é? Ciganos verdadeiros não foi possível conseguir. Mas Aleksandra Ernéstovna, inventiva, não se atrapalhou, contratou uma moçada moreninha, rapazes e moças, ataviou-os com coisas farfalhantes, brilhantes, esvoaçantes, escancarou a porta do dormitório do moribundo — e eles tilintaram, gritaram, cantaram, dançaram em círculos, em roda, de cócoras; rosa e ouro, ouro e rosa! O marido não esperava, já voltara os olhos para o além, e aqui de repente essa invasão, rodopios, guinchos — ele soergueu-se, agitando as mãos, rouquejando: vão embora! — mas eles cada vez mais alegres, mais rápidos, batendo os pés! E assim ele morreu, que Deus o tenha. Mas o terceiro marido não era muito...

Mas Ivan Nikoláievitch... Ah, Ivan Nikoláievitch! Houve de tudo: a Crimeia, 1913, o sol filtrado através das gelosias serra em tirinhas o assoalho branco raspado... Sessenta anos transcorreram, mas ainda... Ivan Nikoláievitch simplesmente enlouqueceu: abandone já o marido e venha ter comigo na Crimeia. Para sempre. Prometi. Depois, em Moscou, comecei a pensar: e vamos viver do quê? E onde? Mas ele inundou-a de cartas: "Chura querida, venha, venha!". O marido tem negócios aqui, pouco para em casa, mas ali, na Crimeia, sobre a areia carinhosa, sob o firmamento azul, Ivan Nikoláievitch se agita como um tigre: "Chura querida, para sempre!". Mas ele mesmo, coitado, não tem dinheiro nem para a passagem de volta a Moscou! Cartas, cartas, cartas todos os dias, o ano inteiro — Aleksandra Ernéstovna vai mostrá-las.

Ah, como ele me amava! Partir ou não partir?

Em quatro estações do ano divide-se a vida humana. Primavera!!! verão, outono... inverno? Mas até o inverno já ficou para trás, para Aleksandra Ernéstovna — onde então está ela agora? Para onde se voltam os seus olhos úmidos e descoloridos? A cabeça para trás, puxando a pálpebra vermelha, Aleksandra Ernéstovna pinga no olho umas gotas amarelas. Como um balãozinho cor-de-rosa, transparece a cabeça através de fina teia de aranha. Foi este rabinho de rato que sessenta anos atrás envolvia-lhe os ombros qual negra cauda de pavão? Foi nestes olhos que se afogou — de uma vez por todas — o insistente, mas não rico Ivan Nikoláievitch? Aleksandra Ernéstovna geme e procura os chinelos com os pés nodosos.

— Já vamos tomar chá. Não a deixarei sair sem chá. Não-não-não. Nem pensar.

Mas eu nem quero sair para lugar algum. Foi para isso que eu vim — tomar chá. E trouxe doces. Eu já vou pôr a chaleira, não se incomode. E ela nesse ínterim vai apanhar o álbum de veludo e as velhas cartas.

Até a cozinha é um longo caminho, para outra cidade, pelo interminável assoalho lustroso, tão encerado que por dois dias permanecem nas solas os sinais da cera vermelha.

No fim do túnel do corredor, qual luzinha numa densa floresta de bandidos, brilha a pequena mancha da janela da cozinha. Vinte e três vizinhos se calam atrás das portas brancas e limpas. A meio caminho, o telefone na parede. Branqueja um bilhete, outrora pregado por Aleksandra Ernéstovna: "Fogo — 01. Pronto-Socorro — 03... No caso de minha morte, telefonar para Elizavieta Ossípovna". A própria Elizavieta Ossípovna há muito que não existe mais. Não faz mal. Aleksandra Ernéstovna esqueceu.

Na cozinha reina uma limpeza doentia, sem vida. Num dos fogões, conversa consigo mesma a sopa de repolho de alguém. No canto ainda paira o cone cacheado de cheiro do cigarro Bielomor[20] fumado pelo vizinho. Uma galinha dentro da sacola de rede pende atrás da janela, balançando-se ao vento negro como uma condenada. Uma árvore nua e molhada, curvada de tristeza. Um bêbado desabotoa o sobretudo, apoiando-se com a testa no muro. Tristes circunstâncias de lugar, tempo e modo de agir. E se Aleksandra Ernéstovna tivesse concordado em abandonar tudo e fugir para o Sul, para Ivan Nikoláievitch? Onde estaria ela agora? Ela já despachou um telegrama (estou chegando, espere-me), arrumou a mala, escondeu a passagem no compartimento secreto do porta-moedas, prendeu num coque alto a cabeleira de pavão, e sentou-se na poltrona, junto à janela, à espera. E lá longe, no Sul, Ivan Nikoláievitch, alvoraçado, sem acreditar na própria felicidade, precipitou-se para a estação ferroviária — para correr, preocupar-se, emocionar-se, tomar medidas, alugar, tratar, enlouquecer, perscrutar o horizonte embaçado pelo calor. E depois? Ela esperou na poltrona até o anoitecer, até as primeiras límpidas estrelas. E depois? Ela arrancou o alfi-

---

[20] O Bielomorkanal, ou BK, era a marca de cigarros mais popular da União Soviética, sendo também a pior e a mais barata. (N. da E.)

nete dos cabelos, sacudiu a cabeça... E depois? Ora essa, depois, depois! A vida passou, eis o que depois.

A chaleira ferveu. Faço a infusão mais forte. Singela partitura para xilofone de chá: tampinha, tampinha, colherinha, colherinha, tampinha, paninho, tampinha, paninho, paninho, colherinha, cabinho, cabinho. Longa viagem de volta pelo corredor com duas chaleiras nas mãos. Vinte e três vizinhos atrás da porta branca escutam atentos: não irá ela pingar o seu chá nojento no nosso assoalho limpo? Não pinguei, não se preocupem. Abro com o pé as folhas góticas da porta. Fiquei ausente uma eternidade, mas Aleksandra Ernéstovna ainda se lembra de mim.

Alcançou as xícaras rachadas cor-de-framboesa, enfeitou a mesa com umas rendinhas, remexeu no esquife escuro do bufê, espalhando um cheiro de pão e biscoitos que se esgueira pelas bochechas de madeira. Não se arraste, cheiro! Apanhe-o e prenda-o atrás das portinholas de vidro facetado; assim, fique trancado.

Aleksandra Ernéstovna traz uma geleia maravilhosa, ganhou-a de presente, prove só, não, não, prove, ah, ah, ah, não tenho palavras, sim, é algo de extraordinário, espantoso, não é verdade? Verdade, verdade, desde que me lembro do mundo, nunca uma dessas... Bem, como estou contente, eu sabia, eu sabia que ia gostar, pegue mais, pegue, pegue, eu lhe suplico! (Diabo, meus dentes vão doer de novo!)

A senhora me agrada, Aleksandra Ernéstovna, a senhora me agrada muito, em especial ali naquela fotografia, onde tem esse contorno tão oval do rosto, e nesta, onde jogou a cabeça para trás e ri com uns dentes maravilhosos, e nesta outra, onde se finge amuada, com o braço atrás da nuca, para que toda sorte de rendinhas escorreguem de propósito pelo cotovelo. Agrada-me a sua vida, que não interessa mais a ninguém, perdida entre os ruídos da distância, a sua juventude que fugiu correndo, os seus extintos admiradores, maridos, desfilando em solene caravana, todos, todos os que chamaram o seu nome, e a quem a senhora chamou também, cada um que passou e desapareceu atrás da alta montanha. Vou visitá-la e trazer-lhe creme de leite e as cenouras tão úteis para os seus olhos, e a senhora, por favor, abra os há muito não arejados álbuns de veludo castanho — que respirem as graciosas ginasianas, que se espreguicem os bigodudos cavalheiros, que sorria o bravo Ivan Nikoláievitch. Tudo bem, tudo bem, ele não pode vê-la, mas o que é isso, Aleksandra Ernéstovna!... Devia ter se decidido então. Devia. Mas ela já se decidiu. Ei-lo, bem ao seu lado, é só estender a mão! Aqui, pegue-o nas mãos, segure-o, ei-lo, o achatado, frio, lustroso, com bordas douradas e um pouco amarelado Ivan Nikoláievitch! Eh, está ouvindo, ela se decidiu, sim, ela está chegando, espere-a, pronto, ela não hesita mais, vá-lhe ao encontro, onde está o senhor, uuuh!

Milhares de anos, milhares de dias, milhares de inescrutáveis cortinas transparentes desceram do céu, condensaram-se, comprimiram-se em fortes paredes, atravancaram os caminhos, não deixam passar Aleksandra Ernéstovna para o seu bem-amado perdido nos séculos. Ele ficou ali, do outro lado dos anos, sozinho na poeirenta gare do sul, ele vagueia pela plataforma cuspida de sementes de girassol, consulta o relógio, afasta com a ponta da bota sabugos de milho roídos, espera, espera, espera a locomotiva da cálida distância matinal. Ela não chegou. Ela não chegará. Ela me enganou. Mas não, não, pois se ela queria! Ela está pronta, as malas estão arrumadas! Os brancos vestidos transparentes dobraram os joelhos na estreita escuridão da mala, a *nécessaire* range o seu couro, faísca a sua prata, desavergonhadas roupas de banho, mal cobrindo os joelhos — e os braços nus até os ombros! — aguardam a sua hora, encolheram-se e antegozam... Na caixa de chapéus, um impossível, emocionante, imponderável... ah, não há palavras — branco zéfiro, maravilha das maravilhas! Bem no fundo, emborcado de costas, de pezinhos para cima, dorme um estojo — alfinetes, pentes, cordões de seda, finas lixas de areia esmeraldina colada em espátulas de cartão para unhas delicadas — bagatelas miúdas. Um geniozinho de jasmim encerrado num frasco de cristal selado — ah, como ele faísca em milhões de arco-íris no ofuscante fundo do mar! Ela está pronta — o que foi que a impediu? O que é que sempre nos impede? Vamos, mais depressa, o tempo passa!... O tempo passa, e as camadas invisíveis do tempo cada vez mais espessas, e os trilhos enferrujam, e as estradas se cobrem de vegetação, e as ervas daninhas cada vez mais frondosas no fundo das ravinas. O tempo flui, e balança virado de costas o barco da Chura querida, e borrifa com rugas o seu rosto incomparável.

... Mais chá?

E depois da guerra nós voltamos — com o terceiro marido — para cá, para estes quartinhos. O terceiro marido só se lamentava, se lamentava... corredor comprido. Luz baça. Janelas para o pátio. Tudo ficou para trás. Morreram as visitas elegantes. Secaram as flores. A chuva tamborila nas vidraças. Lamentou-se, lamentou-se — e morreu, mas quando, de quê — Aleksandra Ernéstovna não reparou.

Tirou Ivan Nikoláievitch do álbum e ficou olhando muito tempo. Como ele a chamara! Ela até já comprara a passagem — aqui está ela, a passagem. No cartão duro, os números pretos. Se quiser, olhe assim, e, se quiser, vire de ponta-cabeça, tanto faz: sinais esquecidos de um alfabeto ignoto, salvo-conduto cifrado para lá, para a outra margem.

Talvez, se descobrir a palavra mágica... se adivinhar... sentar e pensar bastante... ou procurar em algum lugar... deve existir uma porta, uma fresta, um atalho despercebido para lá, para aquele dia; fecharam tudo, se ao menos deixassem uma frestazinha, por distração; quem sabe, em alguma casa antiga, no sótão, se afastar uma tábua... ou num beco sem saída, no muro de tijolos — um vão, mal encoberto pelos tijolos, cimentado às pressas, pregado às pressas com tábuas cruzadas... Quem sabe, não aqui, mas em outra cidade... Quem sabe em algum lugar no emaranhado dos trilhos, posto de lado, está um vagão, velho, enferrujado, um vagão de piso afundado, no qual não se sentou a Chura querida?

"Esta é a minha cabine... Com licença, eu vou passar. Perdão, aqui está a minha passagem — está tudo escrito aqui!" Ali, naquele canto — para-choques enferrujados, as costelas ruivas retorcidas das paredes, o azul do céu no teto, capim sob os pés —, este é o seu legítimo lugar, o dela! E de fato ninguém ocupou-o, simplesmente não tinham o direito!

... Mais chá? Uma nevasca.

... Mais chá? Macieiras em flor. Dentes-de-leão. Lilases. Ufa, que calor. Sair de Moscou — para o mar. Até a vista, Aleksandra Ernéstovna! Eu lhe contarei como é lá, no fim do mundo. Se o mar não secou, se a Crimeia não saiu boiando qual folhinha seca, se não desbotou o céu azul. Se não abandonou seu posto voluntário na estação de trens de ferro o seu exausto, agitado enamorado.

No inferno pétreo de Moscou aguarda-me Aleksandra Ernéstovna. Não, não, tudo é assim mesmo, tudo está certo! Lá, na Crimeia, invisível mas inquieto, de avental branco, caminha para cá e para lá pela gare empoeirada Ivan Nikoláievitch, puxa o relógio do bolsinho, enxuga o pescoço escanhoado; para cá e para lá, ao longo da cerca baixinha rendilhada, soltando um pozinho branco, caminha agitado, perplexo; através dele passam, sem percebê-lo, belas moças de caras grandes e calças compridas, rapazolas *hippies* de mangas enroladas, envoltos em atrevidos *ba-ba-dus-ba-dus* transistorizados; camponesas de lencinhos na cabeça, carregando baldes de ameixas; senhoras sulinas com brincos de acantos de plástico; velhotes de rígidos chapéus sintéticos; atravessando, varando Ivan Nikoláievitch, mas ele não sabe de nada, nada percebe, ele espera, o tempo perdeu o rumo, afundou-se no meio do caminho, algures perto de Kursk, tropeçou em riachos de rouxinóis, perdeu-se, cego, nas planícies de girassóis.

Ivan Nikoláievitch, espere! Eu direi a ela, eu lhe transmitirei, não vá embora, ela chegará, chegará, palavra de honra, ela já se decidiu, ela concorda, o senhor fique aí por enquanto, tudo bem, ela já vem, tudo já está separado, embalado — é só pegar; e ela já tem o bilhete de passagem, eu juro, eu vi — no álbum de veludo, enfiado ali, atrás de uma foto; está meio esgarçado, é verdade, mas não há de ser nada, eu acho que a deixarão viajar. Ali, naturalmente... não dá para passar, há algo que atrapalha, eu não me lembro; mas ela dará um jeito, e inventará alguma coisa — o bilhete existe, certo? — e isto é importante: o bilhete; e, sabe, o principal é que ela se decidiu, isto é certo, certo, eu lhe asseguro!

Para Aleksandra Ernéstovna são cinco toques, terceiro botão a partir de cima. Um ventinho no saguão: no vestíbulo da escada estão entreabertos os vitrôs decorados com levianas flores de lótus — as flores do olvido.

— Quem?... Ela morreu.

Mas como é isso... um momentinho... por quê?... Mas se eu agora mesmo... Mas eu só fui e voltei! O que está me dizendo?...

O ar branco e quente agride os que saem do sepulcro do vestíbulo, procurando atingir os olhos. Espere aí... Decerto ainda não levaram o lixo, não é? Atrás da esquina, num círculo de asfalto, em latões de lixo, terminam as espirais da existência terrena. E vocês pensaram que era onde? Atrás das nuvens, quem sabe? Ei-las, essas espirais, espetadas como molas de um sofá podre destripado. Foi aqui que descarregaram tudo. O retrato oval da Chura querida — o vidro quebrado, os olhos furados. Tralha de velha, umas meias... O chapéu com as quatro estações do ano. Vocês não precisam de cerejas peladas? Não?... Por quê? Uma jarra de bico quebrado. Mas o álbum de veludo, este, é claro, roubaram. Servirá para lustrar sapatos. Vocês são todos uns bobos, eu não estou chorando, por que choraria? O lixo aqueceu-se ao sol, derreteu-se em negro visgo de banana. O maço de cartas, pisoteado na lama. "Chura querida, mas quando finalmente...", "Chura querida, diga somente..." Uma das cartas, meio seca, gira, qual listada borboleta amarela, sob o álamo poeirento, sem saber onde pousar.

O que posso fazer com tudo isso? Voltar-me e ir embora. Calor. O vento tange a poeira. E Aleksandra Ernéstovna, a Chura querida, real como uma miragem, coroada de frutas de madeira, flutua sorrindo pela trêmula viela, dobrando a esquina, rumo ao Sul, o incrivelmente distante e radioso Sul, rumo à gare perdida, flutua, derrete-se, e se dissolve no calor do meio-dia.

"NO DEGRAU DE OURO..."

para minha irmã, Chura

Sentados no degrau de ouro:
Tsar, grão-duque, conde, rei,
Alfaiate, sapateiro. Quem é você? Diga ligeiro,
Responda logo, não atrase o povo!

Cantiga infantil

No princípio era o jardim. A infância era o jardim. Sem começo nem fim, sem limites ou cercas, de farfalhares e rumores, dourado ao sol, verde-claro à sombra, de mil pavimentos, desde as urzes até o cume dos pinheiros; ao sul, o poço com os sapos, ao norte, as rosas brancas e os cogumelos; ao poente, o framboesal mosquitoso; ao nascente, o arandoal, as vespas, o despenhadeiro, o lago, as pontezinhas. Dizem que de manhã cedinho viram junto ao lago um homem completamente pelado. Palavra de honra. Não conte à mamãe. Sabe quem era ele?... "Não pode ser." "É verdade, estou lhe dizendo. Ele pensava que não havia ninguém ali. Mas nós estávamos entre os arbustos." "E o que foi que vocês viram?" "*Tudo.*"

Isso sim que foi sorte! Isso acontece só uma vez em cem anos. Porque o único pelado ao alcance da gente — o do livro de anatomia — não é verdadeiro. Tendo arrancado a pele para essa ocasião, carnudo e vermelho, ele se pavoneia com o seu músculo clavículo-peitoral-mamilar (todas palavras indecentes!) diante dos alunos da oitava série. Quando (daqui a cem anos) nós passarmos para a oitava série, ele vai mostrar tudo isso também a nós.

Com uma carne igualmente vermelha a velha Ana Ilínitchna alimenta a gata tigrada Memeka. Memeka nasceu já depois da guerra, ela não respeita a comida. Agarrada com as quatro patas ao tronco do pinheiro, alto-alto acima do chão, Memeka petrificou-se em imóvel desespero.

— Memeka, carne, carne!

A velha sacode a tigela com entrecostos, levanta-a para o alto, para a gata enxergá-la melhor.

— Olhe só, que carne!

A gata e a velha se encaram tristemente. "Leve isto embora", pensa Memeka.

Nas abafadas espessuras dos rubros lilases persas, a gata tortura os pardais. Um desses pardais nós encontramos. Alguém escalpelara sua cabecinha de brinquedo. O crânio frágil pelado como uma baga de groselha. Uma sofrida carinha de pardal. Fizemos-lhe uma touquinha de rendinhas, costuramos uma camisolinha branca e o enterramos numa caixinha de chocolates. A vida é eterna. Só os pássaros morrem.

Quatro chalés despreocupados desprovidos de cercas — vá aonde bem entender. O último era a nossa "casa própria". A velha estrutura de toras emergia de viés de sob o úmido alpendre de bordos e folhagens e, clareando-se, multiplicando as janelas, estreitando-se até as varandas ensolaradas, afastando os nastúrcios, empurrando os lilases, evitando o pinheiro centenário, corria rindo para a face sul e parava no alto da suave encosta de morangos e dálias, descendo, descendo, para lá, onde tremula o ar quente e o sol se esfacela nos telhados de vidro abertos das caixas mágicas repletas de filhotes de pepino dentro de rosetas de flores cor-de-laranja.

Junto à casa (o que será que há lá dentro?), tendo aberto todas as janelas da varanda trespassada de julho, Vieronika Vikêntievna — enorme beldade branca — pesava morangos: para a sua própria geleia, e para vender aos vizinhos. Uma beldade exuberante, dourada, como uma maçã!

Galinhas brancas passeiam junto aos seus pesados pés, perus mostram por entre as bardanas as suas caras indecorosas, um galo verde-vermelho olha para nós de cabeça inclinada: o que é que estão querendo, meninas? "Queremos morangos." Os dedos da bela mercadora estão vermelhos do sangue da fruta. Bardanas, balança, cesta.

Tsarina, rainha! Ela é a mulher mais gananciosa do mundo:

> *Vinhos de além-mar lhe são servidos,*
> *Ela come pão de mel precioso,*
> *Guardam-na terríveis sentinelas...*[21]

Certa vez, com as mãos vermelhas assim, ela saiu do galpão escuro, sorrindo: "Degolei um bezerrinho...".

Nos seus ombros levam machadinhas...

Ir-r-ra! Fujamos daqui, correndo, que pesadelo, que horror — fedor gelado — galpão, umidade, morte...

E o tio Pacha[22] é o marido dessa mulher medonha. Tio Pacha é miúdo, tímido, domesticado. É um ancião — tem cinquenta anos. Ele trabalha de guarda-livros em Leningrado: levanta-se às cinco da manhã e corre por montes e vales para alcançar o trenzinho a tempo. Sete quilômetros correndo a pé, uma hora e meia pela bitola estreita, dez minutos de bonde, depois enfiar os guarda-mangas pretos e sentar-se na áspera cadeira amarela. Portas forradas de oleado, uma cave

---

[21] Esta e a citação seguinte trazem versos da "Fábula do peixe e o pescador" ("Skazka o rybake i rybke"), de Púchkin (1833). (N. da E.)

[22] Apelido de Pável. (N. da E.)

enfumaçada, luz rala, cofres, faturas — este é o trabalho do tio Pacha. E, quando já passou, ruidoso, o alegre dia azul, tio Pacha emerge do porão e corre de volta: fragor de bonde do pós-guerra, enfumaçada gare noturna, fuligem, cercas, mendigos, cestas; o vento tange papeluchos amarrotados pela plataforma vazia. No verão, de sandálias, no inverno, de botas de feltro soladas, tio Pacha se apressa para o seu Jardim, o seu Paraíso, onde do lado sopra o silêncio do anoitecer, onde na enorme cama de quatro pés de vidro balança a imensa Tsarina de tranças de ouro. Mas os pés de vidro nós só os vimos mais tarde, Vieronika Vikêntievna se desentendeu com a mamãe.

Acontece que certa vez no verão ela vendeu um ovo à mamãe. Com uma condição estrita: cozinhar e comer o ovo imediatamente. Mas a leviana mamãe presenteou com o ovo uma vizinha de chalé. O crime veio à tona. As consequências podiam ser monstruosas: a dona podia pôr o ovo debaixo da sua galinha, e esta, na sua ignorância galinácea, podia chocar e produzir uma raça de galinhas igualmente singular, como a das que ciscavam no jardim de Vieronika Vikêntievna. Ainda bem que tudo passou sem problemas. O ovo foi comido. Mas Vieronika Vikêntievna não podia perdoar a perfídia de mamãe. Eles deixaram de nos vender morangos e leite; tio Pacha, ao passar correndo, sorria um sorriso culpado. Os vizinhos trancaram-se: reforçaram a tela de metal em mourões de ferro, salpicaram vidro moído em lugares estrategicamente importantes, estenderam arame farpado e adquiriram um medonho cão amarelo. Isto, é claro, não foi suficiente.

Por que não poderia a mamãe, na calada da noite, pular a cerca e matar o cão, e, arrastando-se pelo vidro moído, com a barriga rasgada pelo arame farpado, esvaindo-se em sangue, conseguir, com as mãos enfraquecidas, arrancar uma muda de morangos de espécie rara, para enxertá-la nos seus raquíticos moranguinhos? E não poderia ela, não poderia, correr com a presa até a cerca e, gemendo, sufocando, atirar por cima da cerca, num derradeiro esforço, a muda de morango ao papai, escondido entre os arbustos, faiscando ao luar com seus óculos redondos?

De maio até setembro, Vieronika Vikêntievna, torturada pela insônia, saía no meio da noite para o jardim, demorava-se muito tempo ali parada, de ampla camisola branca, com um forcado na mão, como Netuno, e escutava as aves noturnas, aspirava os jasmins. Nos últimos tempos, a sua audição aguçou-se: ela conseguia ouvir, a trezentos metros de distância, como no nosso chalé, papai e mamãe, de cabeças cobertas pelo cobertor de camelo, sussurravam combinando engabelar Vieronika Vikêntievna: cavar uma passagem subterrânea para a estufa de salsinha precoce.

A noite avançava, a casa pretejava surdamente atrás das suas costas. Em algum lugar na morna escuridão, no âmago da casa, perdido nas entranhas do leito enorme, quieto como um ratinho, jazia o pequeno tio Pacha. Alto, por sobre sua cabeça, flutuava o forro de carvalho, ainda mais alto flutuava a mansarda, com arcos com negros capotes reforçados dormindo em naftalina, e mais alto ainda, o sótão, com forcados, fardos de palha, revistas velhas, e logo ali, o telhado, a chaminé chifruda, o cata-vento, a lua — flutuavam através do jardim, através do sono, flutuavam, flutuavam, balançando, levando o tio Pacha para o país da juventude perdida, para o país das esperanças realizadas, mas depois retornava do frio Vieronika Vikêntievna, alva e pesada, e esmagava-lhe os pezinhos pequeninos e quentes.

... Ei, acorde, tio Pacha! Vieronika vai morrer logo.

Você errará sem pensamentos pela casa agora vazia, mas depois se aprumará, desabrochará, olhará em volta, se lembrará, espantará as lembranças, e desejará e trará — para ajudá-lo com a casa — a irmã caçula de Vieronika, a Margarita, igualmente alva, grande e bela. E será ela que em junho sorrirá na janela clara, se inclinará sobre o barril da água de chuva, passando por entre os bordos no lago ensolarado.

Oh, como no declínio dos nossos anos...[23]

Mas nós nem percebemos nada, mas nós esquecemos Vieronika, mas nós estávamos no inverno, inverno, inverno, caxumba e sarampo, inundação e verrugas, e um pinheirinho faiscante enfeitado de tangerinas, e mandaram fazer uma peliça para mim, e uma tia no pátio tocou nela e disse: "*Mouton!*".[24]

No inverno os caseiros grudavam estrelas de ouro no céu negro, polvilhavam de brilhantes moídos os pátios de passagem do bairro de Petrogradskaia, e, escalando geladas escadas aéreas até as janelas, preparavam surpresas para a manhã: com finíssimos pincéis desenhavam nas vidraças caudas prateadas de pássaros de fogo.

Mas, quando o inverno já cansara a todos, eles o levaram em caminhões de carga para fora da cidade, enfiavam os magros restos de neve em subterrâneos gradeados, e espalhavam pelas pracinhas um mingau preto e perfumado com brotinhos de florzinhas amarelas. E, durante alguns dias, a cidade permanecia rosada, pedregosa e sonora.

E de lá, de trás do horizonte distante, já corria, risonho e ruidoso, agitando sua bandeira multicolor, o verde verão com formigas e camomilas.

Tio Pacha desfez-se do canzarrão amarelo — meteu-o numa arca e salpicou de naftalina: cedeu a mansarda a uns veranistas, uma vovozinha estranha amorenada e sua neta gorda, e convidava as crianças para casa e servia-lhes geleia.

---

[23] Verso de "Último amor" ("Poslediáia liubóv"), de Fiódor Tiúttchev (1852). (N. da E.)

[24] Em francês no original: "Carneiro". (N. da E.)

Nós ficávamos penduradas na cerca, vendo como a vovozinha alheia a toda hora abre as janelas coloridas da mansarda e, iluminada pelos losangos arlequinescos das velhas vidraças, chama:
— Quer pãocomleite?!
— Não quero.
— Quer cocoxixi?!
— Não quero.
Nós pulávamos num pé só, curávamos arranhões com cuspe, enterrávamos tesouros, cortávamos minhocas com canivete, espionávamos a velha lavando no lago suas calças cor-de-rosa, e encontramos debaixo do bufê do senhorio a fotografia de uma orelhuda família espantada, com a dedicatória: "Em duradoura, duradoura lembrança do ano de 1908".
Vamos visitar o tio Pacha! Só que você vai na frente. Não, você. Cuidado com a soleira. Não enxergo no escuro. Segure-se em mim. Mas ele vai nos mostrar o *quarto*? Mostra sim, só que teremos de tomar chá primeiro.
Colherinhas retorcidas, pezinhos retorcidos dos vasinhos. Geleia de cerejas. Na sombra alaranjada do abajur ri a leviana Margarita. Mas acabe de beber logo! Tio Pacha já sabe, está esperando, escancarou a misteriosa porta para a caverna de Aladim. Oh, quarto! Oh, sonhos infantis! Oh, tio Pacha — rei Salomão! Você segura a Cornucópia da Fartura nas suas mãos possantes. Uma caravana de camelos desfilou em marcha fantasmagórica pela sua casa, e perdeu no crepúsculo estival a sua carga de Bagdá. Cascatas de veludo, plumas de avestruz de rendas, uma torrente de porcelana, colunas douradas de molduras, preciosas mesinhas de perninhas curvas, colunas trancadas de montes de vidro, onde em delicadas taças amarelas se enroscam parreiras negras, onde brilham em pretume inescrutável negros de saias de ouro, onde se contorce algo transparente, prateado... Veja, um relógio precioso com números estranhos e ponteiros serpenteantes!

E este, com miosótis! Ah, mas olhe, olhe aquele ali! Sobre o mostrador, um quartinho de vidro, e nele, sentado à mesinha de ouro, um Cavaleiro de ouro, de cafetã, com um sanduíche de ouro na mão. E, ao seu lado, uma Dama de ouro com um cálice — o relógio toca, e ela bate com o cálice na mesinha, seis, sete, oito. Os lilases estão com inveja, espiam pela janela, tio Pacha senta-se ao piano e toca a *Sonata ao luar*. Quem é você, tio Pacha?

Ei-la, a cama sobre os pés de vidro! Semitransparentes na penumbra, invisíveis e possantes, eles erguem alto para o teto um emaranhado de rendas, babilônias de travesseiros, o aroma lunar, cor-de-lilases de música divina. A branca e nobre cabeça de tio Pacha inclinada para trás, sorriso de Gioconda nos lábios, sorriso de Gioconda no rosto de ouro de Margarita, silenciosamente postada na porta, balançam as rendas das cortinas, balançam os lilases, balançam as ondas de dálias na encosta até o horizonte, até o lago noturno, até a coluna lunar.

Toque, toque, tio Pacha! Califa por uma hora, príncipe encantado, mancebo estelar, quem te deu este poder sobre nós, enfeitiçadas, quem te presenteou com essas asas brancas nos ombros, quem elevou a tua cabeça prateada até o firmamento noturno, te coroou de rosas, te iluminou de luz montanhesa, te envolveu em vento lunar?...

> *Ó Via Láctea, clara irmã*
> *De Canaã dos rios de leite*
> *Flutuemos na chuva estelar*
> *P'ras névoas, aonde fundidos*
> *Os corpos dos amantes voam!*[25]

---

[25] Versos de "Via Láctea" ("Voie Lactée"), poema de Guillaume Apollinaire (1913), citado em russo pela autora. (N. da E.)

... Bem, é isto. Vamo-nos, venha. Não dá jeito de dizer ao tio Pacha um simplório "obrigado". Melhor seria algo mais frondoso: "Sou-lhe grata". "Não merece gratidão."

"E você notou que na casa deles só há uma cama?" "E onde dorme a Margarita? No sótão?" "Pode ser. Só que lá estão os veranistas." "Mas quem sabe eles dormem nessa cama de vidro como valetes?" "Você é boba. Eles são estranhos." "Você que é boba. E se eles são amantes?" "Mas amantes só existem na França." É mesmo. Nem me lembrava disso.

... Cada vez mais apressada a vida trocava os vidros da lanterna mágica. Com a ajuda da mamãe nós penetrávamos nas vielas espelhadas de um ateliê de costura adulto, onde um alfaiate calvo e barrigudo tomava medidas vergonhosas, repetindo: "Permita incomodá-la", nós invejávamos as meninas de meias de náilon, de orelhas furadas, desenhávamos óculos em Púchkin nos livros escolares, bigodes em Maiakóvski, e em Tchekhov, no geral favorecido pela natureza, um grande peito branco. E logo reconheceu-nos, e precipitou-se para nós, o modelo defeituoso do curso de anatomia, cansado de esperar, oferecendo generosamente as suas entranhas numeradas, mas o coitado já não emocionava ninguém. E, olhando certa vez para trás, apalpamos com dedos perplexos o vidro enfumaçado, atrás do qual, antes de ir para o fundo, pela última vez acenou-nos com o lenço o nosso jardim. Mas nós ainda não percebemos a perda.

O outono entrou na casa do tio Pacha e bateu-lhe no rosto. Outono, do que precisas? Espera, o que é isso, é pra valer?... Voaram as folhas, escureceram os dias, encurvou-se Margarita. Afundaram na terra as galinhas brancas, os perus voaram para terras quentes, saiu da arca o cão amarelo e, abraçando o tio Pacha, ficou escutando à noite os uivos do vento norte. Meninas, alguém aí, levem o chá indiano ao tio Pacha! Como nós crescemos! E como você está abatido, tio

Pacha! Tuas mãos estão manchadas, os joelhos vergados. Por que você respira com esse chiado? Eu sei, eu adivinho: de dia vagamente, de noite nitidamente, você ouve o ranger dos cadeados de ferro. É a corrente que se desgasta.

Por que se agita assim? Quer mostrar-me os teus tesouros? Que seja, eu ainda tenho cinco minutos. Faz tanto tempo que eu estive aqui. Que velha que estou! Então era isso que nos encantava assim? Toda essa velharia, essa tralha, comodazinhas de pintura arranhada, quadrinhos simplórios de oleado, jardineirinhas cambaias, pelúcia puída, tule remendado, imitações ordinárias de má qualidade, contas de vidro barato? E era isso que cantava e iridescia, chamejava e chamava? Que pilhérias tolas são as tuas, vida! Pó, cinzas, podridão. Emergindo do fundo mágico da infância, das tépidas profundezas radiosas, descerraremos no vento frio o punho contraído — o que, além de um punhado de areia úmida, levamos conosco? Porém, como um quarto de século atrás, tio Pacha, com mãos trêmulas, dá corda no relógio de ouro. Sobre o mostrador, no quartinho de vidro, encolheram-se os pequenos moradores — a Dama e o Cavaleiro, senhores do Tempo. A Dama bate na mesa com o cálice, e o som fininho tenta atravessar a bicadas a casca dos decênios. Oito, nove, dez. Não. Perdoe-me, tio Pacha. Está na minha hora.

... Tio Pacha congelou-se no degrau. Não conseguiu alcançar o aro de ferro da porta e caiu com o rosto na neve. Brancas margaridinhas de geada cresceram entre os seus dedos petrificados. O cão amarelo fechou-lhe silenciosamente os olhos e foi-se pela poeira de neve por uma escada de estrelas para as negras alturas, levando consigo uma trêmula chamazinha viva.

A nova dona — a filha idosa de Margarita — despejou as cinzas de tio Pacha numa lata e colocou-a numa prateleira no galinheiro vazio — enterrar era trabalhoso.

Dobrada ao meio pelos anos, o rosto curvado baixo, até o chão, vagueia Margarita pelo jardim frio e ventoso, como se procurasse pegadas perdidas nas picadas silenciosas.

— Perversa! Enterre-o!

Mas a filha fuma indiferente no degrau. As noites são frias. Acenderemos as luzes mais cedo. E a dourada Dama do Tempo, tendo esvaziado até o fundo a taça da vida, baterá na mesa para o tio Pacha a última meia-noite.

CAÇADA AO MAMUTE

Nome bonito que é Zoia, não é mesmo? Como um zumbir de abelhas. E ela própria é bonita: boa estrutura e tudo o mais. Minúcias? Pois não, minúcias: pernas boas, corpo bom, pele boa, nariz, olhos — tudo bom. Castanha. Por que não loura? Porque nem todas têm sorte na vida.
Quando Zoia conheceu Vladímir, este ficou simplesmente abalado. Bem, pelo menos, agradavelmente surpreendido.
— Oh! — disse Vladímir.
Foi isso mesmo que ele disse. E quis encontrar-se com Zoia muitas-muitas vezes. Mas não constantemente. E isto aborreceu-a.
No seu apartamentozinho de um quarto, ele só quis deixar das suas coisas a escova de dentes — um objeto sem dúvida íntimo, mas não o suficiente para prender um homem firmemente ao lar doméstico. Zoia gostaria que as camisas, cuecas, meias de Vladímir se acomodassem, por assim dizer, na sua casa, ficassem à vontade no roupeiro, largadas, quem sabe, numa cadeira; para ela poder apanhar algum sueterzinho e pôr de molho! Com sabão em pó Lótus! Depois secá-lo, bem esticado.
Pois nada disso — ele não deixava marcas: sempre conservava tudo na sua morada comunal. Até mesmo o aparelho de barbear! E o que é que ele barbeava com o tal aparelho, barbudo que é! Ele tinha duas barbas; uma espessa, mais escura, e no centro como que outra, menorzinha, menos ruiva, crescendo num tufinho estreito no queixo. Um fenômeno!

Quando ele comia ou ria, esta segunda barba saltitava. De estatura Vladímir não era alto, meia cabeça mais baixo que Zoia, de aspecto um tanto selvagem, cabeludo. E movia-se muito rápido.

Vladímir era engenheiro.

— O senhor é engenheiro? — perguntou Zoia, terna e distraída, no primeiro encontro, quando estavam no restaurante, e ela, abrindo a boca por um milímetro, degustava profiteroles em calda de chocolate, fingindo que por algum motivo intelectual não estava gostando muito.

— Correto — disse ele, olhando para o queixo dela.

— Trabalha no Instituto de Investigação Científica?

— Correto.

— ... ou na produção?

— Correto.

Vá alguém entendê-lo, quando ele a fita assim. E bebeu um pouco.

Engenheiro — também é bom. É verdade que seria melhor se fosse cirurgião. Zoia trabalhava num hospital, no balcão de informações, envergava um avental branco e com isso ficava pertencendo um pouco a esse maravilhoso mundo médico, branco, engomado, com suas seringas e espátulas, carrinhos e autoclaves, e pilhas de rústica roupa íntima lavada com seus carimbos pretos, e rosas, e lágrimas, e bombons de chocolate, e, impetuosamente levado por intermináveis corredores, um cadáver arroxeado, atrás do qual, mal conseguindo alcançá-lo, voa um pequenino anjo magoado, apertando fortemente ao seu peito de passarinho a sofrida, liberta alminha, enfaixada como uma boneca.

Mas o rei nesse mundo é o cirurgião, não se pode encará-lo sem temor, quando ele, envolto com ajuda dos camareiros em amplo manto e verde coroa com trancelins, com suas inestimáveis mãos majestosamente levantadas, se apronta para a sua sagrada missão real: realizar o juízo supremo, arremeter e decepar, punir e salvar, e doar a vida com a sua espada reluzente... Então, não é um rei? E Zoia tinha muita--muita vontade de cair num sangrento abraço cirúrgico. Mas engenheiro também serve.

    Naquele dia eles passaram um tempo muito agradável no restaurante, conhecendo-se um ao outro, e Vladímir, ainda não sabendo com o que podia contar em relação a Zoia, foi generoso. Foi só mais tarde que ele começou a economizar, examinava cuidadosamente o cardápio, pedia para si mesmo só um prato de carne, e não se demorava no restaurante. Em vão Zoia ficava sentada com ares lânguidos, com uma expressão propositadamente desligada, como que levemente zombeteira, em parte pensativa — supunha-se que pelo seu rosto passavam fugazes matizes da sua complexa vida interior, como de requintada melancolia ou alguma sutil recordação; ela permanecia sentada, como que mirando a distância, os cotovelos elegantemente apoiados na mesa e, projetando o lábio inferior, soltava para o firmamento colorido graciosos anéis de fumaça. Estava representando uma fada. Mas Vladímir contracenava mal: comia compenetrado, sem qualquer tristeza, bebia com sofreguidão, fumava sem languidez: rápido, ávido, empesteava o ar de fumaça, e logo esmagava a bagana, apertando-a no cinzeiro com um dedo amarelo. Aproximava muito a conta dos olhos, espantava-se horrivelmente e imediatamente encontrava um erro. E nunca pedia caviar: isto, dizia, só comiam princesas e ladrões. Zoia ficava ofendida: como que então ela não era uma princesa, embora não reconhecida? E mais tarde eles pararam de frequentar restaurantes de uma vez, ficavam em casa mesmo. Ou ela ficava sozinha. Era enfadonho.

    No verão ela sentiu vontade de ir ao Cáucaso. Lá há barulho e vinho, e banhos noturnos, aos guinchos, e uma porção de homens interessantes, e, olhando para Zoia, eles diriam: "Oh!", e faiscariam os dentes.

Ao invés disso, Vladímir arrastou para casa uma canoa, trouxe dois amigos, iguais a ele, de malcheirosas e quadriculadas camisas de *cowboy*, e eles rastejavam de quatro, montando-a e desmontando-a, e remendando-a, e metiam partes lisas do repugnante corpo da canoa numa tina com água, exclamando: "Está vazando! Não está vazando!", enquanto Zoia, sentada no sofá, enciumada, aborrecida com a falta de espaço, tinha volta e meia de levantar os pés, para que Vladímir pudesse rastejar de um lugar para outro.

Depois ela teve de segui-lo, e aos seus amigos, nesta horrível expedição para o norte, para não-sei-que lagos, à procura de não-sei-que espantosas ilhas, e ela ficou gelada e molhada, e Vladímir cheirava a cachorro. Eles voavam, remando rapidamente, saltando sobre as ondas, por um tenebroso lago setentrional, de plúmbeas águas inchadas, Zoia sentada diretamente no fundo da odiosa canoa, de pernas esticadas, tão mais curtas sem os saltos, tão lamentáveis e magras nas calças esportivas, e sentia que seu nariz estava vermelho, e os cabelos emaranhados, os hostis salpicos da água fazendo-lhe escorrer o rímel das pestanas, e pela frente ainda a esperavam duas semanas de tortura na úmida barraca sobre um rochedo inabitável coberto de pinhos e mirtilos, entre pessoas estranhas, desaforadamente animadas, entre seus gritos alegres ao almoço feito de concentrado de ervilhas.

E chegava o turno de Zoia de lavar no lago azul e gelado as engorduradas panelas de alumínio que continuavam sujas do mesmo jeito. E sua cabeça estava suja e coçava debaixo do lenço.

Todos os engenheiros estavam com as suas próprias mulheres, ninguém a fitava com olhares especiais, nem dizia: "Oh!", ela se sentia como um camarada assexuado de calças compridas, e eram-lhe repugnantes o riso junto à fogueira, e o tilintar da guitarra, e os urros felizes à vista de um lúcio pescado. Ela ficava deitada na barraquinha, totalmente infeliz, odiava o Vladímir das duas barbas e queria casar-se com ele de uma vez, logo. Então poderia, com todo o direito de esposa legítima, não se enfear na assim chamada natureza, mas, sem sair de casa, ficar sentadinha no sofá de penhoar leve e elegante (babados por toda a parte, produção da RDA),[26] de pernas cruzadas, diante de um televisor em cores (Vladímir que o compre), luz rosada fluindo do abajur iugoslavo, e algo levezinho para bebericar, e algo de bom para ir fumando (os parentes dos pacientes internados que a presenteiem), aguardar a volta de Vladímir da sua expedição de canoa e recebê-lo, um pouco descontente e desconfiada: Gostaria de saber o que você fazia ali, sem mim. E com quem vocês viajaram. Trouxe peixe? — e depois, vá lá, perdoar-lhe a ausência de duas semanas. Mas, durante essa mesma ausência, quem sabe telefonaria um cirurgião conhecido, flertando, e Zoia, abraçando preguiçosamente o telefone, e afivelando uma expressão no rosto, espicharia a voz: "Não sei não... Veremos... Pensa assim, seriamente?...". Ou então ligará para uma amiga: "E você, o que disse?... E ele?... E você, então?...". Ah, a cidade! Brilho e noite e asfalto molhado e luzes de néon vermelhas nas poças debaixo dos saltos...

Mas aqui as ondas batem pesadas contra os rochedos, o vento rumoreja surdamente no topo das árvores, a fogueira dança a sua dança eterna, e a noite nos mira de costas, e guincham nas barraquinhas as feias mulheres de caras sujas dos engenheiros. Um tédio!

Vladímir estava extático, levantava-se cedo, enquanto o lago ainda estava quieto e claro, descia pela encosta íngreme agarrando-se aos pinhos e melando as mãos de resina, ficava parado, as pernas muito separadas, sobre a laje de granito que entrava pela transparente água ensolarada, lavava-se,

---

[26] Sigla da República Democrática Alemã, ou Alemanha Oriental. (N. da E.)

bufava e soprava, e olhava para trás, com olhos felizes, para Zoia, sonolenta, sem pintura, parada, taciturna, com uma caneca nas mãos: "E então? Alguma vez você ouviu tamanho silêncio? Escute só que quietude! E o ar? Uma delícia!". Ai, como ele era chato! Casar, depressa, casar com ele, logo!

No outono Zoia comprou uns chinelos para Vladímir. Xadrezinhos, aconchegantes, eles o aguardavam no vestíbulo, boquiabertos: Enfia o pezinho, Vóva![27] Aqui você está em casa, está em porto seguro. Fique conosco! Aonde você vai correndo, boboca?

Zoia meteu a sua própria fotografia — cachos castanhos, sobrancelhas arqueadas, olhar severo — na carteira de Vladímir: quando for pegar a passagem, ou pagar alguma coisa, vai vê-la, tão bonita, e vai exclamar: Mas o que é isso, por que eu não me caso? E se os outros me passarem para trás? Ao anoitecer, esperando, ela punha na janela a lâmpada rosa de pé redondo — farol familiar nas trevas. Para fortalecer os laços, para aquecer-lhe o coração: escura é a vivenda, escura a noite, mas arde, flameja a luzinha — é a estrela da sua alma que não dorme, talvez preparando geleias, talvez lavando umas roupas.

Macios são os travesseiros, macios os bolinhos de carne, duas vezes moídos, tudo só atraía, e Zoia zumbia como uma abelha: apresse-se, amiguinho! Mexa-se, seu nojento!

Vontade de estar casada antes de emplacar vinte e cinco — depois é o fim, a mocidade passou, vão te pôr para fora da sala, para o teu lugar virão correndo outras: ligeiras, cacheadas!

De manhã eles tomavam café. Vladímir lia a revista *Canoas e Iates*, mastigava, as migalhas ficavam presas nas duas barbas; Zoia se calava, hostil, olhava para a testa dele, en-

[27] Apelido de Vladímir. (N. da E.)

viando fluidos telepáticos: case-se, case-se, case-se, case-se, case-se! À noite novamente ele lia alguma coisa, e Zoia ficava olhando pela janela, esperando quando afinal será hora de dormir. Vladímir lia inquieto, se agitava, coçava a cabeça, balançava o pé, gargalhava e exclamava: "Não, ouve só isso!" — e, interrompendo-se com o riso, cutucando Zoia com o dedo, lia o que tanto lhe agradara. Zoia sorria azedo ou então não reagia em absoluto, encarando-o fria e fixamente, e ele balançava a cabeça, encabulado, encolhia-se e balbuciava: "Que sujeito...", conservando, por orgulho, um sorriso inseguro na cara.

Estragar-lhe o prazer, isso ela sabia.

Não, mas realmente: ei-lo que vive aqui com tudo prontinho. Tudo varrido, arrumado, a geladeira degela no tempo certo. Sua escova de dentes está aqui. Chinelo caseiro. Tem aqui comida, bebida. Se precisar mandar algo para a tinturaria, tudo bem — às ordens! Então por que você, seu isto e aquilo, não se casa, só estraga o humor das pessoas?! Se ao menos eu soubesse com certeza que você não tem a intenção, então adeus e pronto! Tchau-tchau! Lembranças pra titia! Mas como saber as suas intenções? Fazer-lhe a pergunta direta ela não ousava. A experiência secular a continha. Um só tiro infeliz — e adeus, tudo perdido: a caça foge a bom correr, só levanta poeira atrás das patas. Não, é preciso atraí-la.

Mas ele, o danado, acomodou-se. Sente-se como na própria casa. Acomodado de todo. Trouxe da morada comunal as suas camisas, casacos. Suas meias agora aparecem por todos os cantos. Chega e já calça os chinelos. Esfrega as mãos: "E o que temos hoje para o jantar?". É *temos*, notem bem. Era assim que ele conversava.

— Carne — respondia Zoia entredentes.

— Carne? Per-rfeito! Per-rfeito! E por que estamos tão aborrecidos?

Ou então se põe a devanear:

— Vamos comprar um carro, quer? Vamos rodar: para onde der na veneta.

Um verdadeiro escárnio! Como se ele nunca pensasse em largar Zoia! Mas e se de fato nunca pensou nisso? Então, vamos nos casar! Amar sem garantia, isto Zoia não queria.

Zoia colocava armadilhas: cavava um buraco, cobria de ramagens, e empurrava, empurrava... De repente, já vestida e pintada, recusava fazer uma visita, deitava no sofá e fitava tristemente o teto. O que foi? Ela não pode... Por quê? Porque não... Mas não, o que aconteceu? Está doente? O que é que há? O que há é que ela não pode, não irá, está com vergonha de se exibir para escárnio geral, todos vão me apontar com o dedo: na qualidade de quê, expliquem-me, ela veio parar aqui? Todos com as esposas... Bobagem, dizia Vladímir, esposas lá são no máximo um terço, e mesmo essas são estranhas. Mas se até então Zoia saía sem problemas? Saía até agora, mas agora de repente não pode, sua alma é de organização delicada, ela murcha como uma rosa, quando não é bem tratada.

— Gostaria de saber quando foi que eu te tratei mal!

E assim por diante, assim por diante, sempre para os lados da armadilha disfarçada.

Vladímir levou Zoia para visitar certo pintor: dizem que é muito interessante. Zoia imaginou o *beau monde*, grupinhos de conhecedores de arte: senhoras, velhas corocas, todas cheias de turquesas e com pescoços como perus; os homens, elegantes, de lencinhos coloridos no bolsinho do paletó, bem cheirosos. Um nobre cavalheiro idoso de monóculo aproxima-se. É o artista, de blusa de veludo, pálido, de paleta na mão. Aqui entra Zoia. Todos: "Oh!". O artista empalidece. "A senhora tem de posar para mim." O nobre ancião mira-a com melancólico e fidalgo olhar; seus anos já passaram. O perfume de Zoia já não é para ele. O retrato de Zoia — um nu — é levado para Moscou. A exposição no Manege.[28] A polícia contém o ímpeto da multidão. Vernissage no exterior. O retrato está protegido por vidro inquebrável. Deixam entrar dois de cada vez. Uivam as sirenes. Todos para a direita! Entra o presidente. Ele fica abalado. Onde está o original? Quem é esta jovem?

— Cuidado para não quebrar um pé — disse Vladímir. Eles desciam para o subsolo. Dos encanamentos quentes pendiam estopas. No ateliê faz calor. O pintor — um pobre-diabo de blusão de saco — arrastava quadros pesados. Desenhos estranhos: por exemplo, um grande ovo, do qual sai uma porção de homenzinhos miúdos, entre as nuvens paira Mao Tsé-Tung de botas de lona e quimono colorido, com uma chaleira na mão. Tudo junto se denomina *Concordância*. Ou então, uma maçã, e de dentro dela sai um verme de óculos e pasta na mão. Ou ainda, um lugar deserto e rochoso, cavalinhas, e das cavalinhas sai um mamute de chinelos. Alguém pequenino faz mira nele com arco e flecha. E ao lado se vê uma pequena caverna: lá dentro está uma lâmpada elétrica pendurada num fio, um televisor alumia, arde a chamazinha de um fogão a gás. Até uma panela de pressão está meticulosamente desenhada, e, sobre uma mesinha, um ramo de cavalinhas. O título é *Caçada ao mamute*. Interessante. "Está certo, é ousado", disse Vladímir, "ousado, ousado... Mas e a ideia?" "Ideia?", espantou-se alegre o artista. "O senhor me ofende! Serei eu algum pintor ambulante do século passado? Ideia! Das ideias, meu irmão, é preciso correr a bom correr, sem olhar para trás!" "Não, mas mesmo assim, mesmo assim..." Começaram a discutir, agitando as mãos, o pintor colocou sobre uma mesinha baixa uns cambaios copinhos de cerâmica, abriu com o cotovelo um espaço no meio da sujeira. Beberam algo de ruim, comeram pedacinhos duros como

---

[28] A principal sala de exposições de Moscou. (N. da E.)

pedra de algo de anteontem. O anfitrião percorria a superfície de Zoia com o olhar claro e como que cego de um profissional. Esse olhar não tocava a alma de Zoia, como se ela não existisse. Vladímir estava vermelho, suas duas barbas estremeciam, ambos gritavam, pronunciavam palavras como *absurdo* e outras parecidas: um se referia a Giotto, outro a Moissêienko,[29] e esqueceram Zoia. Ela ficou com dor de cabeça, um martelar nos ouvidos: *dum, dum, dum*. Do lado de fora da janela, no escuro, preparava-se uma chuva, a lâmpada empoeirada no teto flutuava através de camadas de fumaça azulada, nas rústicas prateleiras brancas aglomeravam-se jarras com carrapichos da Crimeia há muito quebrados, cobertos de teias de aranha. Zoia não estava nem aqui nem em lugar algum, ela não existia de todo. O resto do mundo inteiro também não existia. Só a fumaça e o martelar: *dum, dum, dum*.

No caminho de casa, Vladímir abraçou Zoia pelos ombros.

— Um sujeito interessante, embora maluco! Você ouviu seus argumentos?! Encantador, não?

Zoia se calava, raivosa. Chovia.

— Você é uma companheirona! — zoava Vladímir. — Vamos já para casa: e um chazinho quente, sim?!

Que patife, o Vladímir. Que golpes desonestos, safados. Pois se existem as regras da caçada: o mamute se afasta a uma certa distância, eu faço pontaria, solto a flecha: *Vzzzzzzz!* — e ele está acabado. E eu arrasto o seu corpanzil para casa: tenho carne para um longo inverno. Mas este vem de moto próprio, aproxima-se a pouca distância, pasta, belisca o capim, se finge de mansinho! Permite que o ordenhem! Mas o curral está aberto, aberto dos quatro lados! Meu Deus do céu, nem

---

[29] Ievsiêi Moissêienko (1916-1988), pintor soviético. (N. da E.)

existe curral! Assim ele vai embora, vai embora, meu Deus. Preciso de uma cerca, arame farpado, cordas, cabos!

Dum, dum, dum. O sol se pôs. O sol se levantou. Pousou um pombo na janela, de anel no pé, olhou severo nos olhos de Zoia. Está aí, está aí, vejam só. Até um pombo qualquer — um pássaro piolhento, sujo —, até ele ganha um anel. Cientistas de avental branco, de rostos honestos e cultos, doutores em ciências, pegam-no, o pombinho, e o seguram — permite, amigo, que te incomodemos —, e o pombo compreende, o pombo não os contradiz, sem qualquer arrulho estende-lhes a pata de pele vermelha — pois não, camaradas! O vosso assunto é sério! *Clique!* E lá vai ele voando não mais como um qualquer, não fica mais se imiscuindo, aos berros grosseiros, entre os pés dos outros, não recua, boquiaberto, diante dos caminhões, não — ele sobrevoa cientificamente beirais e balcões, come civilizadamente os grãos oferecidos, e lembra firmemente que mesmo as manchas cinzentas dos seus excrementos de agora em diante estarão iluminadas pelos incorruptíveis raios da ciência: a Academia sabe, está a par, e se for preciso — perguntará.

Ela cessou de falar com Vladímir, ficava sentada olhando pela janela, pensando durante horas sobre o pombo científico. Ao interceptar sobre si o olhar tristonho do engenheiro, ela se concentrava: Como é? Onde estão as palavras tão esperadas? Pronuncie-as! Se entrega?

— Zoinha, o que é que há contigo? Eu venho com amor, e você me recebe como a um... — lamentava-se o barba-dupla.

Os traços do rosto de Zoia endureceram e se afilaram, e há muito que ninguém mais dizia: "Oh!" ao encontrar-se com ela, e ela nem precisava disso — o fogo azul da tristeza infinita que ardia na sua alma ofuscou todos os fogos do mundo. Não tinha vontade de fazer nada, e Vladímir passava ele próprio o aspirador, batia o tapetinho, ele mesmo preparou para o inverno o caviar de berinjela.

Dum, dum, dum, martelava a cabeça de Zoia, e o pombo com a aliança nupcial de fogo surgia das trevas, de cenho reprovadoramente franzido. Zoia deitava-se no sofá-cama reta e esticada e cobria a cabeça com uma manta, os braços estendidos ao longo do corpo. *Dor infinda*, eis como chamariam essa escultura de madeira entalhada os mestres medievais do álbum que está na prateleira da estante ao lado. *Dor infinda* — assim mesmo. Oh, eles sim saberiam entalhar como se deve a sua alma, a sua dor, todas as dobras da sua manta, esculpiriam-na e a pregariam no topo mais alto de uma estonteante catedral rendilhada, no cume mais alto, e fariam uma foto em plano fechado: "Zoia. Detalhe. Gótico precoce". O fogo azul esquentava a caverna de lã, não se podia respirar. O engenheiro saía do quarto na ponta dos pés. "Aa-oo-nde?", gritava Zoia num grito de cegonha, e o pombo casado sorria. "Eu só... lavar as mãos... você descanse...", sussurra o monstro assustado.

"Primeiro ele faz que vai lavar as mãos, depois faz que vai para a cozinha e lá a porta de saída já está ao lado", cochichava-lhe o pombo no ouvido. "Um, dois — e saiu..."

E estava certo. Ela jogou um laço de corda no pescoço do barba-dupla, deitou-se no sofá-cama, deu um puxão e ficou atenta. Na outra ponta, um sussurrar, um suspirar, espernear. Nunca este homem lhe agradara especialmente. Mas não, deixe disso — de fato ele sempre lhe foi repugnante. Um pequeno, possante, pesado, rápido, peludo, impassível animal.

Aquilo ainda se agitou por algum tempo — gania, se mexia, até que por fim silenciou — com o beatífico, denso silêncio da grande Idade do Gelo.

O CÍRCULO

O mundo está acabado, o mundo está distorcido, o mundo está trancado, e está trancado em Vassíli Mikháilovitch.

Aos sessenta anos a peliça pesa, os degraus são íngremes, e o coração está com você dia e noite. Você caminhou e caminhou, de monte em monte, por lagos radiosos, por ilhas claras; sobre a cabeça, pássaros brancos; sob os pés, serpentes coloridas, mas chegou aqui, e veio parar neste lugar; aqui é crepuscular e silente, e o colarinho aperta, e o sangue flui surdamente. Aqui você chegou aos sessenta.

É isso, é o fim. Aqui o capim já não cresce mais. A terra está congelada, o caminho é estreito e pedregoso, e pela frente te pisca um único aviso: Saída.

E Vassíli Mikháilovitch não concordava.

Sentado no corredor do cabeleireiro, ele esperava pela sua mulher. Pela porta aberta via-se uma sala estreita, com partições de espelhos, onde três... onde três das suas coetâneas se contorciam nas mãos de possantes fúrias loiras. Seria possível qualificar de senhoras aquilo que se multiplicava nos espelhos? Com crescente horror, Vassíli Mikháilovitch examinava a que estava sentada mais próximo dele. Uma sereia de cachos, os pés firmemente plantados no chão, agarrou aquilo pela cabeça e, puxando-a para trás, para uma bacia de latão, verteu-lhe água fervente — subiu um vapor; furiosamente, ela produziu espuma de sabão; outra vez vapor, e Vassíli Mikháilovitch mal teve tempo de saltar do lugar e gritar, quando, despencando sobre a vítima, ela se pôs a sufocá-

-la com uma toalha branca felpuda. Ele desviou os olhos. Na outra poltrona — Deus meu —, de uma cabeça congestionada, de resto muito satisfeita, eriçada como que de pinos, tríodos, resistências, projetavam-se longos fios condutores... Na terceira poltrona, olhando bem, ele reconheceu Ievguênia Ivânovna e dirigiu-se para o seu lado. Aquilo que em casa parecia ser o seu cabelo agora se encolhera, desnudando a pele, e a mulher de avental branco cutucava-o com um pauzinho embebido num líquido ralo. O cheiro era sufocante.

— Aonde vai de sobretudo?! — gritaram algumas vozes.

— Jênia,[30] deixa eu sair para andar um pouco, dar uma voltinha — acenou com a mão Vassíli Mikháilovitch. Desde a manhã ele sentia uma fraqueza nas pernas, palpitações no coração e vontade de beber.

No saguão, em grandes vasos, cresciam ásperas espadas verdes, encravadas na terra até os cabos; das paredes olhavam fotografias de criaturas nunca vistas, com insinuações malignas no olhar, e nas cabeças — nas cabeças! — torres, tortas, chifres recurvos, ou ondas como no purê dos restaurantes. E é uma dessas que Ievguênia Ivânovna deseja ser.

Soprava um vento frio, flocos miúdos e secos esfarelavam-se do céu. Nas pequenas lojas brilhavam luzes claras e aconchegantes. Na esquina acomodou-se minúscula, radiosa e perfumada lojinha, caixinha de maravilhas. Mas dá para entrar? Todas se aglomeram umas sobre outras, espicham cheques por cima das cabeças, agarram coisinhas miúdas. Espremeram uma gordona na porta, ela se agarra com as mãos aos batentes e é arrancada pela torrente contrária.

— Me deixem sair! Mas me deixem sair!
— O que é que tem aí?
— Brilho para os lábios!

---

[30] Diminutivo de Ievguênia. (N. da E.)

Vassíli Mikháilovitch entranhou-se na multidão. Mulher, mulher, será que você existe?... O que é você?... Lá no alto, no cume de uma árvore siberiana, brilham os olhos assustados do teu chapéu; a vaca em tormentos pariu um filhote — para as tuas botas, aos berros desnuda-se a ovelha —, para que você possa se aquecer com o seu pelo, em agonia mortal debate-se o cachalote, soluça o crocodilo, sufoca na fuga o condenado leopardo. Tuas faces rosadas estão em caixinhas de pó volátil, teus sorrisos, em estojos de ouro com recheio escarlate, tua pele macia, em tubinhos de gordura, teu olhar, em transparentes frascos redondos. Ele comprou para Ievguênia Ivânovna um pacotinho de cílios.

... Tudo é predeterminado e não é possível desviar-se do caminho — era isso que torturava Vassíli Mikháilovitch. E não escolhemos as esposas, são elas próprias, aparecendo não se sabe de onde, que surgem ao nosso lado, e eis que você já se debate numa rede de malhas estreitas, enredado de mãos e de pés, e, manietado e amordaçado, te ensinam milhares e milhares de sufocantes minúcias da transitória existência, te põem de joelhos, te aparam as asas, e as trevas se adensam, e o sol e a lua só correm e correm, perseguindo um ao outro, em círculo, em círculo, em círculo.

A Vassíli Mikháilovitch foi revelado com o que se limpam colheres e qual é a fisiologia comparada da almôndega e do croquete; ele sabia de cor o prazo de vida tristemente breve do creme de leite, e entre as suas obrigações estava a de destruí-lo aos primeiros sinais da iminente agonia; ele conhecia o lugar do nascimento das esponjas e das vassouras, distinguia profissionalmente os grãos, guardava na cabeça todos os preços da louça de vidro e a cada outono esfregava as vidraças com amoníaco, para destruir no nascedouro os cerejais de geada que tencionavam nascer no inverno.

Às vezes Vassíli Mikháilovitch imaginava que um dia terminaria esta vida e começaria uma nova, sob outra imagem.

Escolhia meticulosamente a sua idade, época, aparência; ora queria renascer como fogoso mancebo, ora como alquimista medieval, ou como a filha de um milionário, ou o gato favorito de uma viúva, ou como o rei da Pérsia. Vassíli Mikháilovitch calculava, escolhia, escolhia, implicava, impunha condições, se entusiasmava, punha defeito em todas as variantes propostas, exigia garantias, emburrava, cansava-se, perdia o fio das ideias e, recostando-se na poltrona, ficava muito tempo olhando-se no espelho — ele, um só, singular e único.

Não acontecia nada. Não surgia para Vassíli Mikháilovitch um serafim de seis asas, nem qualquer outro ser alado oferecendo serviços sobrenaturais, nada se escancarava, não se ouvia a voz dos céus, ninguém o tentava, o elevava ou o derrubava. A tridimensionalidade da existência, cujo final se aproximava cada vez mais, sufocava Vassíli Mikháilovitch, ele tentava sair dos trilhos, fazer um furinho no firmamento, escapar por uma porta desenhada. Certa vez, entregando os lençóis na lavanderia, o olhar de Vassíli Mikháilovitch se deteve nos trevos de algodão em flor que se expandiam e reparou que o sinal de sete dígitos, costurado ao Nordeste, parecia um número de telefone; ligou às escondidas para esse telefone, foi recebido benevolentemente, e iniciou um romance enfadonho e sem alegria com uma mulher chamada Klara. Na casa de Klara tudo era igual à casa de Vassíli Mikháilovitch, a cozinha igualmente limpa, só que com as janelas se abrindo para o norte, um sofá-cama igual e, ao deitar-se na cama de Klara, ele viu no canto do travesseiro outro número telefônico; era duvidoso que o seu destino o aguardasse ali, mas, enjoado de Klara, ele telefonou assim mesmo, e adquiriu a mulher Svetlana com um filho de nove anos; no armário de Svetlana também se amontoavam pilhas de roupa íntima lavada, entre pedaços de sabão de boa qualidade.

Ievguênia Ivânovna pressentia alguma coisa, procurava rastros, remexia nos seus bolsos, desdobrava papeluchos, sem desconfiar que dormia por assim dizer nas páginas do grande caderno de notas cheio de números de telefone de Klara, e que Klara dormitava nos telefones de Svetlana, e Svetlana repousava, como se desvendou, nos telefones do DRC, Departamento Regional de Contabilidade.

As mulheres de Vassíli Mikháilovitch ficaram sem saber da existência umas das outras, de resto Vassíli Mikháilovitch não era dado a aborrecê-las com minúcias acerca de si mesmo. E onde ele arranjaria sobrenome, emprego, endereço, ou, digamos, código postal — ele, fantasma de lençóis e de fronhas, gerado pelo acaso fortuito de um escritório de lavanderia?

Não foi por causa do departamento regional que Vassíli Mikháilovitch interrompeu o experimento. Ele simplesmente compreendeu que sua tentativa de arrancar-se do sistema de coordenadas não deu certo. Não foi um caminho novo, de perspectivas de tirar o fôlego, não foi um atalho secreto para o além que se abria para ele, não; ele simplesmente tateou no escuro, agarrou a comum e corriqueira roda do destino e, segurando o aro com ambas as mãos, pelo arco, ao longo da curva, ao longo do círculo, chegaria por fim até si mesmo — pelo outro lado.

Pois que em algum lugar no espesso da multidão urbana, no estreito emaranhado das ruas transversais, uma velha anônima joga para dentro de uma janelinha de madeira uma trouxinha com roupinhas surradas, marcadas com um criptograma de sete dígitos: é você que está cifrado nele, Vassíli Mikháilovitch. Pela justiça, você pertence à velha. Ela tem todos os direitos sobre você — e se ela os reclamar? Não quer?... E Vassíli Mikháilovitch — não, não, não — não queria a velha estranha, tinha medo das suas meias, dos seus pés, seus fermentos, e do rangido das molas sob o seu branco corpo idoso, e ela ainda terá um cogumelo-de-chá numa jarra de três litros — mudo, cego e viscoso, vivendo bem quieto no beiral da janela, sem espadanar-se sequer uma vez.

Mas aquele que tem nas mãos o fio do destino, que predetermina os encontros, que envia os andarilhos algébricos do ponto A para o ponto B, que enche as piscinas por dois canos, já assinalou com uma cruzinha vermelha a encruzilhada na qual ele deveria encontrar Isolda. Agora, naturalmente, ela já há muito não existe mais.

Ele viu Isolda no mercado e seguiu-a. Olhou de soslaio para o seu rosto azulado de frio, para os seus olhos verdes como uvas, e decidiu: que ela seja aquela que o tirará do apertado estojo denominado universo. Ela trajava uma peliça surrada com um cintinho de couro, um gorrinho ralo de tricô — daqueles gorrinhos vendidos às dezenas pelas mulheres atarracadas e parrudas que bloqueavam os acessos ao mercado; essas mulheres, como os suicidas, são proibidas de permanecerem dentro do cercado, impedidas de ocuparem as bancas de tábuas, e suas sombras rígidas de frio vagueiam em grupos ao longo da estacada azul, carregando nos braços estendidos pilhas de panquecas lanudas — cor-de-framboesa, verdes, cor-de-canário, movendo-se ao vento, enquanto uma farofinha de neve precoce vai caindo e caindo, girando e assobiando, com pressa de envolver a cidade no inverno.

E Vassíli Mikháilovitch, com o coração contraído de esperança, olhava como a tímida Isolda, gelada até o âmago, até os estalos friorentos dos seus frágeis ossinhos, vagueava pela negra multidão, e entrava no cercado, e passava o dedinho pelos balcões desertos, espiando se não tinha sobrado alguma coisa gostosinha.

As tempestades de inverno sopraram, espalharam os mimados vendedores de extravagantes produtos do verão, aquelas doces maravilhas criadas nas alturas pelo ar quente de flores brancas e cor-de-rosa. Mas inabaláveis permanecem, soldados pelo frio às bancas de madeira, os derradeiros fiéis servidores da terra, expondo taciturnos a sua fria presa subterrânea; pois diante da face da morte anual a natureza se assusta, se revira e cresce de cabeça para baixo, parindo nos momentos finais criaturas grosseiras, rudes e nodosas — a cúpula negra do nabo, o monstruoso nervo branco da raiz-forte, as secretas cidades de batatas.

E lá se vai a desapontada Isolda, vai embora lentamente ao longo da cerca azul, passando pelas galochas e pelos caixotes de compensado, ao largo das revistas rasgadas e das vassouras de arame, do bêbado oferecendo tomadas brancas de porcelana, do rapaz que expõe indiferente um leque de fotografias coloridas, vai passando, passando, tristonha e trêmula, e uma mulheraça insistente já agita e louva e arranha, diante do seu rostinho azulado, um colorido carretel de lã, torturando-a com uma eriçada escova metálica.

Vassíli Mikháilovitch tomou Isolda pelo braço e convidou-a para tomar um vinho e suas palavras faiscaram com brilho vinoso. Ele levou-a a um restaurante, e a multidão abriu-se diante deles, e o guarda da chapelaria recebeu seus agasalhos como se fossem as plumagens de cisnes de uma fada-banhista que desceu do céu sobre um pequenino lago florestal. Um suave aroma marmóreo exalava das colunas, rosas flutuavam na penumbra, Vassíli Mikháilovitch era quase jovem, e Isolda era como um maravilhoso pássaro de prata, criado pela natureza num exemplar único.

Ievguênia Ivânovna farejou a sombra de Isolda, e cavava fossas, e puxava arame farpado, e forjou um a corrente, para que Vassíli Mikháilovitch não pudesse escapar. Deitado com palpitações ao lado de Ievguênia Ivânovna, ele via com a sua visão interior como nas ruas da meia-noite faiscava a paz fresca da neve. A brancura imaculada se estende, se estende, e agora dobra suave a esquina, e atrás da esquina, cheia de luz cor-de-rosa, há uma veneziana, e atrás dela Isolda não dorme, atenta à difusa melodia da nevasca urbana, aos escuros violoncelos hibernais. E Vassíli Mikháilovitch, sufocando na escuridão, enviava em pensamento a sua alma a Isolda, sabendo que ela a alcançaria pelo arco faiscante que os une através de meia cidade, invisível para os não iniciados.

> *Fragor na garganta, quais rodas noturnas,*
> *Ataca e agarra e some outra vez.*
> *O crucificado pende sobre a fossa*
> *Onde anjos da morte voam a zumbir:*
> *"Desiste! Estás preso em escuro quadrado,*
> *Viremos soltar-te e já recomeçar".*
> *Mulher! Macieira! Ó chama de vela!*
> *Expulsa-os! Grita! Vem me defender!*
> *As mãos apertadas, a boca torcida,*
> *E uma virgem negra na noite a cantar.*

Vassíli Mikháilovitch rompeu a corrente com os dentes e fugiu de Ievguênia Ivânovna; sentado com Isolda, de mãos dadas, ele escancarava de par em par para ela as portas do relicário da sua alma. Vassíli Mikháilovitch era generoso como Ali Babá, ela tremia, atônita. Isolda não pedia nada a Vassíli Mikháilovitch: nem uma penteadeira de cristal, nem o cinto multicor da rainha de Sabá; bastava-lhe só ficar sentada à sua cabeceira, só ficar ardendo qual vela nupcial, arder sem consumir-se em chama tranquila e quieta.

Logo Vassíli Mikháilovitch havia exposto tudo o que possuía. Agora era a vez de Isolda: ela devia envolvê-lo em seus frágeis braços azulados, e pisar com ele na nova dimensão, para que um raio, num lampejo, rachasse o mundo comum como uma casca de ovo. Mas não aconteceu nada de semelhante. Isolda só tremia e tremia, e Vassíli Mikháilovitch ficou um pouco entediado. "Então, como é, Liália?", dizia ele, bocejando.

Andava de meias pelo quarto, coçava a cabeça, fumava na janela, enfiava as baganas nos potes de flores, guardava o barbeador na mala: preparava-se para voltar para Ievguênia

Ivânovna. O relógio tiquetaqueava, Isolda chorava sem entender nada, prometia morrer, havia lama debaixo da janela. E para que fazer essa cena? Melhor seria se moesse um pouco de carne, fritasse umas almôndegas. Se eu disse vou embora quer dizer que vou embora. Qual é a dúvida?

Ievguênia, de tão contente, fez um bolo de cenoura, lavou a cabeça, encerou o assoalho. Ele comemorou seus quarenta anos primeiro em casa, depois num restaurante, e os restos do peixe e o molho gelatinoso eles levaram em sacos plásticos, e ainda sobrou para o almoço. Ele ganhou bons presentes: uma radiola, um relógio com uma águia de madeira, e uma câmera fotográfica FED; Ievguênia Ivânovna, a propósito, havia muito que tinha vontade de fotografar-se na praia na frente de uma onda. Isolda não aguentou, estragou-lhe um pouco a festa: mandou-lhe uns restos num papelucho e uns versinhos sem assinatura, com letra infantil:

> *Eis meu presente para ti, de adeus:*
> *Cordões dos sapatinhos meus,*
> *De vela um toquinho,*
> *De ameixa um carocinho —*
> *Tu olharás com um sorriso torto:*
> *Assim foi teu amor, agora morto:*
> *Fogo e doces frutos e a corrida*
> *À beira do abismo, e a despedida.*

Agora ela há muito já não existe mais.

E agora ele já está com sessenta anos, e o vento sopra-lhe para dentro das mangas, invade-lhe o coração, e as pernas não querem andar. Nada, nada acontece, não há nada pela frente, na verdade atrás também não há nada. Há sessenta anos que ele espera que venham, que o chamem, que descerrem o Santo dos Santos, que uma aurora rubra ilumine metade do mundo, e que desça uma escada de raios de luz do céu até a terra, e que arcanjos com trombones e saxofones, ou o que quer que eles usem ali, bradem com vozes extraterrestres, saudando o eleito. E por que eles demoram? Ele esperou a vida inteira.

Apressou o passo. Enquanto raspam a nuca de Ievguênia Ivânovna, cozinham-lhe a cabeça e torcem-lhe os cabelos com ganchos de ferro, ele terá tempo de ir até o mercado, tomar uma cerveja morna. Faz frio, sua peliça é vagabunda, de peliça só tem o nome — couro falso, pelo de mentira —, comprada por Ievguênia Ivânovna de uma especuladora.[31] "É para ti que eles escorcham crocodilos", pensou Vassíli Mikháilovitch. Atrás de sapatos de crocodilo, peliça e outras miudezas, eles saíram ao anoitecer, procuraram longamente a casa da especuladora. O saguão da escada era escuro, eles tatearam às cegas, não encontraram os fósforos. Vassíli Mikháilovitch praguejava baixinho. Com espanto, apalpou numa das portas um olho mágico à altura do joelho. "Está certo, é aqui mesmo", cochichou a mulher. "Mas o que é isto, ela rasteja de quatro?" "Ela é anã, uma liliputiana de circo." Com o coração desfalecendo, ele intuiu a presença próxima de um milagre: atrás da porta de couro artificial, quem sabe aquela porta única no mundo, abre-se hiante o abismo para outro universo, respiram as trevas vivas, e entre estrelas paira, vibrando em asinhas de libélula, um minúsculo elfo semitransparente, tinindo como um sininho.

A anã revelou-se velha, louca, furibunda, não deixava tocar nada com as mãos. Vassíli Mikháilovitch examinava de soslaio a caminha com uma escadinha encostada, as cadeirinhas infantis, as fotografias penduradas baixinho, quase junto ao chão, testemunhando a beleza passada da liliputiana. Ali, nas fotos de pé no lombo de um cavalo todo ataviado,

---

[31] Na União Soviética, lucrar com a revenda de itens escassos, apesar de ser prática bastante difundida, era considerado crime. (N. da E.)

de tutu de balé, diamantes de vidro circense, feliz, minúscula, acenava com a mão a jovem especuladora, através do vidro, através do tempo, através da vida pregressa. Mas aqui, arrancando dos armários com suas mãozinhas enrugadas enormes roupas adultas, agitava-se de um lado para outro o raivoso duende guardião do ouro subterrâneo, e do abajur pendente junto ao chão, qual Gulliver, agitava-se pelas paredes a sua sombra. Ievguênia Ivânovna comprou da horrenda criancinha a peliça, e os sapatos de crocodilo, e a cintilante carteira japonesa, e um lenço com lurex, e uma pele de raposa polar para um chapéu, e, enquanto, apoiando-se mutuamente, eles apalpavam com os pés o caminho pela escura escada abaixo, ela explicava a Vassíli Mikháilovitch que pele de raposa polar tem de ser limpa com semolina aquecida numa frigideira seca, e que o panículo interno da pele é sensível à água e que agora era preciso comprar meio metro de cadarço comum. Vassíli Mikháilovitch, procurando não se lembrar de nada disso, pensava em como teria sido essa liliputianinha na juventude, e se os liliputianos podem casar-se, e, se a condenassem à cadeia, como lhe pareceria grande e assustadora a cela da prisão, e cada ratazana seria como um cavalo, e imaginava a jovem especuladora trancada num escuro castelo gradeado, em companhia só de corujas e morcegos, e como ela torcia suas mãozinha de boneca, e como escureceu, e como ele rastejou para o castelo com uma escada de corda ao ombro, através do extenso jardim ameaçador, e só a lua, qual maçã prateada, corria por trás dos galhos negros, e a liliputianinha apertou-se contra a grade e passou entre as hastes, transparente como um pirulito à luz do luar, e como ele foi escalando, esfolando os dedos nas musgosas pedras medievais, e a sentinela adormeceu apoiada na alabarda, e o negro corcel, embaixo, bufa e pateia o chão, pronto para galopar pela arena salpicada de areia, pelo tapete vermelho, em círculo, em círculo, em círculo.

O tempo permitido a Vassíli Mikháilovitch esgotava-se. O oceano ficou para trás, mas o continente ignoto não lhe barrou a passagem, as terras novas não emergiram da neblina, e ele já distinguia, angustiado, pela frente, as palmeiras tristonhas e os conhecidos minaretes da Índia, pela qual tanto ansiava o equivocado Colombo, e que significavam o fim da jornada para Vassíli Mikháilovitch. A viagem de circum-navegação do mundo, ao que tudo indicava, estava terminando: a sua caravela, contornando a vida, se aproximava pelo outro lado e já singrava novamente espaços conhecidos. Passou flutuando o conhecido Departamento Regional de Seguridade Social, onde nos mastros de bandeira desfraldavam-se os pensionistas, passou o teatro de ópera, onde o filho de Svetlana, de teatrais sobrancelhas postiças, cantava com voz profunda a efemeridade da vida, sob os veementes aplausos de Ievguênia Ivânovna. "Se eu der com Isolda", adivinhava Vassíli Mikháilovitch, "meu caminho estará terminado." Mas usava de astúcia — Isolda não existia havia muito tempo.

De vez em quando ainda chegavam sinais: não estás só. Existem no espesso da multidão luminosas clareiras, onde em cabanas de eremitas vivem heróis, eleitos, que renunciaram às vaidades para buscar uma passagem de saída secreta da prisão.

Chegavam notícias: aparecem no mundo estranhos objetos, insignificantes à vista, inúteis, mas cheios de sentido oculto; indicadores levando a parte alguma. Um desses era Tcheburáchka[32] — desafio atrevido ao darwinismo escolar, singular e felpudo elo da evolução, escapado da calculada cadeia da seleção natural. Assim era o cubo de Rubik, que-

---

[32] Personagem infantil criado por Eduard Uspenski e imortalizado por Román Kachánov na animação *O crocodilo Guena*, de 1969. Tcheburáchka é um animal de espécie desconhecida que chegou na Rússia numa caixa de laranjas. (N. da E.)

bradiço, traiçoeiro mas sempre único hexaedro. Após quatro horas parado no frio junto com milhares de taciturnos irmãos de seita, Vassíli Mikháilovitch tornou-se proprietário do maravilhoso cubinho, e semanas a fio, até os olhos ficarem vermelhos, virava e revirava os seus rangedores segmentos móveis, esperando em vão que finalmente brilhasse a luz da janelinha do outro universo. Mas, percebendo certa noite que dentre os dois o único patrão era o cubo, que era ele que fazia o que bem entendia com o indefeso Vassíli Mikháilovitch, levantou-se, entrou na cozinha e retalhou o canalha com o machete de repolho.

Na expectativa da revelação ele folheava cegas páginas datilografadas que ensinavam como se deve, ao amanhecer, inspirar por uma narina um quadrado verde e tangê-lo com a força do pensamento de ida e de volta pelos intestinos. Permanecia por horas de cabeça para baixo, de pernas cruzadas, num apartamento alheio perto da gare, entre dois engenheiros, também de ponta-cabeça, de barbas por fazer, e o fragor atrás da parede, dos trens que voam para longas jornadas, fazia tremer as suas meias listadas erguidas para o alto. E tudo em vão.

Pela frente surgiu o mercado, salpicado de barraquinhas. Crepúsculo, crepúsculo. Iluminou-se por dentro a vitrina gelada de um quiosque onde o inverno vende uma polpa nevada coberta de chocolate espetada em pauzinhos, e aquele outro, multicolorido, como uma casinha de pão de mel, onde se pode comprar toda sorte de fumaças venenosas, e uma colher de dobrar e correntes trançadas de um ouro popular especial, muito barato, e aquele, o desejado, onde se conglomerou uma multidão escura de gente de corações aquecidos de felicidade e onde no vidro grosso das canecas brilha translúcida com fogos-fátuos a aurora da cerveja. Vassíli Mikháilovitch ocupou seu lugar na fila e passeou os olhos pela praça nevada.

Lá estava Isolda, parada, as pernas bem afastadas. Ela soprava a espuma para as suas botas de feltro, horrenda, com um ébrio crânio rachado e vermelha carantonha enrugada. Acendiam-se as luzes e surgiam as primeiras estrelas, brancas, azuis, verdes. Um vento gelado voava das estrelas até a terra, assanhava os seus cabelos descobertos e, após rodopiar-lhe sobre a cabeça, sumia pelos becos escuros.

— Lialinha — disse Vassíli Mikháilovitch.

Mas ela ria com seus novos companheiros, tropeçava, estendia a caneca: um mujique escuro abria a garrafa, outro batia no canto do balcão com um peixe seco, eles sentiam-se bem.

— Meu co-o-o-ração está aleeegre — cantava Isolda. — Ó, se assim fosse se-e-e-mpre![33]

Vassíli Mikháilovitch ouvia parado a sua cantoria e não compreendia as palavras, mas, quando deu conta de si, Isolda, esperneando, estava sendo levada por dois policiais. Aliás, essa não podia ser a Isolda, já que ela não existia mais havia muito tempo.

Mas ele, ao que parece, ainda existia. Porém, isto agora não fazia sentido algum. Trevas apertavam-lhe o coração. Soou a hora da partida. E ele olhou para trás pela última vez e viu somente um túnel comprido e frio de paredes descascadas, e viu a si mesmo, arrastando-se de mão estendida, pisoteando taciturnamente todas as faíscas que se acendiam no seu caminho. E a fila o empurrava e o apressava, e ele deu um passo à frente, já sem sentir as pernas, e cheio de gratidão recebeu de mão carinhosas a merecida taça de cicuta.

---

[33] Trecho da nona das *Canções persas* (*Persídskie pêsni*, opus 34), de Anton Rubinstein, sobre versos de Mirza Shafi Vazeh traduzidos por Piotr Tchaikóvski. (N. da E.)

UMA FOLHA EM BRANCO

Assim que se deitou no sofá no quarto das crianças, sua mulher adormeceu: nada exaure tanto como uma criança doente. Tanto melhor, que durma ali mesmo. Ignátiev cobriu-a com uma manta, demorou-se um pouco, olhou para a sua boca aberta, seu rosto exausto, o pretume crescido dos cabelos — havia muito que ela já não se fingia de loura —, sentiu pena dela, pena do branquinho franzino, outra vez suado Valiérik, pena de si mesmo, saiu, deitou-se e agora ficou deitado, sem sono, olhando para o teto.

A angústia visitava Ignátiev todas as noites. Pesada, turva, de cabeça baixa, sentava-se na beira da cama, segurava sua mão — triste enfermeira de um doente desenganado. E ficavam assim calados durante horas — mão na mão.

A casa noturna sussurrava, estremecia, vivia; no ruído vago surgiam clareiras — ali latidos de cães, acolá um trecho de música, e lá adiante, ora subia, ora descia por um fio, bate-batendo, o elevador — paquete noturno. De mãos dadas com a angústia calava-se Ignátiev; trancados no seu peito, revolviam-se jardins, mares, cidades, seu dono era Ignátiev, com ele eles nasceram, com ele estavam condenados a se desmancharem no não-ser. Meu pobre mundo, o teu senhor está ferido de angústia. Moradores, pintai o céu de cores crepusculares, sentai-vos nos degraus de pedra das casas abandonadas, deixai cair as mãos, pender as cabeças — vosso bondoso rei está doente. Leprosos, andai pelas vielas desertas, tocai sininhos metálicos, anunciai as más notícias: irmãos, na cidade perambula a angústia. As lareiras estão abandonadas e a cinza esfriou e o capim se insinua entre as lajes ali onde rumorejavam as praças dos mercados. Logo no céu de tinta surgirá baixa a lua vermelha e, saindo das ruínas, de focinho para o alto, o primeiro lobo começará a uivar, enviando o seu apelo solitário para cima, para os espaços gelados, aos longínquos lobos azuis, pousados nos galhos das negras espessuras de mundos estranhos.

Ignátiev não sabia chorar e por isso fumava. Qual pequenina aurora de brinquedo acendia-se a brasinha. Ignátiev jazia angustiado, sentia o amargor do tabaco e sabia que nele está a verdade. Amargor, fumaça, o minúsculo oásis de luz nas trevas — eis o mundo. Atrás da parede gorgolejaram os encanamentos de água. Sua terrosa, fatigada, querida mulher dormia debaixo da manta rasgada. Agitava-se no sono o branquinho Valiérik — frágil, doentio brotinho, lastimável ao ponto do pasmo — erupções, amígdalas, olheiras negras. E em algum lugar da cidade, numa das janelas iluminadas, bebia vinho tinto e ria, não com ele, a infiel, a instável, a evasiva Anastassia. Olhe para mim... mas ela sorri e desvia o olhar.

Ignátiev virou-se de lado. A angústia aconchegou-se mais, agitou a manga espectral — e surgiram flutuando navios em caravana. Os marinheiros farreiam nos botequins com as nativas, o capitão atrasou-se na varanda com o governador (charutos, licores, papagaio domesticado), a sentinela abandonou o posto para assistir à briga de galos, olhar a mulher barbada na colorida barraca esfarrapada; os cabos soltaram-se silenciosamente, soprou uma brisa noturna, e os velhos veleiros saem da baía, não se sabe para onde. Nas cabines, dormem sono profundo crianças doentes, menininhos confiantes; ressonam, segurando brinquedos nos pequenos punhos fechados; os cobertores escorregam, balançam os conveses desertos, com chapinhar macio, afasta-se flutuando o bando de navios, e apaga-se na morna e negra superfície seu rastro estreito e pontudo como uma flecha.

A angústia agitou a manga e estendeu um infindável deserto pedregoso — a geada faísca na fria planície rochosa, indiferentes congelaram-se as estrelas, indiferente traça círculos a lua branca, tristonhas tilintam as rédeas ao passo cadenciado do camelo — aproxima-se o cavaleiro, envolto em gélido tecido listado de Bukhara. Quem é você, cavaleiro? Por que soltou as rédeas? Por que embuçou o rosto? Deixe que eu afrouxe as suas mãos enrijecidas! O que é isto, cavaleiro, está morto?... A boca do cavaleiro é como um abismo faminto sem fundo, os cabelos emaranhados, e fundos sulcos dolorosos marcaram-lhe nas faces lágrimas vertidas em milênios.

Um agitar da manga. Anastassia, fogos-fátuos sobre o pântano. O que assobiou na mata espessa? Você não deve olhar para trás. Uma cálida flor flutua, acena por sobre as névoas, chamando: vem para cá, vem para cá. Será que isto dá medo? Mais um passo — será que você tem medo? Cabeças felpudas no meio do musgo sorriem, piscam com o rosto inteiro. Aurora sonora. Não tema, o sol não surgirá. Não receie, ainda temos neblina. Um passo. Um passo. Um passo. Flutua, ri, incendeia-se a flor. Não olhe para trás!!! Acho que ela se entregará. Eu penso assim, ela vai se deixar colher. Vai deixar mesmo, eu acho. Um passo.

— *I-i-i-i-i* — um gemido fino no quarto vizinho. Ignátiev irrompe pela porta num salto, precipita-se para a caminha gradeada — o que foi, o que você tem? Pulou a mulher estremunhada, atrapalhando-se mutuamente, ambos começaram a puxar os lençóis e os cobertores de Valiérik — é preciso fazer alguma coisa, mexer-se, afobar-se! A cabeça branquinha agita-se no sono, delirante: *ba-da-da, ba-da-da!* Um balbuciar atropelado, um empurrar com as mãos, sossegou, virou-se, acomodou-se... Foi-se embora para os seus sonhos, sozinho, sem a mamãe, sem mim, por picada estreitinha, para as abóbadas dos pinheiros.

"O que é que ele tem?" "É a febre outra vez. Vou deitar aqui." "Fique deitada, eu trouxe a manta. Vou já trazer um travesseiro." "Ele vai ficar assim até de manhã. Encoste a porta. Quer comer, lá tem uns bolinhos de queijo." "Não quero, não quero nada. Durma."

A angústia o esperava deitada na cama larga, afastou-se, deixou lugar para Ignátiev, abraçou-o, pôs a cabeça no seu peito, sobre os jardins desmatados, os mares recuados, as cinzas das cidades.

Mas nem todos estão mortos: de madrugada, quando Ignátiev ainda dorme, do fundo das valas sai o vivente; espalha as toras chamuscadas, planta pequeninas mudinhas, prímulas de plástico, carvalhinhos de papelão; carrega bloquinhos, constrói estufas, com um regador de brinquedo enche as bacias dos mares, recorta de mata-borrão rosados caranguejos esbugalhados e com um lápis comum traça a linha escura e coleante da arrebentação.

Depois do trabalho Ignátiev não ia logo para casa, mas ficava bebendo cerveja com um amigo no botequim. Ia sempre apressado, para pegar o melhor lugar, no cantinho, mas raramente o conseguia. E, enquanto se apressava, contornando poças, apressando o passo, esperando pacientemente a passagem das fragorosas torrentes de carros, atrás dele, misturando-se com o povo, apressava-se a angústia: ora aqui, ora ali, emergia a sua cabecinha achatada e obtusa. Não havia maneira de livrar-se dela, o porteiro deixava-a entrar também no botequim, e Ignátiev ficava contente quando o amigo chegava logo. Amigo velho, colega de escola! Ainda de longe ele acenava com a mão, com a cabeça, sorria com seus poucos dentes, sobre a jaqueta velha e puída encaracolavam-se os cabelos já ralos. Seus filhos já eram adultos. A mulher havia muito o deixara e ele não queria casar-se de novo. Já com Ignátiev era tudo ao contrário. Eles se encontravam com alegria e separavam-se irritados, descontentes um com o outro, mas na vez seguinte tudo se repetia outra vez. E, quando o amigo, afobado, acenava para Ignátiev, esgueirando-se entre as mesinhas em disputa, no peito de Ignátiev, no plexo solar, levantava a cabeça o vivente e também acenava com a mão e a cabeça.

Eles pediram cerveja e salgadinhos.

— Estou desesperado — disse Ignátiev —, simplesmente desesperado. Estou confuso. Como tudo é complicado. Minha mulher, ela é uma santa. Largou o serviço, fica só com o Valiérik. Mas ele está doente, doente o tempo todo. As perninhas caminham mal. É um pobre toquinho de vela. Mal bruxuleia. Médicos, injeções, ele tem medo deles. Grita. Não aguento mais ouvir o seu choro. O principal para ele são os cuidados de enfermagem, então ela simplesmente se mata. Está se matando. E eu simplesmente não consigo ir para casa. Angústia. Minha mulher não me fita nos olhos. E de que adianta? Leio a história do Nabo[34] para o Valiérik na hora de dormir, e dá no mesmo, a angústia. E é tudo mentira, se o nabo encalhou, não dá para arrancá-lo. Eu é que sei. Anastassia... Eu toco e toco, ela não está em casa. E se estiver: do que é que ela vai falar comigo? Do Valiérik? Do serviço? Está tudo ruim, entende?, me esmaga. Todos os dias eu me prometo: amanhã vou me levantar um outro homem, vou me animar. Esquecerei Anastassia, ganharei um monte de dinheiro, levarei Valiérik para o Sul... Vou reformar o apartamento, correr de manhã... Mas à noite: angústia.

---

[34] Conto tradicional russo. Segundo a versão registrada pelo folclorista Aleksandr Afanássiev, o conto enumera os esforços de um velhinho para arrancar da terra um nabo gigante; para isso ele chama, um por um, vários membros de sua família e vários animais de seu sítio. (N. da E.)

— Eu não entendo — dizia o amigo —, por que você cria tamanho caso? Todo mundo tem mais ou menos os mesmos problemas, o que é que tem isso? Vamos vivendo conforme dá.

— Mas vê se entende — Ignátiev mostrava o peito —, é o vivente, o que está vivo, ele dói!

— Que bobo você é — o amigo palitava os dentes com um fósforo. — Justo porque está vivo é que dói. O que é que você queria?

— Eu quero que não doa. É duro para mim, está entendendo? Eu sofro, entende? E a minha mulher sofre, e o Valiérik sofre, a Anastassia decerto sofre e desliga o telefone. E todos nos atormentamos mutuamente.

— Pois você é um bobo. Não sofra.

— Mas eu não consigo.

— E você é um bobo. Imagina, que grande sofredor! Simplesmente você mesmo é que não quer ser sadio, animado, disposto, não quer ser dono da tua própria vida.

— Cheguei ao ponto final — disse Ignátiev, agarrando os cabelos com as mãos e fixando turvamente a caneca lambuzada de espuma.

— Você é um maricas. Se deleita com os seus tormentos imaginários.

— Não, não sou um maricas. Não, não me deleito. Estou doente e quero ser são.

— Pois, se é assim, conscientize-se: o órgão doente tem de ser amputado. Como numa apendicite.

Ignátiev levantou a cabeça surpreso.

— Como é que é isto?

— Foi o que eu disse.

— Amputado, em que sentido?

— No sentido médico. Agora se faz isso.

O amigo olhou em volta, baixou a voz e começou a explicar; existe um instituto, não longe da Novoslobôdskaia, lá eles operam isso: claro, por enquanto a coisa é semioficial, feita em caráter particular, mas é possível. Claro, é preciso engraxar a pata do médico. As pessoas saem novas em folha. Então Ignátiev já não ouviu falar disso? No Ocidente isto já é de amplo uso, mas aqui conosco é por baixo do pano. Porque é clandestino. Burocracia.

Ignátiev escutava, atônito.

— Mas eles pelo menos... fizeram experiências em cachorros?

O amigo bateu com a mão na testa.

— Pense antes, depois fale. Cachorros não sofrem disso. Eles têm reflexos. Ensinamentos de Pávlov.[35]

— É mesmo...

Ignátiev ficou pensativo.

— Mas isto é terrível!

— E o que é que tem de terrível? Resultados excelentes: as aptidões mentais aguçam-se imensamente. Cresce a força de vontade. Todas as inúteis dúvidas idiotas cessam totalmente. Harmonia do corpo e da... e-e-e... do cérebro. O intelecto irradia luz como um projetor. Você mira imediatamente a meta mais alta, acerta sem errar e abocanha o prêmio maior. Mas eu nem digo nada; o que é isto, vou te obrigar? Se você não quer se tratar, fique doente. Com o seu nariz pendurado. E as suas mulheres que desliguem o telefone.

Ignátiev não se ofendeu, balançou a cabeça: as mulheres, pois é...

— Mulheres. Fique sabendo, Ignátiev, que a uma mulher, mesmo que ela seja a Sophia Loren, é preciso dizer: cai fora! Então ela vai te respeitar. Do jeito que você está, não se habilita.

---

[35] Referência a Ivan Pávlov (1849-1936), fisiologista russo, e a suas experiências com condicionamento animal. (N. da E.)

— Mas como é que vou dizer-lhe uma coisa dessas? Eu a adoro, eu tremo...

— É isso aí, vai tremendo. E eu vou embora.

— Espera, sente! Pede mais cerveja. Escute, como é isso, você já os viu, esses... operados?

— Vi.

— E qual é a sua aparência?

— Qual é, qual é! Igual à sua e à minha. Até melhor. Tudo com eles é okeizinho, vivem à vontade, riem-se de nós dois, bobalhões. Mas eu tenho um amigo, fomos colegas de faculdade. Tornou-se um homem importante.

— Daria para dar uma olhada?

— Uma olhada. Está bem, vou perguntar. Não sei se ele vai querer. Mas que lhe importa? Acho que não vai recusar. Imagine!

— E como ele se chama?

— N.

Chovia a cântaros. Ignátiev caminhava pela cidade entardecente; luzes vermelhas, verdes, alternavam-se, borbulhavam nas calçadas. Ignátiev levava na mão dois copeques, para telefonar à Anastassia. Alguém num Jigulí[36] passou de propósito sobre uma poça, banhou Ignátiev numa onda turva, espirrou-lhe nas calças. Com Ignátiev essas coisas aconteciam frequentemente. "Não há de ser nada", pensou ele, "vou me operar, compro um carro e vou eu mesmo jogar água nos outros. Vingar-me dos indiferentes pela humilhação." Ficou com vergonha do mau pensamento. "Estou mesmo doente."

Teve de esperar no telefone público. No começo, um rapazinho jovem ficou cochichando alguma coisa no bocal, e

---

[36] Automóvel soviético antecessor do Lada. (N. da E.)

sorrindo. Em resposta, alguém do outro lado também ficou lhe sussurrando por muito tempo. O homem baixinho e moreno na sua frente bateu com a moeda no vidro, é preciso ter consideração. Depois, ligou ele mesmo. Aparentemente ele tinha a sua própria Anastassia, só que ela se chamava Raíssa. O baixinho queria casar-se com ela, insistia, gritava, apertava a testa no aparelho frio.

— Mas afinal qual é o problema? — não compreendia o homenzinho. — Você pode me explicar qual é o problema? O que é que lhe falta? Diz! Mas diz! Mas se você vai viver como queijo na man... — ele passou o fone para o outro ouvido —, você vai viver como queijo na manteiga! Então, então... — Ficou escutando longamente, batendo o pé, impaciente. — Mas o meu apartamento está todo forrado de tapetes!!! Então, então... — Passou outra vez muito tempo escutando, ficou perplexo, olhou para dentro do fone que zumbia ritmadamente, deixou a cabine de cara amarrada, lágrimas nos olhos, e saiu para a chuva. Dispensou o sorriso solidário de Ignátiev. Ignátiev esgueirou-se para o tépido interior da cabine e discou o número mágico, mas saiu de mãos abanando: os longos chamados não encontraram resposta, dissolveram-se na chuva fria da fria cidade, sob frias nuvens baixas. E o vivente ficou chorando fininho no seu peito até de manhã.

N. recebeu-o na semana seguinte. Um estabelecimento respeitável, muitas plaquinhas. Corredores largos, passadeiras. Do gabinete saiu uma mulher chorosa. Ignátiev e seu amigo empurraram a porta maciça. N. era um homem imponente: escrivaninha, paletó, e tudo o mais. Olha, repara só, caneta-tinteiro de ouro no bolsinho, e que canetas em bases de granito sobre a escrivaninha! E que calendários de mesa! E atrás dos vidros quadrados do armário adivinha-se um raro conhaque — sim senhor!

O amigo expôs a essência do caso. Visivelmente nervoso — é verdade que estudaram juntos, mas essas canetas-tinteiro... N. foi curto e claro. Juntar toda sorte de análises. Raio X da caixa torácica, frente e perfil. Guia de transferência para o Instituto, da policlínica regional, sem maiores explicações: indicar como finalidade exames. E, depois, voltar ao Instituto, ao dr. Ivânov. Sim. Ivânov! Preparar 150 rublos num envelope. E é só, de fato. Foi assim que eu agi. Pode ser que existam outros caminhos, não sei.

Sim, é rápido e indolor. Estou satisfeito.
— Quer dizer que *a* cortam fora?
— Eu diria, arrancam. Extraem. Limpo e higiênico.
— E depois, o senhor *a* viu? Após a extração?
— Para quê?!

E ficou ofendido. O amigo cutucava Ignátiev com o pé: perguntas indecorosas!

— Ora, para saber como é que ela era — encabulou Ignátiev. — Afinal de contas...
— E a quem isto pode interessar? Desculpe... — N. afastou o punho da manga: apareceu um relógio de ouro maciço. E pulseira cara. Viu, reparou?... Audiência terminada.
— Então, que tal? Como é? — o amigo olhava-o no rosto, enquanto caminhavam pela ventosa marginal. — Convenceu-se? O que acha?
— Não sei ainda. Não deixa de dar medo.

Nas negras ondas do rio dançavam as luzes dos faróis. Novamente aproximava-se a angústia, a amiga do entardecer. Espiava por detrás do cano de esgoto, atravessava ligeira a calçada molhada, caminhava, misturada à multidão, observava-o sem cessar, esperava que Ignátiev ficasse só. As janelas acendiam-se no alto, uma após a outra.

— Você está muito mal, Ignátiev. Decida-se. É coisa certa.

— Tenho medo, entende? Como está vai mal, mas assim: dá medo. Fico sempre pensando: e depois, o quê? Depois, o quê? Morte?

— Vida, Ignátiev! Vida! Vida sadia, plena, e não um ciscar de galinha! Carreira. Sucesso. Esporte. Mulheres. Fora com os complexos, fora com as lamúrias! Olha só para você: com quem se parece? Um chorão. Medroso! Seja homem, Ignátiev! Homem! Então também as mulheres vão te amar. Mas assim: quem é você? Um trapo!

Sim, as mulheres. Ignátiev desenhou Anastassia e entristeceu. Lembrou-se de como ela estava no verão passado, de pé, muito reclinada para o espelho, toda radiante, rechonchuda, os cabelos louros jogados para trás, pintava a boca com batom cor-de-cenoura e, esticando os lábios numa cômoda posição cosmética, falava aos trancos, com paradinhas: "Tenho minhas dúvidas. Quanto a você. Ignátiev. Seja homem. Porque os homens. Eles. São decididos. E-a-propósito-troque-de-camisa-se-é-que-está-contando-com-alguma-coisa." E o seu vestido vermelho chamejava como uma flor de feitiço.

E Ignátiev sentiu vergonha da sua camisa de seda cor-de-chá, de mangas curtas, que pertencera ainda ao seu pai. Uma peça boa, durável: com ela se casara, com ela fora receber Valiérik na maternidade. Mas, se entre nós e a mulher amada se levanta uma camisa, ainda que ela seja de brilhantes, nós a queimamos. E ele a queimou. E isto adiantou durante um certo tempo. E Anastassia o amou. Mas agora ela bebe vinho tinto com outros e ri numa das janelas acesas desta enorme cidade, e ele não sabe em qual delas, e procura a sua silhueta em cada uma. E não é para ele, mas para outros que, meneando os ombros debaixo do xale de rendas, no segundo, no sétimo, no décimo-sexto andar, ela diz as despudoradas palavras: "Verdade que eu sou muito atraente?".

Ignátiev queimou a camisa cor-de-chá do pai — as suas cinzas salpicam de noite a sua cama, a angústia o salpica com punhados delas, derrama-as silenciosa do punho semicerrado. Só os fracos lamentam os sacrifícios inúteis. Ele será forte. Ele queimará tudo o que levantar obstáculos. Ele a pegará a laço, amarrará a sela, domará a esquiva, escorregadia Anastassia. Levantará o rosto terroso, pendido, da querida, exausta esposa. Contradições não irão dilacerá-lo. Chegará ao equilíbrio entre os dignos com justiça e clareza. Eis o seu lugar, esposa. Reja. Eis o seu lugar, Anastassia. Reine. Sorri também você, pequeno Valiérik. Suas perninhas se fortalecerão, e as amígdalas sararão, pois o papai te ama, pálido brotinho de batata urbana. O papai ficará rico, com canetas-tinteiro. Chamará doutores caros, de óculos de ouro e valises de couro. Passando você cuidadosamente de braços em braços, eles o carregarão para as beiras férteis de um mar sempre azul, e uma brisa de limões e laranjas levará embora as manchas escuras sob seus olhos. Quem é que vem vindo, esbelto como um cedro, forte como aço, em passos elásticos, sem conhecer vergonhosas dúvidas? É Ignátiev que vem vindo. Seu caminho é reto, seus rendimentos são altos, seu olhar é seguro, as mulheres o seguem com os olhos. Xôôô, foora!... Sobre um tapete verde, de vestido vermelho, flutua-lhe ao encontro Anastassia, acena-lhe através da névoa, sorrindo o seu sorriso despudorado.

— De qualquer forma, preciso começar a juntar os certificados — disse Ignátiev. — Isto é mão de obra para muito tempo. E então veremos.

Ignátiev tinha consulta marcada para as onze horas, mas resolveu chegar mais cedo. Atrás da janela da cozinha chilreava a manhã estival. Caminhões-tanque pulverizavam em leques irisados um breve frescor, e nas ramagens emaranhadas das árvores pipilava e saltitava o vivente. Atrás das suas costas transparecia através da musselina a noite sonolenta, perpassavam murmúrios de angústia, quadros nebulosos de insucesso, o bater ritmado das ondas na margem opaca e deserta, nuvens baixas, baixas. A silenciosa cerimônia do desjejum teve lugar num cantinho do oleado — um ritual antigo, mas o sentido está esquecido, a finalidade perdida, restaram apenas movimentos mecânicos, sinais, fórmulas sagradas de uma língua olvidada, já incompreensível aos próprios sacerdotes. O rosto desgastado da esposa está abaixado. O tempo há muito arrancou a penugem rósea da juventude das faces milenares, e seus sulcos ramificados... Ignátiev levantou a mão, arredondou-a em taça para acariciar as mechas de pergaminho dos cabelos da múmia querida — mas a mão só encontrou o frio do sarcófago. Rochedos gelados, o tilintar dos arreios de um camelo solitário, um lago congelado até o fundo. Ela não levantou o rosto, não levantou os olhos. O ventre pardo e enrugado da múmia secou, afundou-se, a caixa torácica rasgada, recheada de resinas balsâmicas, estufada de ervas secas; Osíris cala-se; os membros ressequidos estão firmemente enfaixados em estreitas tiras de linho, cobertas de sinaizinhos azuis — cobrinhas, águias e cruzinhas — intricado, miúdo excremento do íbis-céfalo Tot.

Tu ainda não sabes nada, querida, mas tem paciência, passarão algumas horas — e as cadeias se romperão e a esfera de vidro do desalento explodirá em chuva de estilhaços e um Ignátiev novo, radioso, brilhante, sonoro como uma corda musical, chegará ao som do *tará-chim-bum* de tambores e dos gritos agudos de gaitas frígias — sábio, íntegro, completo —, sobre o dorso de um festivo elefante branco, numa cabana de tapetes debaixo de leques de flores. E tu ficarás do seu lado direito, e do lado esquerdo — mais perto do coração — ficará Anastassia, e o branquinho Valiérik sorrirá e estenderá os bracinhos, e o poderoso elefante se porá de joelhos e o embalará maciamente na sua bondosa tromba pintada, e o entregará aos braços fortes de Ignátiev, e Ignátiev o erguerá sobre o mundo — pequenino potentado inebriado de altura — e bradarão os povos deslumbrados: Eis o homem! Eis o Soberano, de mar a mar, de beira a beira, até a cúpula radiosa, até o arco azul e curvo do auriverde globo terrestre!

Ignátiev chegou cedo, o corredor do gabinete estava deserto. Havia ali apenas um homem loiro e nervoso, o que entraria antes de Ignátiev, às dez. Um loiro lamentável, de olhos errantes, a roer as unhas, a morder os bigodes, curvado, ora se sentando, ora se levantando, ora estudando atentamente umas lanternas quadradas de vidro colorido com edificantes histórias médicas: "Verduras sem lavar são perigosas"; "Gleb tinha dor de dente"; "E foi preciso extirpar o olho" (Se o teu olho te tenta, arranca-o); "O doente de disenteria deve usar louça separada"; "Areje o seu espaço com frequência". Uma luz de convite acendeu-se sobre a porta, o loiro gemeu baixinho, apalpou os bolsos, atravessou a soleira. Patético, lamentável, insignificante! Eu sou igual a ele. O tempo começou a correr. Ignátiev se remexia, cheirava o ar medicinal, pôs-se a examinar as lanternas pedagógicas; a história de Gleb interessou-o. O dente dolorido atormentava Gleb, mas depois melhorou e Gleb alegrou-se, jogava xadrez com um colega em traje de esquiar. Mas não se escapa do destino. E Gleb conheceu amargos tormentos, e enfaixou o rosto, e o seu dia transformou-se em noite, e ele foi ao sábio e severo doutor e este aliviou seus sofrimentos — arrancou o dente e jogou-o fora, e Gleb, transfigurado, sorria feliz na última iluminada janelinha inferior, e o médico brandia um dedo didático e legava sua solene sabedoria às gerações vindouras.

Por trás ouviu-se o bater de rodas de uma maca, gemidos abafados — e duas mulheres idosas de aventais brancos passaram levando um corpo anônimo, a contorcer-se, todo envolto em sangrentas bandagens grudadas — o rosto, o pei-

to —, só a boca um negro buraco gemebundo. O loiro?... Não é possível... Atrás seguia uma enfermeira carrancuda com um frasco de transfusão, ela deteve-se, notando os gestos de mudo desespero de Ignátiev. Ignátiev fez um esforço, lembrou-se da linguagem humana:
— É o loiro?
— O que está dizendo? Não entendi.
— O loiro... Ivânov?... Também, isto? Dele?... Arrancaram, sim?
A enfermeira riu sem alegria.
— Não, com ele foi um transplante. Tiram o seu e o colocam num outro. Não se aflija. Ele é um doente hospitalizado.
— Ah, quer dizer que fazem também o contrário? E por que este...
— Este não vai durar. Eles não aguentam. Exigimos assinatura antes da operação. É inútil. Eles não sobrevivem.
— Rejeição? Sistema imunológico? — pavoneou-se Ignátiev.
— Enfarto geral.
— Por quê?
— Eles não aguentam. Nasceram assim, viveram assim a vida inteira, não sabiam de nada, que tipo de coisa é essa; e de repente, pronto! Faça-lhe um transplante. É uma moda, sei lá. Ficam na fila de espera, chamadas uma vez por mês. Faltam doadores.
— Quer dizer que eu sou um doador?
A enfermeira riu, apanhou o frasco, foi-se embora. Ignátiev ficou pensando. Então é assim que é aqui. Instituto experimental, pois é, pois é, pois é... A porta do gabinete de Ivânov escancarou-se e saiu, em passo elástico, alguém loiro, arrogante, agressivo; Ignátiev pulou para um lado para não ser derrubado, acompanhou-o com olhos deslumbrados — o loiro... Um super-homem, perfeito, um atleta, um vencedor!

E o sinal sobre a porta já piscava impaciente, e Ignátiev atravessou a soleira, e o vivente, qual Sino-Rei,[37] badalava e ressoava no seu peito trepidante.

— Sente-se, espere um momento.

O doutor, professor Ivânov, terminava de escrever alguma coisa num cartão. Sempre eles mandam chamar assim, mas eles próprios não estão prontos. Ignátiev sentou-se e lambeu os lábios secos. Passeou os olhos pelo gabinete. Uma cadeira como as de dentista, um aparelho de anestesia com dois bujões prateados, um manômetro. Ali, um armário polido com pequenas lembranças dos pacientes, inocentes bagatelas inofensivas: modelinhos de plástico dos primeiros automóveis, passarinhos de porcelana. O doutor escrevia e escrevia e o silêncio incômodo se adensava, só a pena rangia, e os arreios tilintantes do solitário camelo negro, e o cavaleiro enrijecido, e a planície congelada... Ignátiev apertava as mãos para dominar o tremor, passeava os olhos em redor: tudo normal, entreabertas as venezianas da velha janela, ali atrás do batente branco está o verão.

As folhas já empoeiradas da frondosa tília chapinhavam, sussurravam, conspiravam, misturando-se num monte emaranhado, entre risadinhas, sopravam sugestões, combinavam coisas: vamos fazer assim? E ainda podemos fazer deste jeito, bem pensado, então, pronto, estamos combinadas, é o nosso segredo, certo? Cuidado para não entregá-lo! E de repente, estremecendo simultaneamente em oloroso uníssono, bando excitado pelo segredo que as unia — maravilhoso, alegre, cálido segredo estival —, precipitaram-se rumorosas, chamando o álamo murmurante — adivinha, adivinha! É a tua vez de adivinhar! E o álamo balançou-se, embaraçado, apanhado

---

[37] Assim é chamado o maior sino do mundo, encomendado pela tsarina Anna Ioánnovna em 1733. Pesando 200 toneladas, o Sino-Rei fica exposto no Kremlin de Moscou. (N. da E.)

de surpresa, mexeu-se, encolheu-se balbuciando: o que é isto, o que é isto, não todas de uma vez; sosseguem, eu já estou velho, como estão travessas! Puseram-se a rir, entreolhando-se, as levianas verdes moradoras da tília: nós já sabíamos! E algumas, de tanto rir, despencaram da árvore no pó aquecido, e outras bateram palmas, e as terceiras nem perceberam nada, e de novo todas juntas puseram-se a cochichar, inventando nova brincadeira. Brincai, meninos, brincai, meninas! Ri, troca beijos, vive, efêmera cidadezinha verde! O verão ainda dança, ainda estão frescas suas túnicas festivas, no relógio ainda é meio-dia: os ponteiros apontam triunfantes para o alto. Mas a condenação já foi lavrada, a licença obtida, os papéis assinados. O carrasco indiferente — o vento norte — baixou sobre os olhos a máscara branca, empacotou o seu frio machado, pronto para pôr-se a caminho. A velhice, a destruição, a ruína, são inelutáveis. E aproxima-se a hora em que, nos galhos desnudos, aqui e ali, restará apenas um punhado de enregeladas, encarquilhadas, perplexas casquinhas secas, sulcos milenares nos seus tristes rostos terrosos... Um golpe de vento, um brandir de machado — e também eles... Não quero, não quero, não quero, não quero, pensava Ignátiev. Não há como reter o verão com as mãos débeis, evitar a decomposição, ruem as pirâmides, uma fenda abriu-se no meu trêmulo coração e o horror dos tormentos inúteis da testemunha... Não. Abandono o jogo. Com a tesoura encantada cortarei o círculo mágico e sairei para fora do limite. Cairão as algemas, o ressequido casulo de papel rachará e, atônita com a novidade do mundo azul, dourado e límpido, abrirá as asas e alçará voo levíssima, faceira borboleta...

Apanhe pois o seu escalpelo, bisturi, foice, o que for que usem aqui, doutor, preste um benefício, decepe o ramo ainda florido mas já inexoravelmente moribundo e atire-o ao fogo purificador.

O doutor, sem levantar a cabeça, estendeu a mão — Ignátiev, pressuroso, receoso de errar alguma coisa, empurrou-lhe, encabulado, a pilha de exames, guias, chapas radiográficas e o envelope com cento e cinquenta rublos — envelope com um Papai Noel fora de estação num trenó todo pintado levando presentes para as crianças. Ignátiev começou a olhar e viu o doutor. Na cabeça, como um cone escalonado, pousava um gorrinho — tiara branca com listinhas azuis, um zigurate engomado. Rosto moreno, olhos pousados sobre os papéis, e poderosa, cascateante, assustadora — das orelhas até abaixo da cintura —, em quatro degraus, em quarenta espirais, descia, enroscada, áspera e azul, uma barba assíria — aneizinhos espessos, molas de piche, jacinto noturno. Eu, Médico dos Médicos, Ivânov.

"Mas que espécie de Ivânov é ele...", horrorizou-se Ignátiev. O assírio segurou entre os dedos o envelope com o Papai Noel, soergueu-o por uma pontinha, perguntou: "Isto o que é?", e levantou os olhos.

Ele não tinha olhos.

Das órbitas vazias espiava o abismo negro para o nada, passagem subterrânea para outros mundos, nas beiras dos mares mortos das trevas. E era para lá que ele tinha de ir.

Olhos não havia, mas havia um olhar. E ele mirava Ignátiev.

— O que é isto? — repetiu o assírio.
— Dinheiro — moveu as letras Ignátiev.
— Para quê?
— É que eu queria... disseram... pela operação, não sei. O senhor pega. — (Ignátiev horrorizou-se consigo próprio.) — Me disseram, eu queria. Disseram-me, eu, informações.
— Está bem.

O professor abriu uma gaveta, varreu para dentro o corado Papai Noel com o presente para Valiérik, a tiara oscilou na sua cabeça.

— Foi-lhe indicada intervenção cirúrgica?

Indicada? Indicada! E não é indicada para todos? Eu não sei! Ali estão todos os resultados dos exames, muitos números, toda sorte de... O doutor baixou as pálpebras sobre os papéis, manuseava as informações, informações boas, confiáveis, com nítidos carimbos roxos: todas as projeções do cone — tanto o círculo como o triângulo — estão aqui: todos os símbolos pitagóricos, cabalística secreta da medicina, mística dos bastidores da Ordem. A cirurgicamente limpa unha do professor arrastou-se pelos sinais: trombócitos... eritrócitos... Ignátiev seguia a unha ciumentamente, empurrando-a em pensamento: não é preciso demorar-se, está tudo bem, são números bons, fortes, claros, nozes torradas. Orgulho-me secretamente: Zeros magníficos, sadios, sem carunchos; bem estruturadas cadeirinhas dos Quatros, bem lavados óculos dos Oitos, tudo adequado, prestável, satisfatório. Operação indicada. Indicada. O assírio deteve o dedo. O que foi?! Alguma coisa errada? Ignátiev alvoroçou-se, esticou o pescoço, olhava preocupado. Doutor, este pequeno Dois não lhe agrada? Realmente, tem razão, he-he, ele não é bem perfeito... um podrezinho miúdo, eu concordo, foi acidente, não lhe dê atenção, o senhor olhe, olhe adiante, lá se espalharam uns Seis, como uvas armênias! O quê, também não está certo?... Espere, vamos destrinchar isto! O assírio moveu o dedo do ponto morto, escorregou-o até embaixo, folheou outros papeluchos, formou uma pilha ordeira, prendeu-a com um grampo. Apanhou uma radiografia da caixa torácica de Ignátiev, examinou-a demoradamente contra a luz. Juntou o resto. Parece que está de acordo, pensou Ignátiev. Mas no seu coração, qual ventinho encanado, passeava a ansiedade, entreabria portas, balançava cortinas. Mas também isto passará. Para ser exato, é bem isto que vai passar. Seria bom saber como será depois. Meu pobre coração, ainda farfalham os teus pomares de macieiras. Ainda as abelhas, zumbindo, embarafustam pelas flores rosadas, pesadas de pólen espesso.

Mas já escureceu o céu da tarde, o ar já silenciou, estão afiando o faiscante machado de dois gumes. Não tenhas medo. Não olhes. Fecha os olhos. Tudo sairá bem, tudo sairá bem. Tudo acabará muito bem.

Gostaria de saber se o próprio doutor — será que ele mesmo... submeteu-se?... Pergunto? Ora essa, vou perguntar. Não, tenho receio. Dá medo, e é indecoroso, e quem sabe posso estragar tudo de uma vez. E se eu perguntar, movendo tímido a língua seca, com um sorriso tenso, fitando súplice a horrível escuridão hiante qual negro alçapão entre suas pálpebras superiores e inferiores, em vão tentando apoiar-me com o olhar, encontrar um ponto humano de salvação, achar ao menos qualquer... — que nem seja uma saudação, não, nem sequer um sorriso — não, não, eu compreendo, que seja desprezo, repulsa, até mesmo asco, ao menos qualquer resposta, um lampejo, ao menos um sinal, que alguém se mova, acene com a mão, estão me ouvindo?... Há alguém aí?... Tateio com as mãos no escuro, eu apalpei a escuridão, ela é espessa; não enxergo nada, tenho medo de escorregar e cair, mas cair onde, se não há estrada debaixo dos pés? Estou sozinho aqui, tenho medo. Vivente, tu estás aí? Doutor, desculpe, por favor, vou incomodá-lo, tenho uma pergunta: diga-me, existe o vivente ali?

Como uma premonição, algo no seu peito ora se encolhia, ora se agitava, ora se acocorava, de olhos cerrados, cobrindo a cabeça com as mãos. Aguenta um pouco. Assim é melhor para todos.

O assírio deixou-o olhar mais uma vez nas suas fundas covas sem estrelas.

— Sente-se na poltrona, por favor.

E daí, eu vou sentar, que é que tem, vou sentar e pronto, assim, negligentemente. Ignátiev acomodou-se na poltrona de couro, semirreclinável. Mãos e pés presos com tiras de borracha. Ao lado, uma mangueira, bujões, um manômetro.

— Anestesia geral?

O professor fazia qualquer coisa na mesa, voltado de costas, respondendo de má vontade, após demora.

— Sim, geral. Vamos extraí-la, limpá-lo e obturar o canal.

"Como um dente", pensou Ignátiev. Começou a sacudi-lo um tremor de medo. Que palavras desagradáveis. Calma, calma. Comporta-te como um homem. O que é que há? Calma! Isto não é um dente. Nem sangue, nada.

O doutor escolheu a bandeja adequada. Algo tilintava nela. Com uma pinça, tirou e colocou numa mesinha baixa, sobre uma lâmina quadradinha de vidro, uma agulha comprida, fina, repulsivamente fina, mais fina que o zumbido de um mosquito. Ignátiev envesgou os olhos, apreensivo. Saber a utilidade dessas coisas era horrível, mas não saber — pior ainda.

— O que é isto?
— É um extrator.
— Tão pequenino? Eu não imaginava.
— E na sua opinião *ela* é grande? — disse o assírio, com irritação. E meteu-lhe debaixo do nariz a chapa de raio X na qual não se podia distinguir nada além de manchas nebulosas. Ele já calçara as luvas de borracha, muito aderentes nas mãos e nos pulsos, e remexia com uma pinça curva entre lustrosas agulhas tortas e sondas repugnantemente estreitas, e puxava algo para fora: uma paródia de tesoura com boca de lúcio. O assírio coçou a barba com um dedo de borracha. Ignátiev pensou que o doutor quebrava a assepsia, e timidamente observou isto em voz alta.

— Que assepsia? — o professor levantou as pálpebras. — Eu ponho as luvas para não sujar minhas mãos.

Ignátiev sorriu, débil e compreensivamente. Certo, nunca se sabe, há gente doente... Ele se deu conta de repente de que não sabia como ela seria extraída: pela boca? Pelo nariz?

Quem sabe vão me abrir um talho no peito? Ou naquela covinha entre as clavículas, que dia e noite pulsa maciamente: ora acelera, ora ralenta a sua inquieta corrida?

— Doutor, e como...

— Não fale! — súbito reagiu o assírio. — Calado! Boca fechada. Ouvir só a mim. Olhar para o meu nariz, entre os olhos. Contar em silêncio até vinte: um, dois...

Seu nariz, a boca, a barba azulada estavam firmemente envoltos em branco. Entre a focinheira branca e a tiara listada, das suas órbitas espiava o abismo. Entre os dois alçapões para o nada estava a raiz do nariz: um tufo de cabelos azuis no dorso de uma cordilheira em desagregação. Ignátiev começou a fitá-lo, sentindo-se gelar. E do lado já se aproximava o tubo da anestesia. Uma tromba da qual doce-docemente sopra horrível alento sepulcral. O tubo pendia sobre o seu rosto; Ignátiev debateu-se, mas se entregou, contido pelas amarras de borracha, sufocou as últimas dúvidas retardatárias, e elas espirraram para todos os lados. Com o rabo dos olhos viu grudada na janela, despedindo-se, soluçando, encobrindo a branca luz, a sua namorada traída, a angústia — e já quase voluntariamente ele inalou o perfume doce e penetrante do não-ser em flor, e uma vez, e duas, e mais, sem desviar os olhos do vácuo assírio.

E eis que ali, no fundo das órbitas, em desfiladeiros de outros mundos, despontou uma luz, calçou-se uma estrada, surgiram os garfos de negros galhos chamuscados — e Ignátiev, num tranco macio, foi sugado para fora da poltrona, para a frente e de botas para cima, e arremessado para lá, para a estrada, e já apressando-se — sete, oito, nove, dez, estou perdido — partiu correndo pelas lajes de pedra em pernas já quase inexistentes. E o vivente inspirou fundo atrás dele, e as grades retiniram, e o selvagem, doloroso lamento de Anastassia...

E tenho pena, pena, pena, pena dos que ficaram para

trás, e não posso parar, e corro para cima, e passou voando adernada a gare da *datcha*, e nela está a mamãe, e eu com ela, garotinho pequeno, não, é o Valiérik — voltaram-se, abriram as bocas, gritam, mas não se ouve. Valiérik levantou a mãozinha, tem algo apertado no pequenino punho, o vento puxa-lhe os cabelos...

Tinir nos ouvidos, escuridão, retinir, não-ser.

Ignátiev — Ignátiev? — emergiu lentamente do fundo, afastando com a cabeça macios trapos escuros — era um oceano de tecido.

Estava deitado na poltrona, as tiras desafiveladas, a boca seca, a cabeça rodando. No peito, um calor agradável e tranquilo. Bom!

O barbudo de avental branco marcava alguma coisa numa ficha médica. Ignátiev lembrou-se para que estava aqui — é isso, uma simples operação de ambulatório, precisava tirar essa, como é mesmo — esqueci a palavra. E pro inferno com ela. Anestesia geral — engraxando, é claro. Nada mal.

— Como é, doutor, já posso me mandar? — perguntou Ignátiev.

— Fique aí sentado cinco minutos — disse o barbudo, seco. — Vejam só que desenvoltura.

— Me fez tudo, sem trapaça?

— Tudo.

— Vê lá, se você trapaceou, vou te arrancar meu dinheirinho de volta — brincou Ignátiev.

O doutor levantou o olhar do papel. Essa agora — é o fim, é o cúmulo, dá para tontear. Buracos no lugar de olhos.

— Que é que há, cara, perdeu os espiantes? — riu-se Ignátiev. E gostou do seu próprio riso novo: — uma espécie de latido esganiçado. Ele agora estava em cima, não estava? — Você é demais, cara! Estou siderado. Não vai tropeçar quando se encontrar com as donas.

Agradável sentir o pontinho rombudo no plexo solar. Tudo bem.

— Ei, da barba, eu me mando. Toca aqui os cinco. Tchau mesmo.

Deu um tapa no ombro do médico. Em passos vigorosos e elásticos desceu correndo os degraus desgastados, fazendo curvas atrevidas nos patamares. Tanto que fazer! E tudo vai dar certo. Ignátiev riu. O sol brilhava. Pelas ruas montes de mulhas. Boas. Vamos logo pra Anastassia. Ela que fique sabendo. No começo ele vai pilheriar um pouco, é claro. Ele já inventara umas piadas novas, ótimas — a cabeça funcionava a toda. "O tolo gosta do vermelho", dirá ele. E ainda: "Mantenha o rabo em pé". Também invenção de Ignátiev. E em despedida ele dirá: "Passe bem, não tussa". Ele agora é tão espirituoso, o Ignátiev: não, brincadeiras à parte, falo sério. A alma da festa, minha gente.

Para casa agora, ou para onde? Não, pra casa depois, agora vou escrever pra onde é devido, e sinalizar pra quem é de direito, que o médico, que a si mesmo chama Ivânov, aceita suborno. Escrever detalhadamente, mas assim, com um humorzinho: a saber, o sujeito não tem olhos, mas o dinheirinho bem que ele enx-ee-rga! E para onde olham os tais pra que é de direito?

E depois disso, pra casa, chego e digo, não dá mais pra manter em casa este abortinho. É anti-higiênico, tá sabendo? Tratem de arrumar um internato para ele. Se fizerem onda, terei de engraxar-lhes as patas. Isto é assim mesmo. Normal, todo mundo faz.

Ignátiev empurrou a porta do correio.

— O que deseja? — perguntou a moça de cabelos cacheados.

— Uma folha em branco — disse Ignátiev. — Apenas uma folha em branco.

FOGO E POEIRA

Onde estará agora a louca Svetlana, de apelido Pipka, aquela de quem alguns falavam, com o descaso da juventude, "será que a Pipka é gente?", e outros se indignavam: "Por que a deixam entrar em casa? Deviam cuidar mais dos livros! Ela vai surrupiar tudo!". Não, eles não tinham razão: na consciência de Pipka só pesam o Simenon[38] azul-claro e o casaquinho branco de lã com botõezinhos de tricô, e mesmo esse já tinha um cotovelo cerzido. Ao diabo com ele, o tal casaquinho! Valores bem maiores se evaporaram desde então: a radiosa juventude de Rimma, a infância dos seus filhos, o frescor das esperanças, azuis como o céu matinal; a confiança secreta e jubilosa com que Rimma escutava a voz sussurrada, só para ela, do futuro — que grinaldas, flores, ilhas e arco-íris não lhe foram prometidos, e onde ficou tudo isso? O casaquinho não importa, foi a própria Rimma que enfiou na Svetlana esse descartável casaquinho quando a empurrava, louca, como sempre seminua, para a fúria outonal, para a fria noite moscovita, de galhos agitados. Rimma, já de camisola de dormir, sapateava impaciente na soleira, encolhendo os pés hirtos, balançando a cabeça em despedida apressada, avançando, despachando Svetlana, e esta só tentava acabar de dizer algo, acabar de falar — com risadinhas nervosas,

---

[38] O escritor belga Georges Simenon (1903-1989), criador do detetive Jules Maigret. (N. da E.)

com rápido encolher de ombros, e no seu rosto branco e bonitinho, quais insanos abismos, ardiam seus olhos negros, e o abismo molhado da boca balbuciava num tremor apressado — horrível boca negra, onde os tocos dos dentes sugeriam imagens de um antigo incêndio florestal. Rimma avançava conquistando polegada por polegada, e Svetlana falava e falava, falava e falava, agitando os braços para todos os lados, como quem faz exercícios, uma ginástica tardia, noturna, impossível, e aí fez um gesto tão largo, como quem descreve um objeto enorme, que bateu com os nós dos dedos na parede, e por um instante calou-se surpreendida, apertando as juntas salgadas aos lábios, à boca, queimados pelo discurso desconexo. Foi neste momento que lhe foi empurrado o casaquinho de tricô: vais te aquecer no táxi — a porta bateu, e Rimma, irritada e rindo, correu para junto de Fêdia[39] debaixo do cobertor quentinho. "Consegui despachá-la à força." As crianças reviraram-se no sono. Amanhã têm de levantar cedo. "Pois que a deixasse pernoitar", balbuciou Fêdia através do sono, através do calor, e ele era muito bonito à luz vermelha da lâmpada noturna. Pernoitar? Isto é que nunca! E onde? No quarto do velhinho Ashkenazi? O velhinho ficava rolando no sofá afundado, fumava algo espesso e fétido, tossia, ia no meio da noite à cozinha beber água da torneira, mas em geral tudo bem, não incomodava. Quando recebiam visitas, ele emprestava cadeiras, trazia um pote de cogumelos em conserva, desmanchava para as crianças um bolo de balas grudadas de uma lata: faziam-no sentar-se num canto da mesa, e ele dava risadinhas, balançava os pés que não alcançavam o chão, fumava dentro de seu punho fechado: "Não há de ser nada, moçada, um pouco de paciência, logo eu vou morrer e o apartamento será todo de vocês". "Viva até os

---

[39] Diminutivo de Fiódor. (N. da E.)

cem anos, David Danílovitch", tranquilizava-o Rimma, mas sempre era agradável sonhar com aquele tempo quando ela será a dona do apartamento inteiro, não comunal, mas seu próprio, e fará uma grande reforma, forrará de azulejos de alto a baixo a absurda cozinha pentagonal e trocará o fogão. Fêdia defenderá sua tese, os filhos irão à escola, inglês, música, patinação artística... e o que mais poderia imaginar? Muitos os invejavam por antecipação. Mas, claro, não eram os azulejos, nem os filhos bem preparados que acenavam dos espaços do futuro em irisadas luzes multicores, num arco faiscante de fascinação delirante (e Rimma desejava sinceramente muitos anos de vida ao velhote Ashkenazi: tudo virá a seu tempo): não, algo maior, algo completamente diferente, importante, emocionante e grandioso rumorejava e brilhava pela frente, como se o batel de Rimma, varando um escuro canal através de juncos em flor, estivesse a ponto de ser levado para o verde, jubiloso, tempestuoso oceano.

Mas por ora a vida fluía não totalmente real, uma vida à espera, vida sentada sobre as malas, desleixada e leve, com um monte de tralha no corredor, com visitantes à meia-noite: o Petiúnia[40] de gravata azul-celeste, Élia e Aliocha, os sem--filhos, mais alguém; com as visitas noturnas de Pipka e suas conversas desvairadas. E como ela era horrenda, a Pipka, com seus negros tocos de dentes, e, no entanto, ela agradava a muitos, e muitas vezes, no fim de uma noitada, dava-se por falta de um dos homens: Pipka levara-o consigo, no meio do barulho — sempre de táxi —, para a sua vivenda em Perlovka.[41] Lá ela se abrigava numa cabana de madeira, com jardinzinho cercado, de aluguel barato. Durante algum tempo Rimma até se preocupou pelo Fêdia — ele era leviano, e

---

[40] Diminutivo de Piotr. (N. da E.)

[41] Distrito de Mytischi, cidade vizinha a Moscou. (N. da E.)

ela, louca e capaz de tudo. Se não fossem os tocos podres na sua boca apressada, era caso de pensar melhor e não deixá-la entrar numa casa de família. Tanto mais que Fêdia dizia enigmaticamente: "Se a Svetlana não abrisse a boca, daria até para conversar com ela!...". E ela estava sempre tremendo, semivestida, ou vestida às avessas: nos pés sem meia, botinhas ordinárias de criança já a meio do inverno, as mãos vermelhas e rachadas.

Não se sabe onde se metia Pipka, como não se sabe de onde ela veio — surgiu, e pronto. Suas histórias eram insensatas e confusas: dizia que quis matricular-se numa escola de teatro, e que até já fora aceita, mas conhecera no mercado um vendedor de alho silvestre em conserva e foi levada, de mordaça na boca, para Baku num Volga branco sem placas.[42] E que lá a teriam violentado, lhe quebrado metade dos dentes e a jogado nua na praia, numa poça de petróleo; pela manhã ela teria sido encontrada por um montanhês selvagem, em trânsito para Baku, que a levou para a sua cabana no alto da montanha e a manteve ali o verão inteiro, alimentando-a através de uma fresta na parede, com melancia na ponta da faca, e no outono trocou-a por um relógio sem ponteiros com um etnógrafo de passagem. Com esse etnógrafo, que a chamava de Svetka-Pipetka, de onde, aliás, veio o seu apelido, ela, ainda totalmente nua, se abrigava numa torre de observação abandonada, do tempo de Chamil,[43] forrada de tapetes persas apodrecidos: o etnógrafo estudava os desenhos através de uma lupa. De noite, as águias defecavam em cima deles. "*Xô, xô*, malditas!", representava Pipka, correndo pe-

---

[42] Baku, capital do Azerbaijão, fica a mais de 2 mil quilômetros de Moscou; o modelo GAZ-M-21, conhecido como Volga, era considerado um carro de luxo na URSS. (N. da E.)

[43] O imã Chamil (1797-1871), que combateu os russos na Guerra do Cáucaso. (N. da E.)

la sala com uma cara indignada, assustando as crianças. À chegada do inverno o etnógrafo subiu mais para as montanhas, e Svetlana, à primeira neve, desceu para o vale, onde ainda faziam a contagem do tempo pelo calendário lunar, e davam tiros nas professoras pelas janelas da escola, e marcavam o número das mortas com talhos num poste no meio da praça do mercado. Dessas marcas havia mais de oitocentas, as perdas não eram computadas, e diversos institutos pedagógicos trabalhavam só para o vale. Lá Svetlana entabulou um caso com um gerente de loja. Mas abandonou-o logo, considerando-o insuficientemente másculo: ao invés de dormir, como compete a um cavaleiro *djiquit*, de costas, com o sabre na mão e o gorro de peles na cabeça, os ombros musculosos ferozmente espalhados, o gerente de loja se enroscava num bolinho, ressonava pelo nariz e gania em sonhos, encolhendo as pernas; explicava, desculpando-se, que sonhava com os disparos. Por volta da primavera Pipka chegou a Moscou, a pé, dormindo em montes de feno e evitando as estradas principais, algumas vezes foi mordida por cães. Ela caminhou, não se sabe por quê, pelo Ural. De resto, ela ia ainda pior na geografia do que na sua vida íntima: chamava o Cáucaso de Ural, e colocava Baku no mar Negro. Talvez houvesse uma parte de verdade nos seus medonhos relatos, quem sabe. Rimma já estava acostumada e quase não a escutava, pensando nas suas próprias coisas, entregando-se aos seus devaneios sem pressa. E quase ninguém escutava Pipka, será que ela era gente? Só de vez em quando alguém entre os visitantes novos, prestando atenção nas diabolices de Pipka, nos seus enredos que jorravam como chafarizes, exclamava, espantado e entusiasmado: "E como ela conta! Mil e uma noites!" — era um destes que Pipka geralmente sequestrava para a sua semifantástica Perlovka, se é que esta realmente existia: quem podia acreditar que Svetlana se alugou a uns patrões para cavoucar suas dálias, e que comia farinha de peixe com as galinhas? Como sempre, durante o informal repasto, no meio do zunzum das conversas e do tinir dos talheres, Rimma era assolada por sonolento devaneio, maravilhosos sonhos acordados, visualizava azuis e róseas brumas, velas brancas, ouvia o rumor do oceano, distante e convidativo, como aquele rumor tranquilo que saía da enorme concha que enfeitava o aparador. Rimma gostava de fechar os olhos e encostar a concha ao ouvido — então, da monstruosa goela cor-de-salmão fazia-se ouvir o chamado de um país distante, tão distante, que já nem cabia no globo, ele subia suavemente, esse país, e se espalhava pelo céu com todos os seus lagos, papagaios e ressacas. E Rimma também pairava no céu entre róseas e esgarçadas nuvenzinhas — tudo o que a vida prometeu se cumprirá. Não precisa mover-se, não precisa apressar-se, tudo virá sozinho. Navegar silenciosamente pelos canais escuros... ouvir o rugido do oceano se aproximando, Rimma abria os olhos e olhava, sorrindo através da fumaça dos cigarros e dos devaneios, para as visitas, para o preguiçoso e satisfeito Fêdia, para David Danílovitch a balançar as perninhas, e lentamente pousava na terra. E tudo começará pelo mínimo... começará pouco a pouco... com pés enfraquecidos pelo voo ela apalpa o terreno. Oh, para começar terá de cuidar do apartamento. No quarto do velhinho será o dormitório. Reposteiros azuis. Não, brancos. Brancos, de seda, ricos, franzidos. E a cama também é branca. É domingo de manhã. Rimma, de penhoar branco, cabelos soltos (precisava começar a deixar crescer o cabelo, mas o penhoar já tinha sido comprado em segredo. Ela não conseguira resistir...), atravessará o apartamento até a cozinha... cheiro de café... aos novos conhecidos ela dirá: "E neste quarto, onde agora é o dormitório, antigamente vivia um velhinho... tão bonzinho, não atrapalhava nem um pouco. Nós o ocupamos depois da sua morte... Pena, era um velhinho maravilhoso!". Rimma balançou-se na cadeira, sorrindo para o velhinho ainda vivo:

"Está fumando muito, David Danílovitch, cuide-se mais". O velhinho só tossia e agitava a mão, como quem diz: Não vale a pena. Não vou durar muito. Deixe pra lá.

Como era agradável navegar e fluir através do tempo — e o tempo flui através de mim e se derrete atrás; e o rumor do mar sempre acena convidando; preciso ir viajar para o Sul e inspirar o ar marítimo, e ficar de pé na praia, de braços abertos, escutando o vento. Como a vida se derrete docemente — os filhos, e o amoroso Fêdia, e a espera pelo dormitório branco. Os visitantes me invejam, sim, meus queridos, invejem-me, uma felicidade enorme me aguarda no futuro, qual é ela, eu não digo, eu mesma não sei, só que as vozes me sussurram: espera, espera! Petiúnia está aí sentado, invejando e roendo as unhas. Ele não tem nem mulher nem apartamento, ele é franzino e vaidoso, gosta de gravatas berrantes, preciso presenteá-lo com a nossa, cor-de-laranja, nós não precisamos dela, aqui nos aguarda a felicidade. Eis Élia e Aliocha, eles também nos invejam, eles não têm filhos, arranjaram um cachorro, que tédio. Ali está sentado o velhinho Ashkenazi, ele inveja a minha juventude, o meu dormitório branco, o meu rumor de oceano: adeus, velhinho, logo te irás embora, de olhos muito fechados sob duas moedas de cinco copeques. Eis a Svetlana... ela não inveja ninguém, ela tem tudo, só que inventado, seus olhos e sua boca horrível ardem como um incêndio — preciso fazer o Fêdia sentar mais afastado —, sua fala é delirante, dezenas de reinos se erguem e desmoronam na sua cabeça numa só noite. Fazer o Fêdia sentar-se mais afastado. Fêdia! Vem sentar aqui. Ela está mentindo e tu a escutas de orelhas em pé?

A vida está leve e alegre, caçoamos do Petiúnia, da sua paixão pelas gravatas, auguramos-lhe um brilhante futuro jornalístico... Pedimos antecipadamente que não se encha de si quando viajar para o exterior; Petiúnia encabulava, franzia o rostinho de rato: o que é isso, pessoal, Deus me permita terminar a faculdade! Petiúnia era bonzinho, mas como que amarrotado, e ainda por cima tentava cortejar Rimma, verdade que indiretamente: cortava cebola para ela na cozinha e observava que ele, para falar francamente, tinha uns planos de vida que só vendo! Rimma ria: ela mesma tinha grandes planos! Corteje a Élia, que será melhor, ela vai abandonar Aliocha de qualquer forma. Ou, então, vá atrás da Svetka-Pipetka. Pipetka vai se casar, disse Petiúnia. Com quem, eu gostaria de saber.

Logo eles souberam com quem: com o velhinho Ashkenazi. O velhinho, com pena dos pezinhos da Pipetka nas suas botinhas infantis, das suas mãozinhas enregeladas, preocupado com os seus gastos com táxis noturnos, e em geral cedendo a um lacrimoso altruísmo senil, inventou — pelas costas de Rimma! — de casar-se com essa vagabunda ardendo em negras chamas, e registrá-la, naturalmente, no espaço residencial prometido a Rimma e Fêdia. Resultou uma briga com necessidade de calmante. "Envergonhe-se! Envergonhe-se!", gritava Rimma com voz alterada. "Eu não tenho do que me envergonhar", respondia o velho, deitado no sofá entre as molas arrebentadas com a cabeça jogada para trás para estancar o sangue do nariz. Rimma lhe aplicava compressas frias e passou a noite inteira velando ao lado da sua cama. Quando o velho adormeceu, a respiração fraca e acelerada, ela mediu a janela do seu quarto. Sim, o tecido branco ficará bem aqui. Sim, a fazenda branca servirá, pela largura. Aqui, papel de parede azul-claro. De manhã, reconciliaram-se. Rimma perdoou o velho, ele chorou, ela deu-lhe de presente uma camisa de Fêdia e serviu-lhe panquecas quentes. Svetlana soube de alguma coisa e passou muito tempo sem aparecer. Depois sumiu também Petiúnia, e assumiram que Svetlana o carregara para Perlovka. Todos os que iam para lá sumiam por muito tempo e ao voltarem ficavam por algum tempo como que alterados.

Petiúnia apareceu seis meses depois, à noite, de olhar errante, de calças sujas de barro até a cintura. Rimma arrancava as palavras dele com dificuldade. Sim, ele esteve lá. Ajudou a Pipka em casa. Uma vida muito difícil. Tudo muito complicado. De Perlovka ele voltou a pé. Por que esse barro? Ah, isto... Ontem ficaram a noite inteira, ele e a Pipka, vagueando por Perlovka com uma lamparina de querosene, procurando uma certa casa. Ali um circassiano pariu um cachorrinho. Sim, isso mesmo. Sim, eu sei — Petiúnia apertava as mãos sobre o peito —, sei que em Perlovka não há circassianos. Aquele era o último. Svetlana disse que sabia com certeza. Era um caso muito bom para a seção "Somente Fatos" do jornal. "O que é que há, você também está maluco?", perguntou Rimma, piscando. "Ora, por quê? Eu mesmo vi o filhote." "E o circassiano?" "Não deixaram vê-lo. Era noite, afinal de contas." "Vai dormir, que isso passa", disse Rimma. Acomodaram Petiúnia no corredor, no meio da tralha. Rimma sofreu a noite inteira, rolando na cama, e pela manhã decidiu que Circassiano era o nome de um cachorro. Mas durante o café da manhã ela não se animou a agravar o delírio com perguntas, e o próprio Petiúnia estava taciturno e foi embora logo.

Depois Svetlana precisou levar suas coisas de Perlovka para algum outro lugar — tentar esclarecer essa geografia era inútil —, naturalmente de táxi, e por alguma razão era indispensável a ajuda de Fêdia. Depois de hesitar um pouco, Rimma deixou-o ir... Eram dez horas da manhã, o que é que poderia... Ele voltou às três horas da madrugada, muito estranho. "Onde esteve?", Rimma, de camisola, esperava por ele no corredor. "Sabe, uma série de circunstâncias. Tive de ir a Siérpukhov,[44] lá ela tem gêmeas no Lar da Criança." "Que

---

[44] Cidade a 110 km de Moscou. (N. da E.)

gêmeas?", gritou Rimma. "Minúsculas de todo, cerca de um ano. Siamesas. Ligadas pelas cabeças, Karina e Ângela." "Que cabeças?! Está no seu juízo perfeito? Ela nos visita há cem anos, alguma vez você a viu parindo filhos?!" Não, não, claro, ele nunca a viu parindo ou coisa que o valha, mas eles realmente foram a Siérpukhov, levando uma encomenda: merluza congelada. Sim, merluza para as gêmeas. Ele próprio passou o peixe pelo caixa. Rimma prorrompeu em lágrimas e bateu a porta, Fêdia ficou no corredor, arranhando a porta e jurando que ele próprio não entendia nada, mas que elas são Karina e Ângela, disso ele se lembra com certeza.

Depois disso Pipka sumiu de novo por muito tempo, e o episódio foi esquecido. Mas alguma coisa se rompeu pela primeira vez dentro de Rimma: ela olhou para trás e percebeu que o tempo corre sempre mas o futuro continua não chegando, e Fêdia já não é mais tão bonito, e as crianças aprenderam na rua palavras feias, e o velhote Ashkenazi tosse mas vive, e ruguinhas já se arrastam para os seus olhos e boca, e a tralha no corredor continua amontoada. E o rumor do oceano ficou mais surdo, e eles não foram ao Sul, sempre deixando a viagem para o futuro, que não quer chegar.

Dias tristonhos começaram a correr. Rimma desanimava, tentava compreender em que momento errara o caminho que conduzia para a distante, cantante felicidade, e frequentemente ficava sentada, pensativa, e as crianças cresciam, e Fêdia ficava sentado diante do televisor e não queria escrever a sua dissertação, e fora da janela ora despencava uma nevasca fofa como algodão, ora espiava entre as nuvens estivais um adocicado sol urbano. Os amigos envelheceram, ficaram pesados de molejo, Petiúnia então sumiu de uma vez, as gravatas berrantes saíram de moda, Élia e Aliocha arranjaram um cachorro novo e manhoso que não tinham com quem deixar à noite. No serviço de Rimma apareceram colegas novas, Lucia-grande e Lucia-pequena, mas elas não sabiam dos planos de felicidade de Rimma e não a invejavam, mas invejavam a Kira da seção de planejamento, que usava roupas caras e variadas, trocava chapéus por livros, livros por carne, carne por ingressos em teatros de difícil acesso e falava irritada com alguém pelo telefone: "Mas você sabe muito bem como eu gosto de língua em gelatina".

E certa noite, quando Fêdia estava sentado na frente do televisor e Rimma, de cabeça apoiada na mesa, escutava a tosse do velho atrás da parede, irrompeu pela sala Pipka, toda fogo e chamas, de bochechas rosadas, rejuvenescida, como acontece com os loucos, e sorriu com uma boca chamejante, cheia de faiscantes dentes novos. "Trinta e seis!", exclamou ela, na soleira, e bateu com o punho fechado no lintel. "Trinta e seis o quê?", Rimma, ergueu a cabeça da mesa. "Trinta e seis dentes!", disse Pipka. E contou que se engajara como grumete num navio que ia para o Japão, e, como o navio já estava superguarnecido, ela teve de dormir num caldeirão com carne e arroz, que o capitão lhe fazia honras, e o imediato do capitão as retirava, que pelo caminho apaixonou-se por ela um ricaço japonês e queria realizar o casamento pelo telégrafo, sem adiá-lo, mas não se encontraram lá certos hieróglifos indispensáveis e o negócio se desmanchou, e depois — enquanto num dos portos lavavam os caldeirões de carne com arroz — ela foi raptada por um junco de piratas e vendida a um rico fazendeiro, e ficou trabalhando um ano nas suas plantações de cânhamo malaio, de onde a resgatou um inglês rico em troca de um rublo de jubileu soviético, o qual, como se sabe, é altamente valorizado pelos numismatas malaios: o inglês levou-a para a nevoenta Albion,[45] primeiro perdeu-a no espesso *fog*, mas depois encontrou-a e de contente fez colocar-lhe por sua própria conta o mais ca-

---

[45] Antigo nome da Grã-Bretanha segundo os autores gregos e latinos. (N. da E.)

ro e moderno conjunto de trinta e seis dentes, o que se podem permitir exclusivamente os bolsas-cheias. Ele deu-lhe para o caminho carne de pônei defumada, e agora ela, Pipka, está finalmente a caminho de Perlovka, para buscar suas coisas. "Abre a boca", disse Rimma com raiva. E, na boca prontamente escancarada de Pipka, Rimma contou, lutando com a vertigem, todos os trinta e seis dentes — como eles cabiam lá dentro não dava para entender, mas eram de fato dentes. "Agora sou capaz de partir uma vara de aço com os dentes, se quiserem, mordo a cornija", já ia começando o monstro, mas Rimma abanava as mãos: basta, basta, é tarde, nós queremos dormir, e enfiava-lhe o dinheiro para o táxi, e empurrava-a para a porta, e meteu-lhe na mão o tomo de Simenon: pelo amor de Deus, você pode ler antes de dormir, só vai embora! E Pipka se foi, agarrando-se inutilmente às paredes, e nunca mais ninguém a viu. "Fêdia, vamos para o Sul?", perguntou Rimma. "Sem falta!", prontamente, como muitas vezes nesses anos, respondeu Fêdia. Que bom, quer dizer que finalmente vamos mesmo. Para o Sul! E ela procurava ouvir a voz, que ainda agora, quase inaudível, sussurrava alguma coisa sobre o futuro, a felicidade, o sono reparador no dormitório branco, mas já era difícil distinguir as palavras. "Ei, olha, é o Petiúnia!", disse Fêdia, admirado. Na tela do televisor, debaixo de palmeiras, pequenino e carrancudo, de microfone nas mãos, lá estava Petiúnia, e maldizia umas plantações de cacau, e uns negros que passavam voltavam-se para ele, e a sua enorme gravata chamejava qual aurora africana, mas no seu rosto também não se percebia felicidade.

Agora Rimma sabia que todos eles tinham sido enganados, mas quem e quando o fez ela não conseguiu lembrar. Ela rememorou dia por dia, procurava o erro, mas não o encontrava. Tudo parecia coberto de poeira. Às vezes tinha vontade — estranho — de conversar com Pipka a respeito disso, mas ela nunca mais apareceu.

Novamente era verão, chegou o calor, e através da poeira espessa novamente começou a murmurar aquela voz do futuro. Os filhos de Rimma cresceram, um se casou, o outro entrou para o exército, o apartamento estava vazio, e à noite dormia-se mal: o velhinho atrás da parede tossia sem parar. Rimma já não queria mais fazer o dormitório no quarto do velhinho, e já não tinha mais o penhoar branco: a traça o comeu, saindo da tralha no corredor, sem mesmo olhar para o que comia. Chegando ao serviço, Rimma queixou-se à Lucia-grande e à Lucia-pequena de que a traça já come até artigos alemães, e a pequena suspirava, apertando as bochechas com as palmas das mãos, e a grande ficou irritada e taciturna. "Se querem reabastecer-se de trapos, meninas", disse a experiente Kira, desprendendo-se das maquinações telefônicas, "eu posso levá-las. Tenho uma, aí. A filha dela voltou da Síria. O dinheiro pode ficar pra depois. As roupas são boas. Vera Essáfovna no sábado levou setecentos rublos de coisas. Lá na Síria eles viviam bem. Nadavam em piscina, querem viajar pra lá de novo." "Então vamos, ora", disse Lucia-grande. "Ai, eu tenho tantas dívidas", sussurrou a pequena.

"Rápido, rápido, meninas, vamos pegar um táxi", apressava-as Kira. "Vamos aproveitar a hora do almoço." E elas, sentindo-se como garotinhas cabulando as aulas, amontoaram-se no carro, envolvendo-se mutuamente em odores de perfumes e cigarros acesos, e rodaram pelas quentes vielas estivais, salpicadas de cascas de tílias ensolaradas, manchas de sombra tépida; soprava o vento sulino e trazia através dos fumos de gasolina o triunfo e o esplendor do longínquo Sul: o fulgor azul dos céus, o brilho espelhado dos mares enormes, a louca felicidade, a liberdade louca, o delírio da realização das esperanças — de quê? Ora, Deus é que sabe! E pelo apartamento onde elas entraram, tremulamente antegozando uma feliz aventura roupeira, também passeava um vento morno, balançando e inflando o tule branco nas janelas, nas portas escancaradas para um amplo balcão — tudo aqui era espaçoso, grande, livre. Rimma invejou o apartamento. Uma mulher troncuda — a dona dos artigos à venda — escancarou rapidamente a porta do quarto secreto. As mercadorias, amontoadas, amarrotadas, em caixas de televisores e sobre a grande e abarrotada cama de casal, refletiam-se no espelho do formidável armário. "Vão remexendo", ordenou Kira, parada na soleira. As mulheres, trêmulas, afundaram as mãos nas caixas de sedas, veludos, coisas semitransparentes, rebordadas com fios dourados; puxavam as peças, aos trancos, emaranhando-se em fitas e babados; as mãos pescavam, mas os olhos já buscavam outras coisas, que os atraíam com um laço ou um franzido, dentro de Rimma uma veiazinha vibrava num tremor rilhado, as orelhas ardiam, a boca estava seca. Era tudo como num sonho. E, como exige o cruel cenário de um sonho, logo despontou e começou a ampliar-se certa quebra de harmonia, um defeito oculto, ameaçando desabar em catástrofe. As coisas — mas o que é isto? — não eram aquelas, não eram o que lhes pareceram à primeira vista, os olhos já distinguiam a bobice dessas saias de gaze escarlate, prestáveis talvez só para um corpo de baile, a pretensão dos jabôs de um roxo-pescoço-de-peru, e as linhas fora de moda das grossas jaquetas de veludo: são restos, fomos convidadas para as sobras do banquete alheio: aqui já remexeram, já pisaram, ávidas mãos alheias conspurcaram as caixas encantadas, arrancaram e levaram aquilo, o autêntico, pelo qual palpitava o coração e vibrava aquela veiazinha especial. Rimma precipitava-se sobre as outras caixas, atirava-se revirando a revolta cama de casal, mas também ali, também ali... E aquilo que ela, em desespero, arrancava dos montes e encostava ao corpo, voltando-se receosa para o espelho, era ridiculamente pequeno, curto ou bobo. A vida se foi e a voz do futuro canta para outros. A mulherona, dona da mercadoria, sentada qual um

Buda, olhava atenta e desdenhosa. "E isto?", Rimma apontava para o que pendia em cabides pelas paredes, balançando ao vento tépido. "Está vendido. Isto também está vendido." "E do meu tamanho, tem alguma coisa?..." "Dê para ela", disse à mulher Kira, encostada à parede. A mulher pensou um pouco e puxou de trás de si algo cinzento, e Rimma, despindo-se rapidamente, revelou às amigas todo o segredo da roupa de baixo barata, esgueirou-se como uma enguia pelos orifícios indicados; alisando e puxando, olhou atenta para o seu implacavelmente nítido reflexo. O vento morno continuava passeando pelo quarto ensolarado, indiferente à transação em processo. Ela não entendeu bem o que vestira, olhava deprimida para as suas pernas brancas com pelinhos pretos, que pareciam ter embolorado ou passado o inverno inteiro dentro de arcas escuras, para o seu pescoço esticado, assustado, de pele arrepiada, para os seus cabelos empastados, para a barriga, as rugas, as olheiras escuras. O vestido tinha cheiro de gente estranha, já fora experimentado. "Está muito bom. É seu. Leva", pressionava Kira, sócia secreta da mulherona. A mulher olhava calada, desdenhosa. "Quanto?" "Duzentos." Rimma sufocava, tentando arrancar o vestido envenenado. "Mas isto é muito moderno, Rimotchka", disse Lucia-pequena com ar de culpa. E, para cúmulo da humilhação, o vento escancarou a porta para o quarto vizinho e revelou uma visão celestial: uma jovem, tostada de sol como uma lustrosa avelã, divinamente escultural — a filha da mulherona —, aquela que chegou da Síria, que adejou para fora das brancas piscinas de translúcidas águas azuis; num relance, brilhou um vestido branco, um par de olhos azuis, a mulherona levantou-se e fechou a porta. Este espetáculo não é para os mortais.

O vento sul varria para o velho saguão o lixo das tílias em flor, aquecia as paredes desgastadas. Lucia-pequena descia as escadas de lado, sobraçando o monte de coisas escolhidas, quase chorando — meteu-se de novo em dívidas horríveis. Lucia-grande calava-se enfezada. Rimma também caminhava de dentes cerrados; escurecera-se o dia estival, o destino espicaçou-a e riu-se dela. E ela já sabia que a blusa que comprara num derradeiro impulso, em desespero de causa, era uma porcaria, folhas mortas, ouro do diabo destinado a transformar-se em podridão, bagaço chupado e cuspido pela huri síria de olhos azuis.[46]

Ela ia no táxi tristonha e silenciosa e dizia a si mesma: em compensação eu tenho Fêdia e os filhos. Mas o consolo era falso e fraco, pois que tudo está terminado, a vida mostrou a sua face vazia — cabelos emaranhados e olhos fundos. E o anelado Sul, pelo qual ela ansiou durante tantos anos, pareceu-lhe amarelo e poeirento, com tufos espetados de plantas ásperas e secas, com ondas salobras e turvas, a balançar escarros e papeluchos. E em casa — a velha, malcheirosa moradia comunal, e o imortal velhinho Ashkenazi, e o Fêdia, familiar até uivar de tédio, e toda a sequência dos anos futuros, ainda não vividos mas de antemão conhecidos, através dos quais teria de se arrastar e se arrastar, como através de uma poeira que cobriu a estrada até os joelhos, até o peito, até o pescoço. E o canto das sereias, enganadoramente sussurrando ao tolo nadador doces palavras sobre o que nunca será, silenciou para sempre.

Não, ainda houve alguns acontecimentos — a mão de Kira secou, Petiúnia chegou de visita e falou longamente sobre os preços do petróleo, Élia e Aliocha enterraram o seu cão e arranjaram um novo, o velho Ashkenazi finalmente limpou suas vidraças com ajuda da firma Aurora,[47] mas Pipka não

---

[46] No folclore islâmico, as huris eram as beldades prometidas aos muçulmanos fiéis. (N. da E.)

[47] A empresa soviética Aurora (*Zariá*) oferecia todo tipo de serviço

apareceu mais. Alguns afirmavam com certeza que ela se casara com um adivinho cego e se mudara para a Austrália — para faiscar ali os seus brancos dentes novos, entre eucaliptos e ornitorrincos, sobre recifes de coral, mas outros asseguravam e juravam que ela se acidentara num táxi e morrera queimada na estrada de Iaroslavl, numa noite chuvosa e escorregadia, e que as chamas eram visíveis de longe, subindo em coluna para o céu. Diziam ainda que não foi possível dominar o fogo, e, quando tudo acabou de queimar, no lugar da catástrofe não encontraram nada. Só alguns tiçõezinhos.

doméstico, desde instaladores de azulejos e limpadores de janelas a costureiras, babás e animadores de festa. (N. da E.)

ENCONTRO COM O PÁSSARO

— Meninos, meninos, para ca-asa! Jantar!

Os meninos, na areia até os cotovelos, levantaram as cabeças, voltaram a si: a mamãe está no degrau de madeira, acena com a mão: para cá, para cá, andem! Da porta vem um cheiro de calor, de luz, de noite doméstica.

De fato, já está escuro. A areia úmida esfria os joelhos. As torres de areia, valas, passagens subterrâneas — tudo se fundiu em algo surdo, indefinível, sem contornos. Onde está a picada, onde as moitas de urtigas, o barril de chuva — não dá para distinguir. Mas o poente ainda está vagamente esbranquiçado. E baixo sobre o jardim, balançando os topos das escuras colinas arborizadas, passa voando um suspiro tenso e triste: foi o dia que morreu.

Pêtia[48] achou rapidamente, pelo tato, as pesadas maquininhas de metal — guindastes, caminhõezinhos; a mamãe batia de leve o pé, de impaciência, segurando a maçaneta da porta, e o pequeno Liônitchka[49] ainda fez um pouco de manha, mas foi erguido, levado para dentro, lavado, e seu rosto rebelde enxugado com uma grossa toalha felpuda.

Paz e sossego no círculo de luz sobre a branca toalha de mesa. Sobre uns pires um leque de queijo, um leque de sala-

---

[48] Diminutivo de Piotr. (N. da E.)
[49] Diminutivo de Leonid. (N. da E.)

me, rodelas de limão — como se tivessem quebrado uma pequenina bicicleta amarela; faíscas de rubi vagueiam pela geleia.

Na frente de Pêtia puseram um enorme prato de papa de arroz; uma ilha de manteiga flutua, derretendo-se, no pegajoso mar dos Sargaços. Vai-se afundando a Atlântida de manteiga. Ninguém se salvará. Castelos brancos com escamosos telhados de esmeraldas, templos cheios de degraus com enormes vãos de portas encobertos por cortinas flutuantes de penas de pavão, enormes estátuas de ouro, escadarias de mármore, mergulhando seus degraus no fundo do mar, pontiagudos obeliscos de prata com inscrições numa língua desconhecida — tudo, tudo irá por água abaixo. Translúcidas verdes ondas do oceano já lambem as soleiras dos templos; agitam-se enlouquecidas pessoas morenas, crianças choram... saqueadores arrastam preciosos baús de madeira aromática, derrubam-nos; nuvens de roupas esvoaçam ao vento... nada servirá mais, nada mais será necessário, ninguém se salvará, tudo afundará, deslizando e adernando, nas tépidas ondas transparentes... Oscila a estátua de ouro, de oito andares de altura, de um deus supremo com um terceiro olho na testa, a mirar melancólico o nascente...

— Pare de brincar com a comida!

Pêtia estremeceu, misturou a manteiga, titio Bória,[50] o irmão da mamãe — nós não gostamos dele —, olha aborrecido; barba negra, o cigarro entre os dentes brancos: ele fuma, sentou-se mais perto da porta, entreabriu uma fresta para o corredor. Está sempre implicando, cutucando, caçoando — o que é que ele quer?

— Andem, garotos, rápido pra cama. O Leonid já vai cair no sono.

---

[50] Diminutivo de Boris. (N. da E.)

Realmente, Liônitchka baixou o narizinho no mingau, mexe lentamente com a colher na espessura gosmenta. Já Pêtia, este não se dispõe a dormir de maneira nenhuma. Se o tio Bória quer fumar à vontade, que saia para o alpendre. E que não se meta conosco.

Tendo comido a perecida Atlântida, e raspado o oceano até o fundo com a colher, Pêtia enfiou os lábios na xícara de chá — saíram boiando manchas gordurosas. Mamãe levou embora o Liônitchka adormecido, tio Bória acomodou-se melhor, fuma às claras. A fumaça que sai dele é repugnante, pesada. Tamila, esta fuma sempre alguma coisa perfumada. Tio Bória leu os pensamentos de Pêtia, meteu-se a fazer perguntas:

— Foi outra vez visitar a sua duvidosa amiga?

Sim, outra vez. Tamila não é duvidosa, ela é uma beldade enfeitiçada, com um nome mágico; ela vivia numa montanha de vidro azul, com paredes inacessíveis, numa altura tão grande, de onde se descortina o mundo inteiro, até as quatro colunas com as inscrições: "Sul", "Oriente", "Norte", "Ocidente". Mas foi raptada por um dragão escarlate, que voou com ela pelo mundo inteiro e a trouxe para cá, para o vilarejo de férias. E agora ela vive na casa mais afastada, num quarto enorme com uma varanda atulhada de barricas com rosas-trepadeiras chinesas, cheia de livros velhos, caixas, estojos e castiçais, fuma cigarros fininhos por uma piteira comprida, tilintante de argolinhas de cobre, bebe algo de pequeninos cálices, embala-se numa cadeira de balanço e ri como se chorasse. E, em recordação do dragão, Tamila veste um quimono preto e brilhante, com mangas larguíssimas, e, nas costas, um dragão vermelho e raivoso. E seus negros cabelos emaranhados pendem da sua cabeça até os braços da poltrona. Quando Pêtia crescer, vai se casar com Tamila, e o tio Bória, este ele vai trancar numa torre. Mas mais tarde, quem sabe, vai ficar com dó e vai soltá-lo. Tio Bória leu outra vez os pensamentos de Pêtia, caiu na gargalhada e pôs-se a cantar — para ninguém, mas era ofensivo:

> *Maas ela era costureira*
> *E bordava em relevo,*
> *Maaas depois subiu no palco*
> *E virou... atriz!*
> *Taram-pam-pam!*
> *Taram-pam-pam!*

Não, não dá para libertá-lo da torre.
A mamãe voltou para a mesa.
— Deram de comer ao vovô? — tio Bória estalava os dentes como se nada houvesse.
O avô de Pêtia jazia doente no quarto dos fundos, respirava acelerado, olhava pela janela baixa, deprimido.
— Ele não quer — disse a mamãe.
— Não vai viver muito — estalou tio Bória. E voltou a assobiar o mesmo motivinho nojento: *taram-pam-pam!*
Pêtia disse "Obrigado", apalpou no bolso uma caixinha de fósforos com um tesouro dentro e foi para a cama — sentir pena do avô e pensar na sua própria vida. Que ninguém se atreva a falar mal de Tamila. Ninguém entende nada.
... Pêtia jogava bola junto de uma *datcha* retirada, na descida para o lago. Os jasmins e os lilases cresceram tanto que mal dá para encontrar a porteira. A bola voou por cima dos arbustos e perdeu-se no jardim alheio. Pêtia passou por cima da cerca, chegou lá — descortinou-se um pequeno gramado ensolarado com um relógio de sol no centro, uma ampla varanda — e lá ele viu Tamila. Ela se embalava numa poltrona de balanço preta, de quimono preto brilhante, pernas cruzadas, servia-se num cálice, de uma garrafa preta, e suas pálpebras eram pesadas e negras, e a boca, vermelha.

— Salve! — gritou Tamila, e começou a rir, como se chorasse. — Eu já estava te esperando!

A bola estava junto aos seus pés, ao lado das chinelas bordadas de flores. Ela se balançava pra frente e pra trás, pra frente e pra trás, e uma fumacinha azul subia da sua piteira tilintante, e havia cinzas no seu quimono.

— Eu estou à sua espera — confirmou Tamila. — Você pode desencantar-me? Não?... Então por quê... E eu que pensava... Bem, leva a sua bola.

Pêtia tinha vontade de ficar parado ali, a olhá-la, e ouvir o que mais ela ia dizer.

— E o que a senhora está bebendo? — perguntou ele.

— A panaceia — disse Tamila, e bebeu mais. — Remédio para todos os males e sofrimentos, terrestres e celestes, a dúvida noturna e o noturno inimigo. E você gosta de limão?

Pêtia pensou um pouco e disse: gosto.

— Você, quando for comer limão, guarda as sementes para mim, está bem? Quem juntar cem mil sementes de limão e enfiar num colar, pode voar até mais alto que as árvores, sabe? Se quiser, voaremos juntos, vou te mostrar onde está um tesouro enterrado, só que eu esqueci a palavra que abre o tesouro. Quem sabe lembraremos juntos.

Pêtia não sabia se acreditava ou não, mas tinha vontade de ficar olhando mais e mais para ela, como ela fala, como se balança na estranha poltrona, como tilintam as argolinhas de cobre. Ela não o provocava, não o fitava nos olhos, controlando: como é? eu conto bem, é interessante, hein? está gostando? Simplesmente se balançava e tilintava, escura e comprida, e se aconselhava com Pêtia, e ele compreendeu: esta será sua amiga pelos séculos dos séculos.

Ele aproximou-se um pouco mais, para olhar os estranhos anéis que brilhavam na sua mão. Três vezes enroscava-se no dedo uma serpente de olho azul, e ao lado achatava-se um sapo de prata em relevo. A cobra, esta Tamila tirou e deixou olhar, mas o sapo ela não permitiu que tirasse:

— O que é isto, o que é isto, se tirar este, será o meu fim. Esboroo-me em pó negro, o vento me espalhará. O sapo me protege. Pois eu tenho sete mil anos, o que é que você pensava?

É verdade, ela tem sete mil anos, mas que viva mais, que não tire o anel! Quanta coisa ela já não viu! Ela viu até mesmo o fim da Atlântida, passou voando por cima do mundo que perecia com o seu colar de sementes de limão. Queriam queimá-la na fogueira, por bruxaria, já a estavam arrastando, mas ela arrancou-se, e — pras nuvens! Não era pra isso que lhe servia o colar, aquele? Mas eis que o dragão a raptou, levou-a embora da montanha de vidro, do palácio de vidro, e o colar ficou lá, pendurado no espelho.

— E você quer casar comigo?

Pêtia enrubesceu e disse: quero.

— Estamos conversados. Só não vá me enganar! Mas esta nossa aliança nós vamos selar com palavra de honra e bombons de chocolate.

E deu-lhe um vaso inteiro cheio de bombons. Era só isso que ela comia. E bebia da garrafa preta.

— Quer olhar os livros? Estão amontoados ali.

Pêtia foi até a pilha empoeirada, abriu a esmo. Abriu-se um quadrinho colorido: como uma folha de livro, mas não dá pra ler as letras, e em cima, no canto, uma grande letra colorida, toda entrelaçada por uma fita chata, relvas e sininhos, e, sobre ela, um pássaro não-pássaro, uma mulher não-mulher.

— O que é isto? — perguntou Pêtia.

— Sabe-se lá. Eles não são meus — balançava-se a tilintante Tamila, soltando fumaça.

— Mas por que o pássaro é assim?

— Mostre aqui. Ah, este pássaro. É o pássaro Sirin, a

ave da morte. Tome cuidado: ela sufoca. Você já ouviu, ao anoitecer, alguém se lamentando, cuculando na floresta? É ela mesma. É uma ave noturna. E existe o pássaro Fínist. Ele vinha visitar-me muitas vezes, mas depois eu briguei com ele. E há também o pássaro Alconost.[51] Este acorda cedo, de madrugada, todo rosado, transparente, translúcido, com fagulhas. Ele tece o seu ninho nos lírios d'água. Bota um só ovo, muito raro. Você sabe por que as pessoas arrancam os lírios? Procuram o ovo. Quem o encontrar, entristecerá por toda a vida. Mas procuram assim mesmo, querem mesmo assim. E eu tenho este ovo — quer de presente?

Tamila balançou-se na negra poltrona de madeira recurvada, foi para dentro, para o fundo da casa. Uma almofada de miçangas caiu da poltrona. Pêtia levantou-a — ela era fresquinha. Tamila voltou — na sua palma rolava, tilintando contra o avesso dos anéis, um pequenino, cristalino, rosado ovinho mágico, todo recheado de centelhas douradas.

— Não tem medo? Segure! Muito bem, volte a visitar-me. — Ela começou a rir e caiu na poltrona recurvada, agitou o ar doce e perfumado.

Pêtia não sabia como era isso de entristecer-se por toda a vida, e pegou o ovinho.

Certo, ele ia casar-se com ela. Antes ele tencionava casar-se com a mamãe, mas já que prometeu a Tamila... A mamãe ele também vai levar consigo, sem falta; e pode-se levar o Liônitchka também, afinal de contas... mas o tio Bória, de jeito nenhum. A mamãe, ele ama muito e muito, mas histórias tão estranhas e maravilhosas como as de Tamila dela

---

[51] Referência a três criaturas do folclore russo. O Sirin tem corpo de pássaro e cabeça de mulher, como as sereias da mitologia. O Fínist é relacionado à Fênix, ave que ressurge das próprias cinzas. O Alconost também tem corpo de pássaro e cabeça de mulher, e seu nome deriva do mito grego de Alcíone. (N. da E.)

nunca ele ouviria. Coma e lave-se, eis toda a conversa. E o que compraram — cebola, ou algum peixe.

E do pássaro Alconost ela nunca nem ouviu falar. E o melhor é não falar mesmo. E o ovinho, guardar na caixinha de fósforos e não mostrar a ninguém.

Deitado na cama, Pêtia pensava em como iria viver com Tamila no grande quarto com rosas chinesas. Ele ficará sentado nos degraus da varanda a cortar pauzinhos para um veleiro, e o chamará de Holandês Voador. Tamila ficará se balançando na poltrona, bebendo a panaceia, falando e contando. E depois eles embarcarão no Holandês Voador, a bandeira com o dragão no topo do mastro. Tamila de quimono negro no convés — sol, respingos no rosto —, e partirão em busca da desaparecida Atlântida, afundada nas verdes e agitadas massas oceânicas.

Antes a vida dele era simples: apontava pauzinhos, cavoucava na areia, lia livros com aventuras; deitado na cama, escutava como gemiam e se agitavam atrás da janela as árvores noturnas, e pensava que as maravilhas ficavam em ilhas distantes, nas florestas dos papagaios, ou na pequenina, a se estreitar para baixo, América do Sul, com índios de plástico e crocodilos de borracha. Mas o mundo está todo impregnado do misterioso, do triste, do mágico, do sussurrante entre folhagens, do balançante em águas escuras. Ao anoitecer, ele e a mamãe passeiam junto no lago: o sol se põe atrás do bosque recortado, recende a arando, resina de pinheiro, lá, bem do alto, espiam as pinhas vermelhas. A água do lago parece fria, mas, se a tocarmos com a mão, ela é até quente. Pela margem abrupta caminha uma grande senhora grisalha de vestido cor de ameixa; ela anda devagar, apoiada numa bengala, sorri carinhosamente, mas seus olhos são escuros e o olhar vazio. Muitos anos atrás, sua filha pequena afogou-se no lago, mas a mãe a espera em casa: é hora de dormir, mas a filha não chega e não chega. A senhora grisalha para e pergunta: "Que horas são?", e, ouvindo a resposta, balança a cabeça: "Imaginem só!". E, quando alguém passa de volta, ela vai parar de novo e perguntar: "Que horas são?".

Pêtia tem pena da senhora, desde que sabe o seu segredo. Mas Tamila diz que meninas pequeninas não se afogam, simplesmente não podem se afogar. As crianças têm guelras; se afundam n'água, viram peixinhos, é verdade que não de repente. Lá vai a menininha nadando, é um peixinho prateado, põe a cabecinha pra fora, quer chamar a mãe, mas não tem voz...

E nas proximidades, não longe daqui, há um chalé trancado. Ninguém vem ocupá-lo, o degrau está meio podre, os postigos fechados com tábuas pregadas, as picadas cobertas de vegetação. Nesse chalé foi cometido um crime, e depois disso ninguém mais pode viver ali. Os donos tentaram convencer os inquilinos, até ofereceram um bom dinheiro — fiquem morando; mas não, ninguém vai. Certa vez, alguns se atreveram, mas não ficaram nem três dias: as luzes se apagam sozinhas, a água não quer ferver na chaleira, a roupa molhada não seca, e as crianças não conseguem fechar os olhos a noite toda, ficam sentadas feito toquinhos brancos nos berços.

Mas para aquele lado ali — está vendo?... para lá não se pode ir, lá é a floresta de pinhos, escuridão, penumbra, picadas lisas bem varridas, clareiras brancas com flores de ópio. É ali, entre os galhos, que vive o pássaro Sirin, a ave da morte, grande como um galo-do-mato. O vovô doente de Pêtia tem medo do pássaro Sirin — medo de que pouse no seu peito e o sufoque. O pássaro tem seis dedos em cada pata, cascudos, frios, musculosos, e um rosto como o de uma menina adormecida. *Uuuhuuu! Uuuhuuu!*, grita de noite o pássaro Sirin, agita-se na espessura do pinheiral. Não o deixem chegar ao vovô, tranquem bem as janelas, as portas, acendam a luz, vamos ler em voz alta! Mas o vovô tem medo, olha inquieto pela janela, respira pesado, remexe o cobertor com as mãos. *Uuuhuuu! Uuuhuuu!* O que quer de nós, pássaro? Não toque no nosso vovô! Vovô, não olhe assim pela janela, o que está havendo ali? São os galhos dos pinheiros, como patas, que balançam, na escuridão, é só o vento que se agita, não consegue adormecer. Vovô, olhe, estamos todos aqui! A lâmpada está acesa, e a branca toalha de mesa, e eu recortei um barquinho, e Liônitchka desenhou um galinho! Vovô?!

— Vão indo, vão indo, crianças — a mamãe fala do quarto do vovô, a testa franzida, lágrimas nos olhos. Sacos de oxigênio negros, no canto, sobre uma cadeira: para espantar o pássaro Sirin. A noite inteira ele sobrevoa a casa, arranha as vidraças, e pela madrugada, encontrando uma fresta, encarrapita-se, pesado, no beiral da janela, na cama, caminha a pé pelo cobertor: procura o vovô. A mamãe agarra o assustador saco negro, grita, sacode-a, quer espantar o pássaro Sirin... enxotou.

Pêtia conta a Tamila sobre o pássaro: quem sabe ela conhece alguma droga, uma palavra mágica contra o pássaro Sirin? Mas Tamila sacode tristemente a cabeça: não, ela tinha, mas tudo ficou ali, na montanha de vidro. Ela daria ao vovô o anel protetor com o sapo — mas então ela própria se esfarelará em pó negro no mesmo instante... E bebe da garrafa preta.

Estranha que ela é! Dá vontade de pensar nela, ouvir que sonhos ela sonha; vontade de ficar sentado nos degraus da sua varanda, degraus de uma casa onde pode tudo: comer pão com geleia sem lavar as mãos, curvar as costas, roer as unhas, andar de botinas — e se der na veneta — direto em cima dos canteiros, e ninguém vai gritar, nem mandar, nem chamar à ordem, à limpeza e à sensatez. Pode pegar a tesoura e recortar de um livro qualquer figura que queira — para Tamila tanto faz, ela própria é capaz de arrancar uma página do livro e recortar, só que com ela sai tudo torto. Pode-se dizer qualquer coisa que passe pela mente, sem medo de caçoadas: Tamila sacode a cabeça tristemente, e mesmo quando ri é como se chorasse. Se pedir, ela até aceitará jogar baralho: rouba-monte, porquinho, só que ela joga mal, confunde as cartas e perde.

E tudo quanto é sensato, enfadonho, costumeiro — tudo fica do lado de lá da cerca escondida pelos arbustos floridos.

Ai, não dá vontade de ir embora! Em casa é preciso calar-se sobre Tamila (quando eu crescer, nós casamos, então vocês vão ver) e sobre Sirin; e sobre o ovo faiscante do pássaro Alconost, cujo dono entristecerá por toda a vida... Pêtia lembrou-se do ovo, tirou-o da caixinha de fósforos, colocou-o embaixo do travesseiro e zarpou no Holandês Voador sobre as negras ondas noturnas.

De manhã o tio Bória, de rosto inchado, fumava em jejum no degrau da porta. A barba negra desafiadoramente eriçada, os olhos apertados com desdém. Ao ver o sobrinho, começou outra vez a assobiar aquilo, nojento, de ontem... E começou a rir. Os dentes, raramente vistos por causa da barba, são como dentes de lobo. As sobrancelhas negras arrastaram-se para cima.

— Salve o jovem romântico! — exclamou o tio, animado. — Anda, Piotr, vai selar a bicicleta e: pro armazém! Tua mãe precisa de pão, e pra mim pega dois maços de Kazbek.[52] Te entree-egam, te entreeegam! Eu conheço a Ninka, ela entrega qualquer coisa a menores de dezesseis anos!...

Tio Bória abriu a boca e gargalhou. Pêtia pegou o rublo e tirou do galpão o suado Falcãozinho. No rublo, em letras miúdas, palavras incompreensíveis que sobraram dos atlan-

---

[52] Os cigarros Kazbek eram símbolo de prestígio por serem os mais caros da União Soviética. Na literatura, é comum associá-los a agentes de alto-escalão do Partido Comunista. (N. da E.)

tes: *Bir sum. Bir som. Bir manat.*[53] E mais embaixo uma ameaça: "A falsificação de notas do tesouro é sujeita às penas da lei" — palavras chatas, adultas. A sóbria manhã varreu os mágicos pássaros noturnos, foi-se para o fundo a menina-peixinho, dormem debaixo dos amarelos bancos de areia as estátuas de ouro, de três olhos, da Atlântida. Tio Bória espantou com o seu forte riso grosseiro os frágeis segredos, lançou fora as sobras dos contos maravilhosos, mas não para sempre, tio Bória, só por um tempo! O sol começará a inclinar-se para o ocidente, o ar ficará amarelo, raios oblíquos se estenderão, e acordará, começará a mover-se um mundo misterioso, espirrará água, com a sua cauda de prata, a muda menina afogada, e no pinheiral começará a agitar-se, cinzento e pesado, o pássaro Sirin; e quem sabe, em algum recanto deserto, já escondeu num lírio d'água o seu faiscante ovinho rosado o pássaro matinal Alconost, para alguém entristecer pelo que nunca será... *Bir sum, bir som, bir manat!*

A Ninka do nariz grosso entregou-lhe os cigarros Kazbek sem reclamar, mandou dar lembranças ao tio Bória — lembranças nojentas para uma pessoa nojenta — e Pêtia rodou de volta, tilintando a campainha, saltando sobre raízes nodosas parecidas com as enormes mãos do vovô. Contornou cuidadosamente uma gralha morta — alguém esmagara a ave com a roda, o olho coberto por membrana branca, as negras asas espalhadas cobertas de cinzas, o bico congelado num amargo sorriso de ave.

No café da manhã a mamãe tinha o rosto preocupado — o vovô não comera nada, novamente. O tio Bória asso-

---

[53] Todas as cédulas russas traziam, por extenso, seu valor em todas as línguas das repúblicas da União Soviética. *Sum, som* e *manat* são, respectivamente, as unidades monetárias do Uzbequistão, do Quirguistão e do Azerbaijão-Turcomenistão; *bir*, nestas quatro línguas, significa "um". (N. da E.)

biava, quebrando um ovo com a colherzinha e espiando as crianças — procurava com que implicar. Liônitchka derramou o leite e o tio ficou todo contente — já tinha pretexto para falar. Mas Liônitchka é totalmente indiferente às implicâncias do tio: ele ainda é pequeno, e sua alma está selada como um ovo de galinha: tudo resvala dela. Se ele, Deus não permita, cair n'água, não vai se afogar, mas virará peixinho — uma perca cabeçuda, listadinha. Liônitchka acabou de beber o leite, e, sem escutar até o fim, correu para o canteiro de areia: a areia secou sob o sol matinal, e as torres decerto se esfarelaram. Pêtia lembrou-se.

— Mamãe, aquela menina, faz tempo que se afogou?

— Que menina? — alvoroçou-se a mamãe.

— Ora, você sabe. A filha daquela velhinha que está sempre perguntando: que horas são?

— Mas ela não tinha filha nenhuma. Que bobagem. Ela tem dois filhos adultos. Quem te disse isso?

Pêtia calou-se. A mamãe olhou para o tio Bória, este ficou contente e desandou a rir.

— Delírios ébrios da nossa descabelada amiga! Hein?! Uma menina, hein?!

— Que amiga?

— Ora, nada... Nem carne nem peixe.

Pêtia saiu para o degrau. Tio Bória queria sujar tudo. Queria fritar e roer com seus dentes de lobo a prateada menina-peixinho. Você não vai conseguir nada, tio Bória! Debaixo do meu travesseiro brilha em faíscas o ovo da transparente ave matinal Alconost.

Tio Bória escancarou a janela e gritou para o jardim orvalhado:

— Precisa beber menos!

Pêtia ficou um pouco junto à cerca, cutucou com a unha a vetusta madeira cinzenta de uma travessa. O dia apenas começava.

À noite o vovô não comeu nada, outra vez. Pêtia ficou um tempinho sentado na beira da cama amarrotada, afagou a mão enrugada do vovô. O vovô, de cabeça virada, olhava pela janela. Lá levantou-se uma ventania, balançaram os cumes das árvores, a mamãe retirou a roupa que estava secando — ela começou a drapejar, como as velas brancas do Holandês Voador. A vidraça tilintou. O jardim escuro ondulava, levantava e baixava, como o oceano. O vento enxotou dos ramos o pássaro Sirin, e ele, agitando as asas úmidas, voou para casa, farejou em volta, movendo o rostinho triangular de olhos fechados: não haverá uma fresta? A mamãe mandou Pêtia embora e deitou-se para dormir no quarto do vovô.

À noite caiu um temporal. Liônitchka acordou e chorou. A manhã chegou cinzenta, tristonha, ventosa, a chuva derrubou Sirin no chão e o vovô sentou-se na cama e deram-lhe caldo para tomar. Pêtia demorou-se um pouco na soleira, contente pelo vovô, espiou pela janela como se curvaram as flores debaixo da chuva, e de repente entrou um odor de outono. Acenderam a estufa; cobrindo-se com capuzes, traziam lenha do barracão. Nada para fazer lá fora. Liônitchka pôs-se a desenhar com um lápis, tio Bória só andava, as mãos atrás das costas, assobiando.

O dia passou enfadonho: esperaram pelo almoço, depois esperaram pelo jantar. O vovô comeu um ovo cozido. À noite a chuva começou.

De noite Pêtia perambulava por passagens subterrâneas, escadarias, por corredores do metrô, não conseguia encontrar a saída, baldeava-se de trem para trem: os trens voavam por escadas íngremes, com as portas escancaradas; passavam por quartos estranhos, entupidos de móveis; Pêtia precisava sair sem falta, chegar lá em cima, lá fora; lá em cima, vovô e Liônitchka corriam perigo: esqueceram de fechar a porta, e ela estava lá, escancarada, e o pássaro Sirin subia a pé os degraus rangedores, de olhos fechados; a mala escolar incomodava Pêtia, mas ela também é muito necessária. Como sair? Onde está a saída? Como chegar lá em cima? "Preciso do bilhete." Claro, para sair é preciso ter o bilhete! Lá está o guichê. Dê-me um bilhete! Do tesouro? Sim, por favor, do tesouro! "A falsificação de notas do tesouro é sujeita às penas da lei." Ei-los, os bilhetes: compridas folhas de papel, pretas. Espere, eles estão esburacados! Isto é sujeito às penas da lei! Dê-me outros! Eu não quero! A mala se abre, dela caem compridos bilhetes pretos, todos esburacados. É preciso apanhá-los, recolhê-los depressa, depressa, vão perseguir-me, já vão me pegar! Eles se espalham pelo chão, Pêtia os apanha, enfia-os como pode; a multidão se abre, estão levando alguém... Não dá para sair da estrada, tantos bilhetes, oh, ei-lo, aquilo, medonho: estão levando pelos braços algo enorme, urrando como uma sirene, a fuça vermelha e inchada, arrebitada para o alto, é o Nem-Carne-Nem-Peixe, isto é o fim!!!

Pêtia saltou, o coração aos pulos: ainda não clareou. Liônitchka dorme tranquilo. Pêtia esgueirou-se descalço até o quarto do vovô, empurrou a porta — silêncio. A lâmpada noturna acesa. No quarto pretejam os sacos de oxigênio. O vovô jaz de olhos abertos, as mãos apertam o cobertor. Aproximou-se, com frio e adivinhando, tocou a mão do vovô, recuou de chofre. Mamãe!

"Não. Mamãe vai gritar, assustar-se. Quem sabe ainda dá para consertar. Quem sabe, Tamila?"

Pêtia precipitou-se para a saída — a porta estava aberta. Meteu os pés nus nas botas de borracha, o capuz na cabeça, desceu os degraus aos trancos. A chuva parara, mas ainda pingava das árvores. O céu acinzentava-se. Chegou correndo, os pés escorregando no barro, as pernas bambas. Empurrou a porta da varanda. Sentiu um bafo pesado, de cinza fria, estagnada. Pêtia esbarrou numa mesinha qualquer, algo tilintou e rolou. Abaixou-se, procurou pelo tato, e ficou gelado:

o anel com o sapo de prata, o anel protetor de Tamila, rolava no chão. No quarto começou um movimento. Pêtia abriu a porta. Na cama, na penumbra, as silhuetas dos dois: os negros cabelos emaranhados de Tamila, espelhados no travesseiro, o quimono preto sobre um tamborete: ela voltou-se e gemeu. Tio Bória saltou da cama, barba arrepiada, cabelo eriçado. Jogando o cobertor sobre a perna de Tamila, cobrindo as suas, começou a mexer-se depressa, a gritar, tentando enxergar no escuro:

— Ei?! Quem é, o quê?! Quem está aí?! Ei?!

Pêtia prorrompeu em choro, gritou, sacudido por angústia terrível:

— O vovô morreu! O vovô morreu! O vovôôôô morreu!!!

Tio Bória jogou o cobertor, cuspiu palavras horríveis, peçonhentas, desumanas; Pêtia estremeceu entre soluços, precipitou-se para fora, às cegas, pisando com as botas nos canteiros molhados; a alma cozida como claras de ovos pendendo em farrapos das árvores que lhe voavam ao encontro; a angústia azeda fervia-lhe na boca; chegou correndo à beira do lago, atirou-se debaixo de uma árvore molhada, escorrendo de chuva; guinchando, batendo os pés, sacudindo a cabeça, ele expulsava de dentro de si as horríveis palavras do tio Bória, as horríveis pernas do tio Bória.

Mais calmo, aquietou-se, continuou deitado. As gotas pingavam de cima. O lago morto, o bosque morto; os pássaros caíram das árvores e jazem de patas para cima; o mundo morto e vazio está impregnado de tristeza angustiada, cinzenta e surda. Tudo é mentira.

Sentiu algo duro dentro do punho cerrado, e abriu a mão. O sapo-protetor de prata, esmagado, arregalava os olhos.

A caixinha de fósforos, faiscando tristeza eterna, estava no seu bolso.

O pássaro Sirin sufocou o vovô.
Ninguém escapará do destino. É tudo verdade, menino. Assim é tudo.
Ele ficou ainda deitado, um pouco, enxugou o rosto e arrastou-se para casa.

DURMA BEM, FILHINHO

No ano de 48 surrupiaram o casaco de astracã da sogra de Serguei.

A peliça, é claro, era maravilhosa — cacheada, quente, forro fantástico: lírios-do-vale tecidos em fundo roxo; dá pra morar a vida inteira dentro desse casaco: pés nas botinas, mãos no regalo — e vai, e vai! E o jeito como o surrupiaram — grosseiro, bruto, descarado, simplesmente o arrancaram dela debaixo do seu nariz! A sogra, criaturinha encantadadora, sobrancelhas depiladinhas, saltinhos batendo — foi ao mercado de pulgas, levando consigo Pânia, a faxineira; você, Liênotchka, não se lembra mais dela. Não, de alguma coisa Liênotchka se lembrava — ora, deixe disso, pois se você nasceu em cinquenta. Você a confunde com a Klava,[54] aquela do pente cor-de-rosa, assim, toda redonda, esqueceu? Como ela sempre falava: "Ai meus grandes pecados, ai meus grandes pecados", tinha medo de arder. Mas cozinhava que era uma beleza, e me ensinou também. E ainda nós lhe dávamos nossos sapatos velhos, agora ninguém mais aceita sapatos velhos, não se sabe onde enfiá-los.

Então ela foi com a Pânia para o mercado. Essa Pânia!... A sogra queria comprar mais um casaquinho, um de esquilo,

---

[54] Liênotchka é diminutivo de Elena; Klava, de Klávdia. (N. da E.)

para todos os dias. Quem o vendia era uma senhora distinta, chorosa, o narizinho arroxeado, é como se estivesse diante dos meus olhos, agora... A sogra entregou o astracã nas mãos de Pânia, enfiou-se no esquilo, voltou-se — e da tal senhora nem rastro, e do astracã também não! Pânia, a peliça! Guinchos, lágrimas: mas, patroa, nem eu mesma sei como foi, estava com ela nas mãos agorinha mesmo! Me fizeram desviar os olhos, os malditos! Ora, com olhos ou sem olhos, mas não haveria aqui alguma combinação? Os tempos são de pós-guerra, tempos turvos, toda sorte de quadrilhas, e quem é que a conhece, essa Pânia?... E naturalmente há a inveja, desaprovação surda para com pessoas como a sogra, Maria Maksímovna — bonitinhas, faceiras, ricamente agasalhadas. E por quê? Pode-se pensar que elas viviam como aves-do-paraíso, a sogra com o Pável Antónovitch — mas não é nada disso. Tensão permanente, inquietação, despedidas, trabalho noturno. Pável Antónovitch era médico militar, lutador contra a lepra, homem idoso, complicado, rápido nas decisões, terrível na ira, honesto no trabalho. Aqui era o momento de olhar a fotografia de Pável Antónovitch, como ele era nos últimos anos de vida, já magoado, aposentado, fragilizado pela situação clássica: os alunos que o abandonam, açambarcando o mais precioso dentre os trabalhos do mestre, passam por cima dele e levam para a frente o estandarte levemente maculado, sem honrar o nome do pioneiro sequer com uma única linha, uma única notinha de rodapé.

Serguei levantou os olhos e distinguiu lá no alto da parede, na tépida sombra sedosa, uns óculos, bigodes e medalhas, Liênotchka, te lembras de papai? Claro. Maria Maksímovna foi para a cozinha, buscar pãezinhos, Serguei queria afagar a mão de Liênotchka, que a estendeu como se fosse um objeto estranho, explicando que de fato ela quase não se lembra do pai, que fala assim só por causa da mamãe... Ela se lembra da esburacada, achatada neve de março, do brilho de verniz do ZiL,⁵⁵ e do cheiro dentro do carro, e dos dentes de chumbo do motorista, e do seu boné... Da nuvem da água-de-colônia do pai, do ranger do assento, da sua nuca zangada e das árvores nuas passando ligeiras atrás da janela — eles viajavam para algum lugar... E ainda se lembra de um certo dia de maio, dourado, com um áspero vento adocicado entrando pela claraboia, e o apartamento bagunçado, talvez os tapetes sendo mandados à tinturaria, ou as roupas de inverno sendo guardadas em naftalina, tudo fora do lugar, correria. E o terrível grito furioso de Pável Antónovitch no corredor, o estrondo dos pés no chão, ele atira algo pesado, e, possante e vermelho, irrompe pelo quarto, pisoteando o ursinho, pisando no almoço da boneca, e o sol de maio, indignado, treme e espirra das lentes dos seus óculos. O motivo seria insignificante — parece que o cachorro sujou no vestíbulo. Mas, de fato, o cachorro é bobagem, só pretexto, simplesmente a vida começou a virar para Pável Antónovitch o seu lado pior. E já não havia automóvel para passear.

A sogra voltou com os pãezinhos, com o chá fresco, Liênotchka pôs a mão no lugar, como coisa usada. Liênotchka era um tanto fria para uma recém-casada, sorria cortesmente demais, ardia a meio-fogo, e o que se ocultava ali, que pensamentos passavam por trás desses olhos de aquarela? Faces pálidas, cabelos como algas ao longo das faces, mãos débeis, pés leves — tudo encantava, embora Serguei, de modo geral, gostasse de mulheres fortes, coloridas, de sobrancelhas negras, como um brinquedo de Viatka,⁵⁶ mas aos encantos aquosos

---

⁵⁵ A fábrica ZiL, de Moscou, especializava-se na produção de limusines e carros de luxo, atendendo sobretudo à elite do Partido Comunista. (N. da E.)

⁵⁶ Também chamados de brinquedos de Dymkovo (cidade da província de Kírov), são bonecos feitos de uma mistura de argila e areia e pintados com têmpera. (N. da E.)

de Liênotchka ele não conseguiu resistir. E ela enroscou-se nele, morna, de alma instável e inacessível, com pequeninos probleminhas femininos: tosse, os sapati-i-inhos estão grandes, bate um pregui-i-inho aqui, Seriôja — e ele batia os preguinhos, revirava os sapatos miúdos como pires — tudo caía da Branquinha de Neve — e massageava com cânfora as costas estreitas de Liênotchka.

Casara-se com medo e deleite, ao azar, sem entender nada — quem é Liênotchka, por que Liênotchka, tudo bem, depois veremos! Ela é uma frágil donzela, ele é o seu defensor, seu apoio, a sogra é uma senhora encantadora, de boa índole, maluquinha na medida certa, leciona economia doméstica na escola. Ensina menininhas a cortar aventaizinhos, a fazer bainhas. Teoria da costura, bases da segurança contra incêndio. "Um ponto é o entrelaçamento da linha com o tecido entre dois furos de agulha." "Um incêndio é a ignição de objetos não destinados à ignição." Um trabalho aconchegante, feminil. E em casa é o aconchego familiar, o lar familiar, o modesto e respeitável espaço do apartamento de três peças — herança do severo Pável Antónovitch. O corredor está atulhado de livros, na cozinha estão sempre assando ou fritando alguma coisa, e atrás da cozinha há um quartinho minúsculo, uma despensa — antigamente se construía assim, Seriójenka, especialmente para a empregada; aqui morou também aquela horrível Pânia, e a Klava do pente cor-de-rosa, mas, se quiser, podemos arrumar aqui um gabinete, um homem precisa de um gabinete particular. Claro que ele queria! Um quarto pequeno, mas inteiramente seu — o que poderia ser melhor? A mesa, na frente da janela, aqui a cadeira, atrás das costas, a estante de livros. No verão, pelas janelas abertas entrará voando a penugem das tílias, e o chilrear dos pássaros, e as vozes das crianças... Sua Mãozinha, Maria Maksímovna! Permitia-me beijá-la. Pois é, como tudo é bom.

Mas ela nem pode imaginar como tudo é perfeito, que milagre, que dádiva do destino é para ele este quarto, esta família — para ele, criado no orfanato, menino sem nome, sem patronímico, sobrenome, sem mãe. Tudo, tudo inventaram para ele no orfanato: nome, sobrenome, idade. Não teve infância, a infância foi queimada, bombardeada numa estação de trem desconhecida, mãos desconhecidas arrancaram-no do fogo, atiraram-no ao chão, rolaram, bateram-lhe na cabeça com um gorro de pele, abafando as chamas... Ele não compreendeu que foi salvo pelo gorro, negro, fedorento — o gorro matou a memória, ele aparecia-lhe nos pesadelos, gritava, explodia, ensurdecia, por muito tempo depois ele gaguejava, chorava, cobrindo a cabeça com as mãos, quando as educadoras tentavam vesti-lo. Que idade ele tinha? Três anos, quatro? E mesmo agora, em meados dos anos setenta, ele, um homem adulto, sentia um aperto no coração ao passar por uma vitrina onde esferas felpudas se exibiam nas prateleiras. Ele parava, olhava, forçando-se, puxava pela memória: quem sou eu? de onde vim? sou filho de quem? Pois eu tive mãe, alguém me gerou, me amou, me carregou para algum lugar?

No verão, ele brincava nas pracinhas pisoteadas com outras crianças iguais a ele, queimadas, anônimas, arrancadas de sob as rodas. Eles se davam as mãos, formavam duas correntes. "Ali Babá!" "O que é que há?" "Vamos puxar!" "Que lado será?" "Do lado de lá e Serioja pra cá!" — e ele corria, nos seus calções cinzentos do orfanato, de uma corrente para a outra, da sua família para outra, para separar à força as débeis mãos entrelaçadas, e se o conseguisse, juntar-se àqueles, os outros, orgulhoso de sua força e sentindo-se um pouquinho traidor.

Longos invernos, olhos famintos, cabeças raspadas, algum dos adultos faz-lhe um agrado apressado na cabeça, ao passar correndo; o cheiro de rato dos lençóis do governo, a luz baça. Os meninos maiores batiam nele, exigiam que furtasse, tentavam-no, agitando diante do seu nariz um pedaço de pão mal assado — vamos reparti-lo contigo, enfia-te naquela portinhola, és magrelo, vais passar. Mas alguém invisível e inaudível como que meneava a cabeça, inflexível, fechando os olhos: não pode, não pegue. Seria sua mãe que lhe dava um sinal do fundo do tempo escuro e fragmentado, do lado de lá, detrás do gorro, seriam forças incorpóreas que o resguardavam? Quando ele terminou a escola, emitiram uma avaliação: "moralmente estável, ordeiro". Silenciosamente roía-o uma saudade da mãe que não estava em lugar algum. A noção de que todos, no fim das contas, descendiam do macaco, não chegava a consolá-lo. Ele inventava mães para si mesmo, imaginava-se filho da professora preferida, como se ela tivesse perdido um menino pequenino, e andasse à procura dele, perguntando a todo mundo se não o tinham visto — um magricela, que tem medo de um gorro? E ele, ele está bem aqui, sentado na primeira carteira, e ela não sabia! Já, já ela vai olhar bem para ele, e vai exclamar: "Serioja, é você? Por que está calado?". Ele era o filho da cozinheira — ajudava a cortar pães na cozinha, olhava para a sua touca branca e suas mãos ágeis, desfalecendo na espera da iluminação, do reconhecimento; ele fitava atento as mulheres na rua — em vão, todas passavam correndo.

Mas agora, às escondidas de Liênotchka, ele queria ser filho de Maria Maksímovna. Não teria ela tido um menininho, que pegou fogo numa estação distante? Ignição de objetos não destinados à ignição... O quartinho atrás da cozinha, neve atrás da janela, o abajur amarelo, o velho papel de parede com folhas de bordo, a velha casa — se pudesse lembrar... parece que ele já morou aqui, é como se reconhecesse alguma coisa...

Que bobagem, Maria Maksímovna não tinha nenhum menino perdido, só perdera a sua peliça, boa, excelente peliça de forro de seda com padrão de lírios-do-vale. Pável Antónovitch, homem importante, com muitos graus e medalhas, tirou esse objeto de luxo de um gancho numa casa alemã — gostou dele à primeira vista e não fez cerimônia. Tirou e despachou. Por nossas cidades e aldeias!

Que peliça era aquela! Que desgosto, Seriójenka! Você decerto conhece isso — essa sensação horrível de ter sido roubado. Não tive tempo sequer de me voltar, de dar um grito — e as peliças foram trocadas. Impingiram-me um esquilo baratinho, e nem ao menos era novo, como descobri mais tarde — ele esgarçou-se todo nas costuras. Vai ver que essa também era roubada?! Imagine só que situação — a esposa de Pável Antónovitch foi enganada e ela mesma anda de peliça roubada... E o pior de tudo é que tive de confessar que fui ao mercado de pulgas: isto era coisa que eu fazia às escondidas dele... Oh, dava medo olhar para ele, um verdadeiro gêiser de ira! Surrupiaram... Ele não tolerava tais coisas. Ele, um médico militar, dedicou a vida toda à ciência — e às pessoas, naturalmente — e agora isto! Naquele tempo ele era muito considerado, foi só mais tarde que o caluniaram, insultaram, empurraram para a aposentadoria, ele, um infectologista ilustre! Esqueceram todos os seus méritos, sua coragem, bravura, firmeza de princípios, esqueceram a sua luta contra a lepra nos anos vinte e trinta — e a sua vitória, Seriójenka! Ele arriscava a vida a cada momento e não tolerava os covardes.

Coisa horrorosa a peste. Agora quase não se ouve mais falar dela, talvez um caso aqui e acolá — e isto, aliás, é mérito de Pável Antónovitch! —, mas na época isso era como uma epidemia. Estepes infectadas, aldeias, regiões inteiras... Pável Antónovitch e seus colegas faziam experiências: que é que dissemina a lepra? Está certo, os ratos, mas quais? Pois descobriu-se, imagine só, que eram diversos! Domésticos, dos sótãos, dos navios, dos encanamentos, migrantes, do campo.

Mais ainda, todos esses inocentes coelhinhos, roedores, até pequeninos camundongos... cricetos, toupeiras. Olhe, eu não queria acreditar nos meus ouvidos, quando soube que Pável Antónovitch frisava especialmente: camelos! Está entendendo? Não se pode acreditar em ninguém! Quem diria! Sim, sim, também entre os camelos há peste. E imagine só isto: experiências com um camelo! Mas ele é enorme! Pois ele é apanhado, contaminam-no e fazem exames nele, contaminado, e note-se que com as suas próprias mãos. Conservam-no trancado, alimentam-no sozinhos, sozinhos removem os excrementos. E ele que não quer saber de fornecer exames, ele até pode cuspir na pessoa — ele, leproso. E procura acertar no rosto.

Não, os médicos são santos, é o que eu digo sempre. E depois? Bem, depois, convencidos de que ele é contagioso, matam-no, é claro. O que mais? Pois ele iria contaminar os outros!

Depois começou a guerra e Pável Antónovitch foi transferido para outra tarefa. Sim, o trabalho só aumentou. A guerra, a guerra. Mas o que é que estou lhe contando, você mesmo experimentou tudo isso.

Foi no tempo da guerra que eles se conheceram, a sogra e Pável Antónovitch. Casaram-se, encontravam-se a intervalos. Agradava-lhe que ela era tão jovenzinha, vivaz... Queria enfeitá-la, mandou-lhe aquela peliça... Ele mesmo ficou contente: ponha a peliça, Máchenka...[57] Preocupava-se, arranjou naftalina para o verão. E agora este golpe...

Maria Maksímovna é uma mulher suave, maravilhosa, compreensiva. Só tem esse pontinho estranho — não consegue esquecer a peliça. Ela é mulher, essas coisas são importantes para elas. Cada um tem as suas próprias recordações.

---

[57] Diminutivo de Maria. (N. da E.)

Ela lhe fala da peliça, Serguei, do gorro. Ela é solidária. Liênotchka sorria para ambos, pairando nos seus vagos pensamentos. Liênotchka tem um caráter calmo e desapaixonado, como se ela não fosse sua mulher, mas sua irmã. Uma mãe e uma irmã — o que mais poderia sonhar um menino perdido!

Serguei pregou umas prateleiras no seu quartinho, dispôs ali seus livros preferidos. Seria bom pôr aqui uma cama dobrável. Mas ele ia dormir com Liênotchka no dormitório. De noite, deitado insone, ele olhava para o seu rostinho tranquilo com sombras rosadas junto aos olhos e se perguntava: quem é ela? No que está pensando, com o que sonha? Se lhe perguntar, encolhe os ombros, caladinha. Nunca levanta a voz, se Serguei deixar rastros de neve em casa, ela nem repara, se ele fumar no dormitório, bom proveito... Lê o que lhe cair nas mãos. Se for Camus, será Camus. Sergueiev-Tsénski também serve.[58] Um friozinho emana dela. A filha do bigodudo, oculudo Pável Antónovitch. Estranho.

Pável Antónovitch... Ele pende da parede, na sala de jantar, numa moldura, sombras noturnas vagueiam pelo seu rosto. Um carvalho que desabou. Desabou há muito tempo, por isso Liênotchka não se lembra dele. Mas ele continua aqui, apesar disso, perambula pelo corredor, pra cá e pra lá, fazendo ranger as tábuas do chão, tocando na maçaneta da porta. Passa o dedo pelo papel de parede, pela folhinha de tília, pelas estantes de livros — deixou uma boa herança à filha. Escuta se ouve guinchar uma ratazana — doméstica, de sótão, do campo, de navio, migrante... Eh, você, criatura, animalejo, diz o seu nome, não será a minha morte? Não vai me devorar? Não sou sua morte, não te devorarei: sou apenas um coelhinho, cinzentinho... Os coelhos também disseminam a lepra. Uma infecção especialmente perigosa... De prognósti-

---

[58] Serguei Serguêiev-Tsénski (1875-1958), escritor soviético, vencedor dos prêmios Stálin (1941) e Lênin (1955). (N. da E.)

co extremamente negativo... Em caso de suspeita de adoecimento com lepra deve-se mandar uma comunicação especial... Os doentes e todas as pessoas que estiveram em contato com eles devem ser isolados. E ele não tinha medo? Não deixava de ser um grande homem. Na ira era terrível, honesto no trabalho. Somente, por que aquele caso com a peliça?...

E se de repente Pável Antónovitch fosse o pai de Serguei? Se de repente ele, idoso, tinha uma outra mulher — ainda antes de Maria Maksímovna? Ele queria emergir do não-ser, arranjar uma sólida cadeia de ancestrais — Pável Antónovitch, Anton Féliksovitch, Féliks Kazimírovitch... E por que não? É uma variante realística...

Tirou a peliça do gancho, virou-a do avesso — a pele para dentro, os lírios-do-vale para fora, farfalhou o papel de seda. Barbante! *Bitte*.[59] Segurou com o joelho, deu um safanão, atou o nó com os dedos limpos de médico. E mais uma vez. Puxou mais — não vai se soltar. Levou, não teve escrúpulos. Em troca dos trilhos revirados, da explosão, da cabeça chamuscada do filho, da mão consumida em chamas, do gorro que apagou a memória infantil. Emerge um rosto de olhos fechados, alguém meneia a cabeça: não pode, não a leve! Pai, não a leve!... Três anos depois, surrupiaram-na no mercado. Como ele esbravejou! Pânia, a faxineira, estava de conluio, é claro. Imaginem só — assim, num piscar de olhos... Foi trabalho de uma quadrilha, sem dúvida. Com Maria Maksímovna não seria tão grave, ela deixaria pra lá, mas Pável Antónovitch, com o seu caráter, simplesmente não podia suportá-lo. Para o juiz com a Pânia! Sim, sim! Para quem passou a peliça? Quem são seus cúmplices? Quando entrou para o conluio criminoso? Qual foi a sua parte do trato? Pânia era uma mulher estúpida, ignorante, falava coisas

---

[59] Em alemão no original: "Por favor". (N. da E.)

sem nexo, atrapalhava-se nos depoimentos, dava nojo de ouvir. Em suma, ela foi condenada. Mas a peliça não foi encontrada. Sumiu. Quente, cacheada, de forro escorregadio, de seda...

"Já ouço isto pela quinta vez", disse Serguei, cobrindo-se com a colcha, zangado. "Bem, e daí? A mamãe sofre." "Sim, mas por quanto tempo mais? Até parece o Akáki Akákievitch[60] sem o capote!" "Eu não compreendo, você está com dó dos ladrões?" "Não tem nada a ver... E ele, como é, não roubou?" "O papai?! Papai era o mais honesto dos homens!"

Mulher ignorante, a Pânia. Sumiu, desapareceu, evaporou-se. Foi condenada. É uma tia da aldeia, o marido morreu no front. O pente cor-de-rosa... Não, o pente era de Klava. Nem rosto, nem cabeça — apenas uma mancha branca. Ele é filho da Pânia. É possível, é possível. O pai pereceu, e ela fugiu com o filho pelos pântanos, atolando-se, atravessando matagais, tropeçando, pedia água nas estações de trem, chorava. O trem, a explosão, os trilhos arrancados em parafuso, golpes no rosto com o gorro, o gorro preto, para matar a memória. Estou deitado, querendo varar a escuridão com os olhos — mais fundo, mais fundo, até o limite — não, lá é a parede. Pânia perdeu-o na estação. Levaram-na sem sentidos. Ela voltou a si — onde está o Serioja? Ou Pêtia, Vítia, Iegórushka? Alguém viu como apagavam um menino em chamas. Ela caminha, procura-o pelas cidades. Abre todas as portas, bate em todas as janelas: será que ouviram? Um xale escuro e olhos fundos... Empregou-se de criada em casa de Pável Antónovitch. Tu não és minha morte, não vais me devorar? Não, eu sou um coelhinho, não, eu sou o cinzentinho. "Pânia, venha comigo, segure um pouco a peliça." Espere, não

---

[60] Protagonista do conto "O capote" (1842), de Nikolai Gógol. (N. da E.)

vá! "Patroa, eu perdi meu filho, que me importa a sua peliça?" Que fique em casa. E que fique mais vinte e cinco anos no quartinho. E aqui Serguei se casa com Liênotchka, vem morar na casa. Pânia olha bem, reconhece-o... Mas ela não podia ter roubado, ela fechara os olhos e só meneava a cabeça: não a leve. Em caso de suspeita deve-se fazer uma comunicação especial. Doméstica, de sótão, de campo, migrante. O forro de seda. Serioja, bata um preguinho.

E daí, então ela roubou-a! Indigente, faminta, como esses meninos que furtam, a casa está queimada, o filho está perdido, o marido pereceu nos pântanos. E daí então ela ficou tentada pelos lírios-do-vale roxos. Não vou bater um preguinho nela. Eu sou seu filho, Pânia é minha mãe, isto está decidido, fiquem sabendo. E por que ele tirou a peliça do gancho? Aquela peliça era do marido de Pânia, era ele que devia tê-la alcançado, se arrastando até ali, estendido para o gancho a sua mão chamuscada — não, ele não a levaria, não desceria a tanto. Mas Vossa Excelência, nobre senhor, não teve dúvidas. E eu sou casado com a vossa filha, Pável Antónovitch é meu pai. Senão para que ele me atormenta com a peliça sumida, tilinta suas medalhas, suspira atrás da parede? Diz o teu nome! Segurando-se com força pelas mãos, a cadeia de ancestrais afasta-se para o fundo, mergulhando na escura gelatina do tempo. Fique conosco, anônimo, junte-se a nós! Encontre o seu elo na corrente! Pável Antónovitch, Anton Féliksovitch, Féliks Kazimírovitch. Você é o nosso herdeiro, rolou na nossa cama, amou Liênotchka, sem piscar um olho comeu os nossos pãezinhos — cada passa de uva foi por nós arrancada das ratazanas domésticas, das migrantes, das do sótão; para você nós tossíamos horrível catarro, inchávamos em ínguas, para você infectávamos os camelos que nos cuspiram no rosto — não poderá desvencilhar-se de nós. Nós construímos para você, anônimo, limpinho, uma casa, lareira, cozinha, corredor, dormitório, quartinho, acendemos as luzes e arrumamos os livros. Nós castigamos os que levantaram as mãos contra o nosso patrimônio. Ali Babá! — O que é que há? — Vamos puxar! — Que lado será?...

Pânia furtava dos seus. E Pável Antónovitch, dos estranhos. Pânia confessou. E Pável Antónovitch sofreu das calúnias. Os pratos da balança se equilibraram. E você, o que fez? Chegou, comeu, julgou? De óculos antipeste, de botas de borracha, seringa enorme na mão, Pável Antónovitch avançava sobre o camelo. Eu sou a tua morte, eu vou te devorar! E também os ratos adoecem, e os coelhos. Todos adoecem, todos. Não é preciso gabar-se.

Liênotchka não queria mais ouvir falar do gorro de Serguei. Como se não houvesse outros assuntos para conversar. E realmente, crianças, não gritem! Eu não entendo quem é ela. Para que se casou comigo? Se tudo lhe é indiferente... Parece embebida na água... Não é gente, é uma espuma de sabão! Serioja, como gritas tão alto! Igualzinho ao Pável Antónovitch! Calma, calma.

Liênotchka precisa de sossego, no seu estado. Liênotchka, não se zangue comigo. Está bem, está bem, Seriójenka. Bate um preguinho, é para pendurar as fraldas. Vai deitar no quartinho, senão o Antochka não vai te deixar dormir. A sombra das folhas cai sobre o rostinho minúsculo, no lençol de rendas: o bebezinho dorme, os punhozinhos cerrados levantados, testazinha enrugada — esforça-se por compreender algo. Os peixinhos adormeceram na lagoa. Os passarinhos adormeceram no jardim. Quem suspirou ali atrás da parede? Que nos importa, querido!

Dorme bem, filhinho, você é que não tem culpa de nada. Os cemitérios da peste estão cobertos de cal, as papoulas da estepe sopram doces sonhos, os camelos estão trancados nos jardins zoológicos, as folhas tépidas farfalham sobre a sua cabeça — o que dizem? E que importa!

SÔNIA

A pessoa era — e não é mais. Só o nome ficou — Sônia. "Lembra-se, a Sônia dizia..." "Um vestido como aquele da Sônia..." "Você vive assoando o nariz, igual à Sônia..." Depois morreram também as pessoas que diziam isso, e na cabeça só me ficou um rastro da voz, incorpóreo, como que saindo da goela negra do bocal do telefone. Ou súbito se descortina, como se fosse no ar, qual nítida fotografia viva, uma sala ensolarada, risos em volta da mesa posta, com jacintos num vasinho de vidro sobre a toalha, também enroscados em recurvos sorrisos rosados. Olha depressa, enquanto ela não se apaga! Quem é que está aqui? Está entre eles alguém de quem você precisa? Mas a sala luminosa já treme e se desvanece, e já ficam transparentes como gaze as costas das pessoas sentadas, e com espantosa velocidade, desmanchando-se, voa para longe o seu riso — quem é que vai alcançá-lo...

Não, esperem, deixem-me examiná-los! Fiquem sentados onde estavam e digam seus nomes, pela ordem! Mas são inúteis as tentativas de segurar as recordações com desajeitadas mãos corpóreas. O alegre vulto risonho transforma-se numa grande, grosseira, pintada boneca de trapos, vai despencar da cadeira se não a escorarem do lado; na testa inexpressiva, coágulos de cola da peruca de esponja, e os olhinhos vidrados ligados dentro do crânio vazio por um arco de ferro com uma bolinha de contrapeso. Uma bruxa horrenda! E se fingia de viva e amada! E o grupo risonho bateu as asas e, violando as rigorosas leis do tempo e do espaço, chilreia novamente em algum recanto inacessível do mundo, perenemente incorruptível, festivamente imortal, e, quem sabe, aparecerá de novo numa das curvas do caminho — no momento mais inadequado, e, naturalmente, sem aviso prévio.

Mas, já que são assim, vivam como quiserem. Tentar alcançá-los é o mesmo que catar borboletas com uma pá. Mas eu gostaria de saber mais minúcias sobre Sônia.

Uma coisa está clara — Sônia era burra. Esta sua qualidade ninguém jamais negou, e agora já não resta ninguém para fazê-lo. Convidada pela primeira vez para um almoço — no distante, envolto em névoa amarela, ano de 1930, ela ficou sentada feito um estafermo na ponta de uma longa mesa engomada, na frente do cone do guardanapo, dobrado como era de uso: em forma de casinha. O laguinho de *consommé* esfriava. A colher jazia inútil. A dignidade de todos os reis ingleses juntos congelara os traços equinos do rosto de Sônia.

— E a senhora, Sônia — disseram-lhe (decerto acrescentaram também o seu patronímico, mas agora ele já está irremediavelmente perdido) —, e a senhora, Sônia, por que não come?

— Espero pela pimenta — respondeu ela severamente, com o lábio superior duro.

De resto, passado algum tempo, quando já se evidenciaram tanto a insubstituibilidade de Sônia na azáfama pré-festiva da cozinha, bem como as suas virtudes de costureira, e sua prontidão para passear com os filhos alheios e até velar o seu sono, se todo o ruidoso grupo partisse para alguma diversão inadiável — depois de passado algum tempo o cristal da burrice de Sônia começou a brilhar com outras facetas, encantadoras na sua imprevisibilidade. Instrumento sensível, a alma de Sônia captava, aparentemente, a tonalidade do humor da sociedade que a agasalhara ontem, mas, distraída, não conseguia sintonizar-se com o hoje. Assim, quando num repasto de exéquias Sônia exclamava, animada: "Beba até o fim!" — ficava claro que dentro dela continuava viva a recente festa de aniversário; e, num casamento, os brindes de Sônia recendiam aos pratos e sobremesas fúnebres.

"Ontem eu vi o senhor na Filarmônica com uma senhora bonita: gostaria de saber quem é ela", perguntava Sônia ao marido desconcertado, por cima da esposa estarrecida. Em tais momentos, o zombeteiro Lev Adôlfovitch, fazendo biquinho com os lábios, levantando alto as sobrancelhas felpudas, faiscava seus óculos miúdos: "Se uma pessoa está morta, é por muito tempo, se é burra, é para sempre!". Pois é, é isso mesmo, o tempo só fez confirmar suas palavras.

A irmã de Lev Adôlfovitch, Ada, mulher aguda, magra, de serpentina elegância, que também certa vez se viu numa situação dúbia por causa da idiotice de Sônia, sonhava castigá-la. Bem, claro, de leve — assim, para nos divertirmos nós mesmos, e para proporcionar uma pequena diversão à boboca. E eles cochichavam num canto, Lev e Ada, inventando algo bem espirituoso.

Então, Sônia costurava... E como é que se vestia ela? Horrivelmente, meus amigos, horrivelmente! Algo azul, listado, que não lhe assentava de jeito nenhum! Imaginem só, uma cabeça como de um cavalo-de-przewalski (como observou Lev Adôlfovitch) — sob o queixo, o enorme laço pendente da blusa se projeta dentre as lapelas duras do seu *tailleur*, de mangas sempre compridas demais. O peito afundado, pernas tão grossas que parecem fazer parte de outro conjunto humano, e pés desajeitados. Entortava os sapatos para um lado. Está bem, peito, pés — isto não é roupa... Pois bem, é roupa sim, minha querida, isso também se considera como roupa! Com semelhantes dados é preciso compreender especialmente o que se pode vestir e o que não se pode!... Tinha um broche — um pombinho de esmalte. Usava-o na lapela do casaco, não se separava dele. E quando trocava de roupa, punha outro vestido, também pendurava sem falta esse tal pombinho.

Sônia cozinhava bem. Fazia bolos magníficos. E também, essas coisas — tripa, rim, úbere, miolo — são tão fáceis de estragar, mas com ela saíam de lamber os dedos. De modo que era ela sempre a encarregada disso. Saboroso, mas dava margem a pilhérias. Lev Adôlfovitch, fazendo biquinho, gritava por cima da mesa: "Sônitchka, o seu úbere me deixou simplesmente abalado hoje!" — e ela concordava alegremente em resposta. E Ada dizia com uma vozinha adocicada: "Pois eu estou entusiasmada com os seus miolos de carneiro!". "São de vitela", não compreendia Sônia sorrindo. E todos se divertiam: não é uma graça?!

Ela gostava de crianças, isto era óbvio, podia-se viajar de férias, mesmo para Kislovódsk,[61] e deixar crianças e apartamentos aos seus cuidados. Fique morando aqui na nossa casa, por enquanto, Sônia, está bem? — E, ao voltar, encontrar tudo em perfeita ordem: o pó espanado, as crianças coradas, alimentadas, passearam todos os dias e até fizeram excursão ao museu, onde Sônia trabalhava como uma espécie de curadora científica, ou coisa que o valha; que vida enfadonha a desses curadores, são todos velhas solteironas. As crianças se acostumavam com ela e ficavam tristes quando era preciso transferi-la para outra família. Mas não se pode ser egoísta e fazer uso da Sônia sozinhos: os outros também podiam precisar dela. De resto, eles se arranjavam, organizavam uma espécie de fila sensata.

E o que mais se podia dizer dela? Basicamente, acho que é só. Quem é que vai lembrar-se de detalhes, agora? Se em cinquenta anos quase não sobrou ninguém vivo! E quanta

---

[61] Cidade no sudeste da Rússia, famosa por suas estâncias termais. (N. da E.)

gente interessante havia ali, gente de conteúdo, que deixou gravações de concertos, livros, monografias sobre artes. Que destinos! De cada um pode-se falar e falar. Mesmo aquele Lev Adôlfovitch, um cafajeste no fundo, mas homem inteligentíssimo e simpático de certa forma. Poderíamos interrogar Ada Adôlfovna, mas ela já tem noventa anos, parece — você mesmo compreenderá... Aconteceu um certo caso com ela, no tempo do cerco a Leningrado. A propósito, ligado à Sônia. Não, eu me recordo mal. Algo com um copo, umas cartas, uma pilhéria.

Quantos anos Sônia tinha? Em quarenta e um — ali se perdem seus rastros — ela devia completar quarenta. Sim, parece que é isto. Depois, é só fazer as contas, quando ela nasceu, e tudo o mais, mas que importância pode ter isso, se não se sabe quem foram seus pais, como ela era na infância, onde morava, o que fazia e com quem tinha amizade até aquele dia em que saiu da indefinição para o mundo, e sentou-se à espera da pimenta na ensolarada, festiva sala de jantar.

Entretanto, devemos pensar que ela era romântica, e, à sua maneira, elevada. Afinal de contas, aqueles seus laçarotes e o pombinho de esmalte, e os versos alheios, sempre sentimentais, saltando intempestivamente dos seus lábios, como que cuspidos pelo comprido beiço superior, desnudando uns longos dentes cor-de-osso, e seu amor pelas crianças — note-se que por quaisquer umas — tudo isso a caracteriza bem nitidamente. Uma criatura romântica. Se ela foi feliz? Ó, sim! Isto ela foi sim! Digam o que disserem, mas feliz, isto ela foi.

E, vejam só — a vida prepara cada brincadeira! —, ela devia essa felicidade totalmente a essa víbora Ada Adôlfovna. (Pena que você não a conheceu na juventude — mulher interessante.)

Eles se reuniram numa grande turma — Ada, Lev, e mais Valerián, Serioja, parece, e Kôtik, e mais alguns —, e elaboraram um plano hilário (como a ideia era de Ada, Lev denominou-o de "planinho do (H)Ades"), o qual deu muito certo. Corria o ano de trinta e três, por aí. Ada estava na sua melhor forma, embora não mais uma menina — corpinho lindo, rosto moreno com rubor rosa-escuro, a melhor em tênis, a melhor em canoagem, todo mundo se embasbacava com ela. Ada ficava até embaraçada por ter tantos admiradores, e a Sônia — nenhum! (Que piada! Sônia com admiradores?!) E ela propôs inventar para a coitada um adorador enigmático, loucamente apaixonado, mas, por algum motivo, impossibilitado de encontrar-se com ela em pessoa. Excelente ideia! O fantasma foi imediatamente criado, batizado Nikolai, sobrecarregado por esposa e três filhos, instalado para correspondência no apartamento do pai de Ada — aqui se levantaram vozes de protesto: e se Sônia descobrir, se meter o nariz naquele endereço? — mas o argumento foi refutado como inconsistente: em primeiro lugar, Sônia é burra, e nisso se centra toda a brincadeira; e, em segundo, é claro que ela deve ter consciência — Nikolai tem família, será possível que ela se disponha a destruí-la? Aqui, ele escreveu bem claro — o Nikolai — "querida, o seu vulto inesquecível está para sempre impresso no meu coração malferido" (não ponha malferido, senão ela vai levar ao pé da letra, pensar que ele é um inválido), "mas estamos fadados a jamais, jamais estarmos juntos, pois o dever perante as crianças...", bem, e assim por diante — "mas o sentimento", continua a escrever Nikolai — não, é melhor: "o sentimento *autêntico*... aquecerá os meus gélidos membros ("Como é mesmo isso, Ádotchka?" — "Não atrapalhem, seus bobos!") qual estrela-guia", e toda sorte dessas rosas olorosas. Uma carta assim mesmo. Digamos que ele a viu na Filarmônica, encantou-se com o seu fino perfil (aqui Valerián simplesmente despencou do sofá de tanto rir) e portanto deseja iniciar uma correspondência assim elevada. A custo ele conseguiu o seu endereço. Suplica que lhe mande uma fotografia. Mas por que ele não pode comparecer a um encontro, aqui os filhos não atrapalhariam? É que ele tem o sentimento do dever. Mas este, por algum motivo, não o impede nem um pouco de manter correspondência? Bem, então vamos deixá-lo paralítico. Até a cintura. Daí os gélidos membros. Escutem, parem com as palhaçadas! Será preciso... Vamos paralisá-lo mais tarde. Ada aspergiu o papel de carta com "Chipre", Kôtik desencantou do seu herbário infantil uns miosótis-não-me-esqueças secos, rosados de velhice, e meteu no envelope. Que vida alegre!

A correspondência foi tempestuosa de parte a parte. Sônia, a boba, mordeu a isca no ato. Apaixonou-se tanto que foi preciso segurá-la. Tiveram de conter ligeiramente o seu ardor: Nikolai escrevia cerca de uma carta por mês, freando um pouco a Sônia e seu cupido desencadeado. Nikolai caprichava nos versos: Valerián teve de suar. Lá havia autênticas pérolas, para entendedores — Nikolai comparava Sônia a um lírio, a uma liana, a uma gazela, e, a si próprio, a um rouxinol e a um antílope — tudo ao mesmo tempo. Ada escrevia o texto em prosa e se encarregava da orientação geral, controlando os companheiros irrequietos que davam conselhos a Valerián: "Escreva-lhe que ela é um gnu, sem ti eu fico triste e nu!". Não, Ada estava nas alturas: vibrava com a ternura de Nikolai e escancarava as profundezas do seu solitário espírito agitado, insistia na necessidade de conservar a pureza platônica das suas relações, e ao mesmo tempo se permitia uma insinuação sobre a paixão avassaladora, cujo tempo de revelação por algum motivo ainda não chegara. Naturalmente, ao anoitecer, Nikolai e Sônia deviam, numa hora combinada, levantar os olhos para a mesma estrela. Sem isso não dava mesmo. Se os participantes do romance epistolar se encontravam nesse momento nas proximidades, procuravam impedir Sônia de abrir as cortinas e sub-repticiamente lançar um olhar para o firmamento estrelado, chamavam-na para o corredor: "Sônia, venha até aqui por um momento... Sônia, trata-se do seguinte...", desfrutando a sua confusão: o instante secreto se aproximava, e o olhar de Nikolai estava ameaçado de vagar à toa pelas vizinhanças de uma Sirius ou coisa semelhante — de resto, era preciso olhar na direção do observatório Pulkovo.

Depois a brincadeira começou a cansar, quanto tempo dá para manter isso? Tanto mais que da lânguida Sônia não se podia extrair rigorosamente nada, nenhum segredo: ela não aceitava ninguém para confidente, e de resto fingia que nada estava acontecendo — ora vejam, como se revelou dissimulada, mas nas cartas ela ardia na inextinguível chama de elevados sentimentos, prometia a Nikolai fidelidade eterna e comunicava tudo-tudinho sobre si mesma: o que ela sonhara, e que passarinho chilreou ali. Mandava-lhe no envelope vagões de flores secas, e num dos aniversários de Nikolai enviou-lhe, tirando-o do seu horrível casaco, o seu único enfeite: o pombinho branco de esmalte. "Sônia, onde está o seu pombinho?" "Voou embora", dizia ela, desnudando seus equinos dentes ossudos, e nos seus olhos não se podia ler nada. Ada se preparava para eliminar finalmente esse Nikolai que já lhe pesava, mas, tendo recebido o pombinho, estremeceu de leve, e adiou o assassinato para tempos melhores. Na carta que acompanhava o pombinho, Sônia jurava dar a vida por Nikolai, ou segui-lo, se preciso fosse, até o fim do mundo.

Toda a colheita de riso já estava ceifada, o maldito Nikolai se imiscuía entre os pés como uma grilheta de galé, mas abandonar Sônia sozinha na estrada, sem pombinho, sem bem-amado, seria desumano. E os anos passavam: Valerián, Kôtik, e, parece, também Serioja, por razões diversas, saltaram fora do jogo, e Ada, corajosa e taciturnamente, ficou carregando o seu jugo epistolar, espremendo com raiva, como um autômato, os ardentes beijos postais de cada mês. Ela própria já se transformara um pouco em Nikolai, e por vezes, quando se mirava no espelho sob a iluminação da tarde, parecia-lhe divisar bigodes no seu rostinho moreno-rosado. E as duas mulheres, em dois extremos de Leningrado, uma com raiva, outra com amor, rabiscavam-se mutuamente cartas sobre aquele que jamais existiu.

Quando começou a guerra, nem uma nem outra pôde ser evacuada. Ada cavava trincheiras, com o pensamento no filho, evacuado e levado embora com o seu jardim-de-infância. O tempo não estava para amores. Ela comeu tudo o que foi possível, cozinhou os sapatos de couro, tomava caldo quente de papel de parede — sempre havia ali um pouco de cola de amido. Chegou dezembro, tudo acabou. Ada levou, no trenozinho, para a cova comum, o seu pai, depois Lev Adôlfovitch, acendeu a estufa com o Dickens, e com dedos rígidos escreveu à Sônia a carta de despedida de Nikolai. Ela escreveu que fora tudo mentira, que ela odeia a todos, que a Sônia é uma velha burra e uma égua, que nunca houve nada e que sejam malditos, todos vocês. Nem Ada nem Nikolai queriam continuar vivendo. Ela abriu a porta do grande apartamento do pai, para facilitar a entrada do destacamento de enterros, e deitou-se no sofá, empilhando sobre si os casacos do pai e do irmão.

Não ficou bem claro o que aconteceu depois. Em primeiro lugar, isto a poucos interessava, em segundo, Ada Adôlfovna não é de muita conversa, bem, e além disso, como já foi dito, o tempo! O tempo devorou tudo. Acrescente-se que ler na alma alheia é difícil: é escuro, e não é dado a qualquer um. Vagas conclusões, tentativas de adivinhação — nada mais.

Não creio que Sônia tenha recebido a notícia fúnebre de Nikolai. Naquele negro dezembro as cartas não chegavam, ou levavam meses para chegar. Vamos imaginar que ela, ao erguer os olhos meio cegos de fome para a estrela vespertina sobre o observatório destruído, não sentiu naquele dia o olhar magnético do seu bem-amado, e compreendeu que a sua hora soara. O coração amoroso — digam o que quiserem — sente essas coisas, não se pode enganá-lo. E, adivinhando que o tempo chegara, pronta a se transformar em cinzas pela salvação do seu único amor, Sônia pegou tudo o que tinha — uma latinha de suco de tomate do pré-guerra, guardado para um momento de vida e morte como esse —, e arrastou-se por toda a Leningrado para o apartamento do moribundo Nikolai. Havia suco para apenas uma vida.

Nikolai jazia sob um monte de casacos, de gorro de orelhas, com um horrível rosto negro, lábios rachados, mas perfeitamente escanhoado. Sônia caiu de joelhos, apertou com os olhos a sua mão enrijecida de unhas quebradas, e chorou um pouco. Depois ela o fez beber o suco com uma colherzinha, jogou mais alguns livros na estufa, abençoou o seu feliz destino e saiu com um balde para buscar água e nunca mais voltar. O bombardeio foi forte naquele dia.

Eis, em suma, tudo o que se pode dizer de Sônia. A pessoa era — e não é mais. Só ficou o nome.

— ... Ada Adôlfovna, dê-me as cartas de Sônia!

Ada Adôlfovna locomove-se do quarto de dormir para a sala de jantar, fazendo girar com as mãos as grandes rodas de uma cadeira de rodas. Seu rosto enrugado treme ligeiramente. Um vestido preto recobre suas pernas sem vida até os dedos dos pés. Tem fixado em seu colo um grande camafeu; no camafeu, alguém assassina alguém: escudos, lanças, o inimigo sucumbe com graça.

— Cartas?

— Cartas, cartas, dê-me as cartas de Sônia!

— Não estou ouvindo!

— A palavra *dê-me* ela sempre ouve mal — sibila irritada a mulher do neto, olhando de soslaio para o camafeu.

— Não está na hora de almoçar? — balbuciou Ada Adôlfovna, de boca mole.

Que grandes bufês escuros, que pesados talheres de prata e toda sorte de provisões: chá, geleias, grãos, macarrão. Nos outros quartos também se veem bufês, guarda-roupas, armários — com roupas, com livros, com toda sorte de coisas. Onde ela guarda o pacote de cartas de Sônia, vetusto pacotinho amarrado com barbante, estalando de flores secas, amareladas e transparentes como asas de libélula? Ela não se lembra ou não quer dizer? E de que adianta importunar uma trêmula velha paralítica? Já não teve ela própria muitos dias difíceis na vida? Mais provável é que ela tenha jogado esse pacote no fogo, agachada sobre os joelhos inchados, naquele inverno gelado, no círculo chamejante de luz momentânea, e, quem sabe, timidamente no começo, depois enegrecendo rapidamente pelos cantos, e por fim subindo em coluna de fogo ruidoso, as cartas aqueceram, ainda que por um breve instante, os seus dedos retorcidos e hirtos. Que assim seja. Somente o pombinho branco, eu acho, ela deveria ter tirado de lá. Pois que o fogo não consome os pombinhos.

O FAQUIR

Fílin — como sempre, inesperadamente — surgiu no auricular do telefone e convidou para a sua casa: dar uma olhadela na sua nova paixão. O programa da noite era claro: toalha branca engomada, luz, calor, pasteizinhos especiais de massa folhada à la Tmutarakan,[62] agradabilíssima música saindo de algum lugar no teto, conversas empolgantes. Por toda parte, cortinas azuis, vitrinas com coleções, colares pendurados pelas paredes. Brinquedos novos — talvez uma tabaqueira com o retrato de uma dama encantada com a sua própria empoada nudez, ou uma bolsinha de miçangas, quiçá um ovo de páscoa, ou qualquer outra coisa assim, inútil, mas valiosa.

O próprio Fílin também não era de fazer mal à vista — limpo, não muito grande, paletó caseiro de veludo, a pequena mão sobrecarregada por um anel. Mas não dos estampados, banal, "por um rublo e cinquenta, com estojo" — nada disso —, não, vinha direto das escavações, veneziano, se ele não mente, ou então, uma moeda engastada — algum, Deus me perdoe, Antíoco, ou mais alto ainda... Assim é Fílin. Senta-se na poltrona, balançando a pantufa, os dedos juntos formando casinha, sobrancelhas de piche, belíssimos olhos ana-

---

[62] Antiga cidade russa que existiu entre os séculos X e XI, sendo mencionada em crônicas históricas como o *Conto da campanha de Igor* (século XII aproximadamente). (N. da E.)

tólios — como fuligem, barbicha seca, prateada, farfalhante, negra só em volta da boca, como se tivesse comido carvão.

Bom, muito bom de se olhar.

As mulheres de Fílin também não eram quaisquer umas — exemplares de coleção, raras. Ora uma artista de circo, enroscando-se no trapézio, faiscante de escamas ao som de tambores, ora uma menina simples, filhinha de mamãe, pintora de aquarelinhas — miolo de passarinho, mas em compensação é de uma brancura extraordinária, de modo que Fílin, convidando para a inspeção, até adverte: venham sem falta de óculos escuros, para evitar ofuscação de neve. Algumas pessoas furtivamente não aprovavam Fílin, com todos esses anéis, pasteizinhos, tabaqueiras: davam risadinhas do seu robe cor-de-framboesa com pingentes e das suas sapatilhas supostamente orientais de bicos curvos; e era engraçado que no banheiro ele tinha uma escova especial para a barba e creme para as mãos — ele, um solteirão... Mas não obstante, se ele chamava, vinham correndo, e secretamente sempre tremiam: será que vai nos convidar de novo? deixar-nos ficar um pouco na luz e no calor, no luxo e na languidez, e de resto — o que foi que ele viu em nós, gente comum, para quê precisa de nós?...

— ... Se não estão ocupados hoje, peço que venham à minha casa às oito horas. Para conhecer Alice: criatura encantado-o-o-ra.

— Obrigada, obrigada, sem falta!

Como sempre, no último instante! Iúra[63] foi pegar o barbeador, e Gália, enfiando-se qual serpente na meia-calça, dava instruções à filha: o mingau está na panela, não abra a porta a ninguém, faça as lições e — cama! E não se pendure em mim, não se agarre, nós já estamos atrasados assim mes-

---

[63] Diminutivo de Iuri. (N. da E.)

mo. Gália enfiou na bolsa uns sacos plásticos: Fílin mora num prédio alto, embaixo há uma loja de artigos gastronômicos, quem sabe eles têm óleo de arenque ou mais alguma coisa.

Atrás da casa a estrada circular se estendia como um arco, onde reinava o frio, a friagem das planícies desertas penetrava na roupa, por um momento o mundo pareceu assustador como um cemitério, e eles não quiseram esperar pelo ônibus, apertar-se no metrô, mas apanharam um táxi e, refestelando-se em conforto, criticaram cautelosamente Fílin pelo seu casaco de veludo, sua paixão de colecionador, pela desconhecida Alice: e a anterior, a Ninotchka, onde foi parar? — procure-a quem quiser; perguntaram-se se lá estaria Matvei Matvêitch, e juntos condenaram Matvei Matvêitch.

Eles o conheceram em casa de Fílin e ficaram encantados com o velho: aquelas suas histórias sobre o reinado de Anna Ioánnovna,[64] e de novo os pasteizinhos, e o vaporzinho do chá inglês, e as xícaras azuis com ouro da coleção, e o Mozart fluindo de algum lugar em cima, e Fílin, acariciando os visitantes com seus olhos mefistofélicos — e ufa, a cabeça rodando —, fizeram-se convidar para a casa de Matvei Matvêitch. Um impulso! Ele os recebeu na cozinha, chão de tábuas, paredes pardas, nuas, e de resto toda a região é horrorosa, cercas e valas, ele próprio de calças de treino completamente desbotadas, o chá refervido, a geleia endurecida, e esta mesma ele pôs na mesa com um tranco, dentro do próprio vidro, com uma colher espetada: tratem de arrancá-la sozinhas, queridas visitas. E fumar, só no patamar da escada — a minha asma, não reparem. E a rainha Anna também deu em nada — acomodaram-se, dane-se o chá, para escutar sua conversa murmurante sobre intrigas palacianas, toda sorte

---

[64] O reinado de Anna Ioánnovna (1693-1740) durou de 1730 a 1740 e a tsarina é frequentemente lembrada pelas diversões sádicas que tinham lugar em sua corte. (N. da E.)

de reviravoltas, e o velho desamarrava umas horríveis pastas com cadarços, cutucava-as com o dedo, gritando algo sobre umas divisões de terras, e que Kúzin, aquela nulidade, funcionariozinho, intrigante, não o deixa publicar e arma o setor inteiro contra Matvei Matvêitch, mas aqui, aqui, documentos importantíssimos, juntei-os a vida inteira! Gália e Iúra queriam ouvir falar de malfeitores, de torturas, da casa de gelo e do casamento dos anões,[65] mas Fílin não estava ali e não havia ninguém para orientar a conversa para coisas interessantes, e a noite inteira foi só Kú-ú-úzin! Kú-ú-úzin! — e o dedo cutucando as pastas, e gotas de valeriana. Tendo posto o velho para dormir, retiraram-se cedo, e Gália rasgou as meias num tamborete do velho.

— E o bardo Vlássov? — lembrou-se Iúra.
— Cale a boca!

Com aquele ali tudo saiu como que ao contrário, mas o fiasco foi enorme: também a ele encontraram em casa de Fílin, convidaram para a sua, chamaram os amigos para ouvi-lo, passaram duas horas na fila por uma torta tipo rocambole. Trancaram a filha no quarto, o cachorro na cozinha. O bardo Vlássov chegou taciturno com a sua guitarra, não quis provar a torta — o creme suaviza a voz e ele queria a sua roufenha. Cantou um par de canções: "Tia Motia, os teus ombros/ Peitorais e tua figura/ Como em Nadia Comaneci/ Lindos são, de 'fis-cultora'".[66] Iúra deu vexame, mostrando a sua ignorância, sussurrando alto no meio da canção: "Eu

---

[65] Referência a um dos episódios mais infames do reinado de Anna Ioánnovna. Conta-se que a tsarina mandou construir, em pleno inverno, uma casa de gelo no rio Nievá onde dois bobos de sua corte passariam suas núpcias. (N. da E.)

[66] Nadia Comaneci (1961-), célebre ginasta romena, ganhadora de nove medalhas olímpicas e a primeira a conseguir a pontuação máxima nas suas provas. (N. da E.)

esqueci, em que lugar ficam os peitorais?". Gália, emocionada, de mãos no peito, pedia que ele cantasse sem falta "Amigos": que canção é essa, que canção! Ele a cantara em casa de Fílin, suave, bela, tristonha, sobre "um grupo de amigos reunidos em volta de uma garrafa de cerveja, sobre uma toalha de oleado", calvos, fracassados. Com cada um algo não deu certo, cada um tem a sua tristeza: "um não tem força para enfrentar o amor, o outro governar-se não consegue" — e ninguém pode ajudar ninguém, ai! —, mas eles estão juntos, eles precisam uns dos outros, e não será isso a coisa mais importante do mundo? A gente escuta — e parece que —, sim-sim-sim, contigo também acontece algo parecido na vida, sim, isso mesmo, assim mesmo. "Isto é que é uma canção! Que obra-prima!", sussurrava também Iúra. O bardo Vlássov pôs-se ainda mais carrancudo, fez um olhar distante — para lá, para aquele recinto imaginário, onde os carecas que se amavam destampavam a longínqua cerveja; tangeu as cordas, começou tristemente: "a mesa coberta de oleado...". Djulka, trancada na cozinha, começou a raspar o chão com as unhas e a uivar. "Reunidos em volta da garrafa de cerveja", aumentou de volume Vlássov. "U-u-uu-u-u", afligia-se a cachorra. Alguém grunhiu, o bardo ofendido apertou as cordas, pegou um cigarro. Iúra foi repreender a Djulka. "Isto é autobiográfico?", perguntou respeitosamente um bobalhão. "O quê? Comigo tudo é mais ou menos autobiográfico." Iúra voltou, o bardo jogou a bagana, concentrando-se. "À mesa, coberta de olea-a-a-ado..." Um uivo torturado soou na cozinha. "Cachorrinha musical", disse o bardo com raiva. Gália arrastou a recalcitrante pastora alemã para os vizinhos, o bardo acabou de cantar, apressado — os uivos atravessavam surdamente os tabiques comunais —, amarrotou o programa, e no vestíbulo, puxando o zíper da jaqueta, comunicou enojado que normalmente ele cobra dois rublos por cabeça, mas, já que eles não sabem organizar uma atmosfera criativa, ele deixa por um rublo de cada um. E Gália tornou a correr para os vizinhos — que horror, emprestem-me uma dezena —, e eles, também em véspera de pagamento, ficaram muito tempo recolhendo o dinheiro miúdo e esvaziaram até o cofrinho das crianças, ao som da choradeira infantil e dos latidos da agitada Djulka.

Pois é, Fílin sabe lidar com as pessoas, mas nós — parece que não. Bem, quem sabe da próxima vez dará mais certo.

Até as oito ainda havia tempo — suficientemente para ficar na fila do patê na mercearia embaixo do prédio de Fílin, aproveitar também, porque no nosso subúrbio as vacas passeiam em plena luz do dia, mas não há sinal de patês. Aos três minutos para as oito, entrarão no elevador, Gália, como sempre olhando em volta, dirá: "Num elevador como este dá vontade de morar", depois o parquê encerado do interminável saguão, a placa de bronze: "I. I. Fílin", a campainha — e finalmente ele próprio na soleira — faiscará com seus olhos negros, inclinará a cabeça: "A pontualidade é a cortesia dos reis...". E é tão gostoso ouvir essas palavras — como se ele fosse um sultão, e eles de fato fossem reis —, Gália de casaquinho barato e Iúra de jaqueta e gorro de tricô.

E eles farão sua entrada solene de casal real, eleito por uma noite, para o calor e a luz, para os doces trinados do piano, e desfilarão até a mesa, onde rosas lânguidas não sabiam nada do frio, do vento, da escuridão que cercavam a inacessível torre de Fílin, impotentes para penetrá-la.

Há algo de sutilmente novo no apartamento... Ah, sim: a vitrina com as miuçalhas de miçangas foi deslocada, o candelabro mudou-se para outra parede, o reposteiro para a sala vizinha está fechado, e, afastando esse reposteiro, surge e estende a mão Alice, a pretensa criatura encantadora.

— Sou Álotchka.

— Sim, de fato ela é Álotchka, mas nós aqui vamos chamá-la de Alice, não é mesmo? Vamos para a mesa — disse

Fílin. — Bem! Recomendo o patê. É coisa rara! Patês como este, sabem...

— Comprou-o aqui embaixo, estou vendo — animou-se Iúra. — E quem desce somos n-ó-ós. Das alturas conquis-ta-a-adas. Pois que em outros tempos até os deuses desci-i-iam para a terra. Certo?

Fílin sorriu sutilmente, moveu as sobrancelhas — como quem diz, quiçá sim, comprei embaixo, quiçá não. Tudo você quer saber. Gália cutucou Iúra em pensamento, pela falta de tato.

— Apreciem as tortaletes — iniciou Fílin um novo lance. — Receio que vocês são os últimos que as provarão neste mundo pecaminoso.

Hoje, por algum motivo, ele chamava os bolinhos de tortaletes — decerto por causa de Alice.

— Mas o que aconteceu, tiraram a farinha do mercado? Em escala universal? — alegrava-se Iúra, esfregando as mãos, o seu nariz ossudo ficou vermelho de calor. O chá começou a gorgolejar.

— Nada disso. Farinha, o quê! — Fílin sacudiu a barbicha. — Gálotchka, o açúcar... Farinha, nada! Perdeu-se o segredo, meus amigos. Está morrendo, telefonaram-me agora há pouco... O último depositário da vetusta receita. Aos noventa e oito anos, derrame cerebral. Experimente, Alice, posso servir-lhe o chá na minha xícara preferida?

Fílin enevoou o olhar, como que aludindo à possibilidade de uma proximidade especial que poderia nascer de um contato tão íntimo com a sua louça bem-amada. A encantadora Alice sorriu. Mas o que é que ela tem de tão encantador? Os cabelos negros brilham como se fossem engraxados, nariz em gancho, bigodinho. Vestido simples, de malha, cor-de-pepino-salgado. Grande coisa! Bem melhores que ela já passaram por aqui — onde estão elas agora?

— ... E imaginem só — dizia Fílin —, ainda há dois dias

eu encomendei tortaletes desse Ignáti Kirílovitch. Ainda ontem ele as assava. Ainda hoje de manhã eu as recebi: cada uma dentro de um papel de cigarro. E agora: o derrame. Avisaram-me do hospital Sklifossóvski. — Fílin mordeu uma bombinha folhada, ergueu as bonitas sobrancelhas e suspirou. — Quando Ignáti Kirílovitch trabalhava, ainda garoto, no restaurante Iar,[67] o velho confeiteiro Kuzmá, morrendo, entregou-lhe o segredo dessa especialidade. Provem só — Fílin enxugou a barbicha. — E esse Kuzmá, na sua época, trabalhava em Petersburgo no Wolf e Béranger, os famosos confeiteiros. Dizem que antes do duelo fatal Púchkin entrou no Wolf e Béranger e pediu tortaletes.[68] Mas Kuzmá naquele dia jazia embriagado e não as preparou. Apareceu o gerente, atrapalhado: Não temos, Aleksandr Serguêievitch. Essa gente é assim. Não aceita um *bouchée* ou uma bomba de creme? Púchkin ficou aborrecido, fez um gesto com o chapéu e saiu, Pois é, o resto é conhecido, Kuzmá dormiu demais e Púchkin está na sepultura.

— Oh, meu Deus — assustou-se Gália.

— Pois é. E, sabem, isso produziu um efeito em todos. Wolf suicidou-se com um tiro. Béranger converteu-se à Igreja Ortodoxa, o gerente doou trinta mil rublos para instituições de caridade, e Kuzmá: este enlouqueceu de vez. Ficou, dizem, repetindo o tempo todo: "Eeê, Leksán Serguêêê-itch... Não provou minhas tortaletinhas... Se esperasse só um pou-

---

[67] O restaurante mais tradicional de Moscou, que funcionou de 1826 a 1918 em diferentes endereços. O Iar era frequentado por diversas figuras do meio intelectual russo e é até citado por Púchkin num de seus poemas. (N. da E.)

[68] Confeitaria localizada na esquina da avenida Niévski com o rio Môika, em São Petersburgo. Segundo o relato de Konstantin Danzas, padrinho de duelo de Púchkin, os dois realmente se encontraram na confeitaria uma hora antes do duelo, mas ali o poeta tomou apenas uma água ou uma limonada. (N. da E.)

quinho...". — Fílin jogou mais um docinho na boca e fê-lo estalar nos dentes. — Esse Kuzmá, entretanto, viveu até o começo do século XX. Com mãos caquéticas entregou a receita aos discípulos: a massa a Ignáti, o recheio a um outro. Bem, depois foi a revolução, a guerra civil. Aquele que conhecia o recheio foi parar nos socialistas-revolucionários.[69] O meu Ignáti Kirílovitch perdeu-o de vista. Passaram alguns anos, e Ignáti sempre no restaurante, quando de repente teve um impulso e saiu da cozinha para o salão e lá estava aquele outro, com uma senhora. De monóculo, deixou crescer um bigode: irreconhecível. Ignáti, tal como estava, coberto de farinha, precipitou-se para a mesinha. "Venha comigo, camarada." O outro perturbou-se, mas não teve jeito. Pálido, seguiu-o para a cozinha. "Fala, canalha, conta o recheio de carne." Fazer o quê, o passado o condena, ele falou. "Fala do de repolho." O outro treme todo, mas entrega. "Agora o de sagu." Mas o sagu era um segredo seu absol-uuu-to. E ele ficou calado. Ignáti: "Sagu!!!". E pegou o rolo de massa. O outro, calado. Depois, de súbito, um berro: a-a-a-a-a!, e correu. Esse tal, o socialista-revolucionário. Agarraram-no, amarraram, olham: mas ele perdeu o juízo, rola os olhos e espuma pela boca. E assim não conseguiram saber o segredo do sagu. É... Mas esse Ignáti Kirílovitch era um velho interessante, exigente. Como ele sentia a massa folhada, meu Deus, como a sentia... Assava-a em casa. Fechava os reposteiros, trancava a porta a sete chaves. Eu lhe dizia: "Ignáti Kirílovitch, querido, reparta o segredo comigo, que lhe custa?..." — tudo em vão. Ele esperava por um herdeiro digno. E, agora, esse derrame... Mas provem, provem.

— Oh, que lástima... — afligiu-se a encantadora Alice. — Como é que vamos comê-las agora? Eu sempre lamento

---

[69] Os Socialistas-Revolucionários eram, no começo do século XX, o maior partido de esquerda da Rússia. (N. da E.)

tanto pelas últimas coisas... A minha mãe, antes da guerra, tinha um broche...

— *A última, por acaso!* — suspirou Fílin e pegou mais um bolinho.

— *A última nuvem após a tormenta* — citou Gália.

— *O último dos moicanos* — lembrou Iúra.[70]

— Não, mas a minha mãe tinha um broche de pérolas, antes da guerra...

— Tudo é passageiro, querida Alice — mastigava o satisfeito Fílin. — Tudo envelhece: cães, mulheres, pérolas. Suspiremos sobre a efemeridade da existência e demos graças ao Criador por ter-nos permitido provar uma coisa ou outra no banquete da vida. Coma e enxugue as lagriminhas.

— Quem sabe ele ainda volta a si, esse Ignáti?

— Impossível — garantiu o anfitrião. — Esqueça isso.

Eles mastigavam. A música cantava sobre suas cabeças. Era bom.

— O que tem de novo para nos alegrar? — interessou-se Iúra.

— Ah... lembrou-me a tempo. Wedgwood: xícaras, pires, a leiteira. Estão vendo: os azuis, na prateleira. Mas eu já vou... Aqui...

— Ah... — Gália tocou cautelosamente uma xícara com o dedo: danças brancas prazerosas em campo azul-fumaça.

— E você, Alice, gosta?

— É bonito... A minha mãe, antes da guerra...

— E sabe de quem eu comprei isso? Adivinhe... De um guerrilheiro.

— Em que sentido?

---

[70] Neste diálogo são citados, respectivamente, versos da canção "O trólebus da meia-noite" ("Polnotchni trolleibus", 1965) de Bulát Okudjava, e do poema "A nuvem" ("Tútcha", 1835) de Púchkin, além do título do famoso romance de Fenimore Cooper (1826). (N. da E.)

— Pois escutem. É uma história curiosa. — Fílin juntou os dedos em casinha, olhando amorosamente para a prateleira, onde, cauteloso, com medo de cair, se assentava o serviço prisioneiro. — Na primavera, eu vagueava pelas aldeias, com a minha espingarda. Entrei num casebre. O camponês me trouxe leite fresco. Numa xícara. Eu olhei: Wedgwood legítimo! O que é isto! Entabulamos conversa: ele se chama tio Sacha, tenho o endereço aqui em algum lugar... bem, não tem importância. Durante a guerra ele foi guerrilheiro na floresta. Era madrugada. Um avião alemão sobrevoando. *Zzzz-zzz-zzz* — ilustrou Fílin. — Tio Sacha levantou a cabeça, e o piloto cuspiu: bem na cabeça dele! Por acidente, é claro. Mas o temperamento do tio Sacha, naturalmente, explodiu, ele *bumba!* com a pistola: derrubou o alemão. Também por acidente. O avião caiu, examinaram-no: sirva-se, quatro caixotes de cacau, e no quinto, isto aqui: louça de porcelana. Parece que levava tudo para o desjejum. Comprei dele. A leiteira tem uma rachadura, mas não faz mal. Dadas as circunstâncias.

— Mente, o seu guerrilheiro! — entusiasmou-se Iúra, olhando em volta e batendo no joelho. — E como mente! Fantástico!

— Nada disso — Fílin estava aborrecido. — Claro, eu não excluo que ele não era guerrilheiro nenhum, mas simplesmente um ladrãozinho vulgar, mas, sabem... de certo modo, eu prefiro acreditar.

Ele ficou carrancudo e guardou a xícara.

— Claro, é preciso acreditar nas pessoas — Gália pisou no pé de Iúra, por baixo da mesa. — Comigo também aconteceu um caso extraordinário. Lembra-se, Iúra? Comprei uma carteira, levei para casa, e dentro dela achei três rublos! Ninguém acredita!

— Ora, por quê? Eu acredito. Acontece — raciocinou Alice. — A minha mãe...

Conversaram sobre coisas extraordinárias, premonições, sonhos proféticos. Alice tinha uma amiga que predisse toda a sua vida — o casamento, os dois filhos, o divórcio, a partilha do apartamento e dos haveres. Iúra contou minuciosamente, com todos os detalhes, como roubaram o carro de um seu amigo, e como a polícia deduziu tão espertamente e apanhou o ladrão, mas qual foi o lance, disso ele agora não conseguiu se lembrar. Fílin contou sobre o cão de uns conhecidos, que abria a porta com a própria chave e esquentava o almoço, à espera dos donos.

— Não, mas de que jeito? — espantavam-se as mulheres.

— Como, de que jeito? Eles têm um fogão francês, elétrico, com controles elétricos. É só apertar um botão e tudo se liga. O cachorro olha para o relógio: está na hora, vai para a cozinha, mexe ali, e, bem, aproveita para esquentar alguma coisa para si mesmo. Os donos chegam do trabalho, e a sopa já está fervendo, o pão já está cortado, os talheres preparados. Prático.

Fílin falava sorrindo, balançando o pé, lançava olhares para a satisfeita Alice, a música silenciou e a cidade como que filtrou-se pela janela. O chá escuro fumegava nas xícaras, espiralava uma doce fumacinha de cigarro, perfume de rosas, e por trás das janelas chiava mansamente uma turba alegre, a cidade irradiava feixes de luz dourada dos faróis, irisados anéis de reflexos, multicolorida neve crepitante, e o céu da metrópole semeava uma nuvenzinha encantadora, fresca, recém-fabricada. E pensar que todo este festim, todas estas maravilhas noturnas se descortinam por causa desta nada notável Álotchka, pomposamente rebatizada de Alice — ei-la sentada no seu vestido pepináceo, de boca bigoduda aberta, olhando deliciada para o onipotente senhor, que com um gesto da mão, um mover de sobrancelha, transfigura o mundo até o irreconhecível.

Logo Gália e Iúra irão embora, se arrastarão para o seu subúrbio, mas ela ficará, ela pode... Gália ficou deprimida. Por quê, meu Deus, por quê?

No centro da capital aninhou-se o castelo de Fílin, montanha rosada, decorada aqui e ali das mais diversas maneiras — com toda sorte de caprichos, quimeras e fantasias arquitetônicas: sobre soclos, torres, ameias, por entre as ameias, fitas e grinaldas, e das coroas de louros emerge o livro, fonte do conhecimento, ou um compasso estica uma perninha pedagógica, ou então, veja, no meio ergueu-se um obelisco, e de pé em cima dele, firmemente sobraçando um feixe, uma firme mulher de gesso, de límpido olhar que nega nevascas e noites, de imaculadas tranças e queixo inocente... E parece, parece que já-já soarão trombetas, pratos retinirão e rufarão tambores, tocando algo de imperial e heroico.

E o céu noturno sobre o intricado castelo de Fílin brinca com suas luzes — cor-de-tijolo, cor-de-lilás —, um autêntico céu moscovita, teatral, de concerto.

Ao passo que lá, no subúrbio... Deus meu, que escuridão espessa, oleosamente fria reina lá agora, como está vazio nos vãos gelados entre as casas, e nem dá para ver as próprias casas, elas se confundem com o céu noturno carregado de nuvens de neve, só as janelas, aqui e ali, brilham em desenho irregular: dourados, verdes, vermelhos quadradinhos esforçando-se por espalhar as trevas polares... Hora avançada, as lojas trancaram-se com travas, a última velhinha já saiu, agarrada a um pacotinho de margarina e um batedor de ovos, ninguém passeia pelas ruas assim à toa, nem repara em nada, não olha para os lados, cada qual embarafustou pela sua própria porta, puxou as cortinas e estende a mão para o botão do televisor. Se olhar para as janelas, verá a estrada circular, abismo de escuridão, riscado por duplas luzinhas vermelhas, por besouros amarelos de faróis alheios... Eis que passa algo grande, as luzes piscando na poça... Aproxima-se um bastãozinho luminoso — são as luzes na testa do ônibus, trêmulo núcleo de luz amarela, grãos vivos de gente dentro... E atrás da circular, atrás da última, débil linha de vida, do outro lado da sala cheia de neve, o céu invisível baixou e apoia-se com a beira pesada nos campos de beterrabas — ali mesmo, logo depois da vala. É impensável, impossível imaginar que essa negra escuridão se estende ainda mais adiante, sobre os campos que se fundem num branco rumor, sobre as cercas mal amarradas, sobre as árvores apertadas contra a terra fria, onde tremula, condenada, uma triste luzinha, como que espremida num indiferente punho cerrado... e adiante, novamente, o frio branco e escuro, o montículo do bosque, onde as trevas são ainda mais densas, onde quem sabe é obrigado a viver um lobo infeliz — ele sai para a colina no seu áspero casaquinho de lã, cheirando a zimbro e sangue, selvageria, desgraça, olha taciturno, com asco, para as cegas lonjuras ventosas, pelotas de neve endureceram entre as garras amarelas e rachadas, os dentes apertados de tristeza, e uma lágrima congelada pende qual conta fedorenta da bochecha lanuda, e todos são seus inimigos, e todos são assassinos...

Para sobremesa, tiveram abacaxis. E depois era preciso ir embora. E até em casa — oh, que caminho longo... Avenidas, avenidas, avenidas, escuras praças ventosas, nevadas, terrenos baldios, pontes e bosques, e novamente os baldios, e repentinas, azuladas por dentro, fábricas insones, e de novo bosques e a neve voando na frente dos faróis. E, em casa, o tristonho papel de parede verde, o copinho facetado da arandela no vestíbulo, baça escuridão e o cheiro de sempre, e, grudada na parede, a capa colorida de uma revista feminina — como enfeite. Um repugnante, muito corado casal sobre esquis. Ela se arreganha num sorriso, ele aquece-lhe as mãos — "Com frio?" — chama-se a gravura. "Com frio?"

Gostaria de arrancar a maldita, mas Iúra não deixa — ele gosta de tudo que é esportivo, otimista... Pois que cace um táxi agora!

Eram as horas surdas da noite, fecharam-se todos os portões, caminhões vazios passavam voando, o forro estrelado petrificou-se de frio, e o áspero ar embolou-se em pelotas. "Chefe, leva a gente até a circular?...", afobava-se Iúra, Gália gania e encolhia os pés, saltitando no meio-fio, enquanto às suas costas, no castelo, apagava-se a última janela, as rosas mergulhavam em sonolência, Alice balbuciava sobre o broche da mamãe, e Fílin, de roupão com pingentes, fazia-lhe cócegas com a barba prateada: Ó-ó querida! Quer mais abacaxis?

Nesse inverno eles foram convidados mais uma vez, e Álotchka já se deslocava pelo apartamento como se fosse sua casa, agarrava atrevidamente a louça preciosa, recendia a lírio-do-vale, bocejava de leve.

Fílin exibia diante das visitas Valtassárov, um frondoso mujique barbudo, notável pelo seu talento de ventríloquo. Valtassárov imitava batidas na porta, a ordenha de uma vaca, o barulho de uma carroça, os uivos distantes de um lobo, e uma mulher matando baratas. Ele não acertava com os ruídos industriais. Iúra pediu muito que ele fizesse um esforço e imitasse pelo menos um bonde, mas o homem não concordava de modo algum: "Tenho medo da hérnia". Gália sentiu-se incomodada: intuiu em Valtassárov aquele grau de quase selvageria que estava a um palmo de distância dela e de Iúra — atravessando a circular, depois da vala, do lado de lá.

Gália deve estar cansada, nos últimos tempos... Ainda seis meses atrás ela teria se apressado a convidar Valtassárov para a sua casa, chamaria os amigos, serviria açúcar-cande, panquecas de trigo, nabos, talvez — sabe lá que alimentos costuma usar o tal camponês-maravilha? —, e o mujique tangeria o cincerro da vaca, sacudiria a corrente do poço, sob a algazarra espantada de todos. Mas agora tudo como que ficou claro: não vai dar em nada. Chamá-lo, e daí os convidados vão rir um pouco e se dispersar, e Valtassárov ficará, pedirá quem sabe para pernoitar — e lá vou eu desocupar o quarto, que fica na passagem; ele vai cair na cama por volta das nove, cheirando a carneiros, tabaco barato e palha; no meio da noite, procurará a cozinha para beber água, virará uma cadeira no escuro... Xingará em voz baixa, Djulka latirá, a filha acordará... Ou quem sabe ele é lunático, entrará no dormitório deles no escuro — de camisolão branco e botas de feltro... Vai remexer tudo... E de manhã, quando não se tem vontade de ver a cara de ninguém, quando se tem pressa de chegar ao trabalho, e o cabelo desgrenhado, e o frio — o velho ficará sentado na cozinha, demorando-se a tomar chá, depois tirará da roupa papeluchos analfabetos: "Filha, aqui tem um remédio que me escreveram... Cura tudo... Como é que eu posso consegui-lo?".

Não, não, nem pensar em envolver-se com ele!

É só o Fílin, infatigável, que é capaz de encontrar, alimentar, divertir quem quer que seja — sim, e a nós, e a nós também, claro! Oh, Fílin! Generoso proprietário de frutos de ouro, ele os distribui a torto e a direito, alimenta famintos e dessedenta os sequiosos, ele faz um gesto — e florescem os jardins, as mulheres ficam mais belas, os enfadonhos ficam inspirados e as gralhas cantam como rouxinóis.

Ele é assim! Assim é que ele é!

E que amigos notáveis ele tem.. Ignáti Kirílovitch, o massólogo. Ou essa bailarina, com a qual ele anda — Dôltseva-Ielánskaia...

— Isto, naturalmente, é um pseudônimo artístico — balança o pé Fílin, admirando o teto. — O nome de solteira era Cachorrova, Olga Ieronímovna. Com o primeiro marido, era Gatova, com o segundo, Ratova. Um jogo de rebaixamento por assim dizer. Ela foi um grande sucesso, no seu tempo. Os grão-duques faziam fila, arrastavam sacos de topázios. Tinha um fraco por topázios enfumaçados. Mas era uma mulher muito aberta, sincera, progressista. Depois da revolução, inventou de doar as pedrinhas ao povo. Dito e feito: tira o colar, rompe o cordão, despeja na mesa. Aí tocou a campainha: vieram ocupar parte do apartamento. Bem, com uma coisa e outra, quando ela voltou, o papagaio tinha bicado tudo até o fim. As avezinhas, sabem, precisam de pedras para a digestão. Engoliu uns cinco milhões de rublos, e voou pela claraboia. Ela correu-lhe atrás: "Kokocha,[71] para onde vai? E o povo?!". Ele voou em direção ao Sul. Ela foi atrás. Chegou até Odessa: como, não me perguntem. E aqui um navio está zarpando, fumegam as chaminés, gritos, malas; o povo foge para Constantinopla. O papagaio voou para a chaminé e ficou lá pousado. É quentinho ali. Então essa Ôlietchka[72] Cachorrova, imaginem só, enganchou o seu pé treinado na escada do portaló e deteve o navio! E não o soltou até que apanharam e lhe devolveram o papagaio. Ela sacudiu-o até recuperar tudo até o último copeque e doou tudo à Cruz Vermelha. É verdade que teve de amputar o pezinho, mas ela não desanimou, dançava de muletas nos hospitais. Agora ela tem um monte de anos, vive deitada, engordou. Eu vou visitá-la, leio Sterne para ela. Sim, Ôlietchka Cachorrova, de família de mercadores. Quanta força há no nosso povo! Quanto vigor desperdiçado!...

Gália olhava para Fílin com adoração. Ele como que se revelou a ela, de repente — belo, desprendido, hospitaleiro... Ah, que sorte tem aquela Álka[73] bigoduda! E ela nem dá va-

---

[71] Diminutivo afrancesado de Nikolai. (N. da E.)

[72] Diminutivo de Olga. (N. da E.)

[73] Diminutivo de Alice. (N. da E.)

lor, olha indiferente, com brilhantes olhinhos de lêmure, para os convidados, para Fílin, para as flores e os doces, como se tudo isso fosse muito normal, como se fosse coisa do cotidiano! Como se longe, no fim do mundo, não penassem Gália, sua filha, o cachorro, a "Com frio" — reféns nas trevas, na beira de uma floresta de pinhos, trêmula de raiva! Para sobremesa, comeram o *grapefruit* recheado de camarão, e o mujique mágico bebeu chá do pires. E no coração de Gália pesava uma pedra.

Em casa, deitada no escuro, escutando o tinir cristalino dos pinhos ao vento, o rumor da insone estrada circular, o sussurrar do pelo do lobo na floresta distante, o movimento da friorenta folhagem da beterraba sob o cobertor de neve, ela pensava: jamais conseguiremos escapar daqui. Alguém anônimo, indiferente como o destino, ordenou: este, este e este outro que vivam no castelo. Que tenham uma vida boa. Mas aqueles, aqueles e estes aqui, Gália e Iúra, que vivam ali. Mas não ali, e sim a-a-ali, sim, sim, está certo. Junto à vala, atrás dos terrenos baldios. E não venham com conversa, o assunto está encerrado. Mas por quê?! Mas, espere um pouco?! Mas o destino já voltou as costas, ri com os outros, e são fortes as suas costas de ferro — não adianta bater. Se quiser, pode ter uma crise histérica, role no chão, bata os pés... se quiser, esconda-se em fúria silenciosa, destilando nos dentes doses de veneno frio.

Eles tentaram subir na vida, tentaram se mudar, colaram avisos, recortavam como renda os anúncios de troca nos boletins, faziam telefonemas humilhantes: "Aqui temos um bosque... ar maravilhoso... é muito bom para a criança, nem é preciso sair para fora da cidade... É você mesma! Sua maluca!...". Enchiam cadernos de notas apressadas: "Zinaída Samóilovna vai pensar...". "Ksana vai ligar..." "Piotr Ivânitch só quer com sacada..." Iúra encontrou por milagre uma certa velha, que vivia sozinha num apartamento de três cômodos numa sobreloja nos Lagos do Patriarca,[74] e era manhosa. Quinze famílias agitavam-se na corrente das trocas, cada uma com suas próprias pretensões, enfartos... vizinhas malucas, corações partidos, documentos perdidos. Carregavam a velha manhosa de táxi de um lado para outro, conseguiam-lhe remédios caros, calçados quentes, presunto, prometiam dinheiro. Já-já tudo devia se resolver, trinta e oito pessoas tremiam e rosnavam, casamentos desmoronavam, férias de verão se interrompiam, em algum ponto da corrente um certo Simakov tombou, vítima de úlcera perfurada — tudo bem, fora com ele! —, as fileiras cerraram-se, mais um esforço, a velha dribla, resiste, sob terrível pressão assina os documentos, e no exato momento em que, em alguma parte, nas esferas celestes, um anjo rosado já preenche com uma pena aérea as autorizações — *bumba!* — ela muda de ideia. Assim mesmo — pegou e mudou de ideia. E deixem-me em paz, todos.

O lamento de quinze famílias sacudiu a terra, entortou-se o eixo terrestre, vulcões entraram em erupção, o tufão Hannah[75] arrasou um jovem e frágil país subdesenvolvido, o Himalaia ficou ainda mais alto e a Fossa das Marianas ainda mais funda, mas Gália e Iúra ficaram ali onde estavam. E os lobos gargalhavam na floresta. Pois já foi dito: se tens ordem de chilrear, não ronrones. Se tens ordem de ronronar, não chilreies.[76]

"Vamos denunciar a velha, quem sabe", disse Gália. "Sim, mas a quem?", o abatido Iúra ardia de fogo ruim, dava pena olhar para ele. Aventaram uma coisa e outra — nada

---

[74] Luxuoso complexo residencial localizado no bairro Présnenski, em Moscou. (N. da E.)

[75] Provavelmente o ciclone Hannah, que em maio de 1972 assolou a costa de Papua-Nova Guiné. (N. da E.)

[76] Versos de "Embrulhada" ("Pútanitsa", 1926), poema infantil de Kornêi Tchukóvski. (N. da E.)

feito. Só se fossem queixar-se ao apóstolo Pedro, para que não deixasse a nojenta entrar no paraíso. Iúra pegou umas pedras na pedreira e partiu de noite para os Lagos do Patriarca a fim de quebrar as janelas da sobreloja, mas voltou com a informação de que elas já estão quebradas — nem só eles são tão espertos.

Depois arrefeceram, naturalmente.

Agora ela estava deitada, pensando em Fílin: como ele junta os dedos em casinha, como sorri, balança o pé, como levanta os olhos para o teto quando fala... Tinha tanta coisa que precisava dizer-lhe... Luz brilhante, flores brilhantes, brilhante barba de prata com a mancha negra em volta da boca. Claro, Alice não é par para ele, ela nem é capaz de dar valor ao país das maravilhas. E nem o merece. Aqui era preciso alguém que entendesse...

— Blá-blá-blá — balbuciou Iúra, no sono.

... Sim, alguém que entenda, sensível... Para passar no vapor o seu robe cor-de-framboesa... Encher-lhe a banheira... As pantufas, alguma coisa...

Repartiriam o que tinham assim: Iúra que fique com o apartamento, o cachorro, a mobília. Gália levaria a filha, uma parte da roupa, o ferro de engomar, a máquina de lavar. A torradeira. O espelho do corredor. Os bons garfos da mamãe. O pote com a violeta. E é só, parece.

Mas não, é tolice. Será que ele pode compreender a vida de Gália, seu dia a dia de terceira classe, as humilhações, os cutucões na sua alma? Será possível contar?! Será possível contar ao menos como Gália conseguiu — com astúcia, suborno, telefonemas necessários — um ingresso para o Teatro Bolshoi — na plateia!!! —, um só e único ingresso (verdade que Iúra não se interessava por arte), contar como ela se lavou, se banhou e se frisou, preparando-se para o grande evento, como saiu de casa nas pontas dos pés, antegozando dentro de si uma elevada atmosfera dourada — e era outono, e despencou uma chuva, e não se encontrava um táxi, e Gália se agitava na lama, amaldiçoando os céus, o destino, os urbanistas, e, chegando finalmente ao teatro, viu que esquecera em casa os sapatos, os pés nas botas — ai!... Os canos sujos, sob as solas crostas vermelhas, das quais o capim se espeta aos tufos — grama vulgar, imundície suburbana, onipresente nojeira. E até a barra da saia está emporcalhada.

E Gália? O que foi que ela fez? — simplesmente esgueirou-se às escondidas para o toalete, e, com o seu lencinho, lavou as botas e esfregou a vergonhosa barra. E aqui entrou aquela sapa — não pertencia à classe dos funcionários, era também uma amante do belo —, toda qual uma geleia lilás, balançando seus camafeus: mas como se atre-e-e-ve! No Tea-tro Bolsho-o-oi! Raspar seus pés imu-u-u-ndos! Pensa que está nos banhos pú-ú-ú-bli-cos?! — e desandou, e desandou, e as pessoas começaram a se voltar, a cochichar, e, não entendendo, a olhá-la, reprovando.

E tudo já estava estragado, perdido e arruinado, e Gália já não estava para emoções elevadas, e os pequeninos cisnes capricharam à toa no apaixonado trote lento do seu famoso *pas de quatre*. Sufocada pelas lágrimas de raiva, torturada pela ofensa não vingada, sem quaisquer entusiasmos, Gália achatava com os olhos as bailarinas, perscrutando pelo binóculo os seus rostos amarelados de trabalhadoras, as veias salientes do pescoço, e taciturna, inclemente, repetia para si mesma que elas não são cisnes coisa nenhuma, mas membros do sindicato, que tudo com elas é igual ao que é com as pessoas comuns — unhas encravadas, maridos infiéis, que já-já elas vão terminar a sua dança conforme as ordens, enfiarão malhas quentes — e pra casa, e pra casa: para o gélido Ziúzino, para o lamacento Koróvino,[77] e talvez até para aquela,

---

[77] Ziúzino e Koróvino: bairros afastados de Moscou. (N. da E.)

O faquir

a mais medonha, estrada circular, onde à noite Gália uiva em silêncio, para aquele impenetrável horror, que só serve para misantropos raivosos e corvos crocitantes. E deixa que aquela tremelicante branquela despreocupada, aquela mesma, ela que faça o caminho cotidiano de Gália, que afunde até a barriga no barro torturante, no visgo pré-histórico da periferia, e que se contorça, tentando sair — isso sim é que será um *fouetté*.[78]

Então é possível contar isso?!

Em março ele não os convidou, e não os convidou em abril, e o verão passou em branco, e Gália ficou nervosa: o que foi que aconteceu? ele enjoou de nós? não somos dignos? Cansou-se de devanear, cansou-se de esperar pelo toque do telefone, começou a esquecer os traços queridos: agora ela o imaginava como um gigante, de negro olhar assustador, enormes mãos coruscantes de anéis, com o sussurrar metálico de uma seca barba oriental.

E Gália não o reconheceu logo, quando ele passou por ela no metrô — pequeno, apressado, preocupado —, passou sem reparar nela, e foi andando, já nem dava para chamá-lo!

Ele anda como um simples mortal, seus pequenos pés, acostumados aos parquês encerados, mimados pelas pantufas de veludo, pisam nos ásperos ladrilhos de banheiro das passarelas, sobem correndo nos degraus esbeiçados: as pequeninas mãos procuram nos bolsos, encontram o lenço, tocam — *buf, buuf* — o nariz — e de volta para o bolso; agora ele se sacode como um cachorro, ajeita o cachecol — e passa adiante, sob o arco com os mosaicos desbotados, ao largo da estátua de um patriarca guerrilheiro, estendendo perplexo a palma da mão aberta, com algo de torturantemente errado na disposição dos dedos.

---

[78] Passo extremamente difícil do balé. (N. da E.)

Ela vai atravessando a multidão, e a multidão, ora engrossando, ora rareando, vai-lhe de encontro, aos trancos, rumorosa — uma alegre senhora gorda, um hindu cor-de-âmbar de calções muçulmanos alvos como a neve, um soldado com espinhas, velhotas montanhesas de galochas, atordoadas pelo burburinho.

Ele caminha sem olhar para trás, sem se importar com Gália, com seus olhos ávidos, seu pescoço esticado — eis que ele salta como um ginasiano, pulou para a escada rolante — e adeus, desapareceu, e não está mais ali, só o tépido vento de borracha do trem que chegou, chiados e batidas das portas e o murmúrio da multidão, como o murmúrio de muitas águas.

E nessa mesma noite Álotchka telefonou e contou, indignada, que foi junto com Fílin para o registro civil, e lá, preenchendo os documentos para o casamento, ela descobriu que ele é um farsante, que o apartamento no grande edifício era alugado de um certo explorador polar, e que todas aquelas coisinhas provavelmente não eram dele, mas daquele explorador, e que ele mesmo estava registrado como residente da cidade de Domodedov![79] E que ela, altivamente, atirou-lhe os documentos e foi embora, não por causa de Domodedov, naturalmente, mas porque casar-se com um homem que lhe mentiu, ainda que só um tiquinho, isto o seu orgulho não permitiria. E que eles também fiquem sabendo com quem estão lidando.

Então é assim!... E eles que se davam com ele! Quando ele não é nem um pouco melhor que eles, ele só fingia, imitava, anão lamentável, palhaço em trajes de xá da Pérsia!

Já no vestíbulo sentia-se o cheiro de peixe cozido. Gália tocou a campainha, Fílin abriu e espantou-se. Ele estava so-

---

[79] Cidade localizada 37 km a sul de Moscou. (N. da E.)

zinho e seu aspecto era mau, pior que da Djulka. Vou dizer-lhe tudo! Nada de cerimônia! Ele estava sozinho e comia descaradamente bacalhau com música de Brahms, e na mesa na sua frente pusera um vaso com cravos brancos.

— Gálotchka, que surpresa! Não me esqueceu... Sirva-se, é perca de Orly, fresca. — Fílin empurrou-lhe o bacalhau.

— Sei tudo — disse Gália, e sentou-se como estava, de casaco. — Alice me contou tudo.

— Sim, Alice, Alice, que pérfida mulher! Como é, quer o peixinho?

— Não, obrigada! E sei também sobre Domodedov. E sobre o explorador polar.

— Sim, é uma história horrorosa — entristeceu-se Fílin. — Três anos o homem ficou lá na Antártida, e ficaria mais, isto é romântico, e de repente tamanha desgraça. Mas Ilizárov[80] vai ajudá-lo, eu acredito. Aqui fazem essas coisas.

— Fazem que coisas? — desconcertou-se Gália.

— As orelhas. O meu explorador polar ficou com as orelhas congeladas. Ele é siberiano, de natureza expansiva, eles comemoravam ali o Oito de Março com uns noruegueses, um desses noruegueses gostou do seu gorro orelhudo, daí ele pegou e o trocou com ele: por um boné. Lá fora fazia um frio de oitenta graus e, dentro, vinte graus positivos. Diferença de cem graus, pode? Chamaram-no do lado de fora: "Liokha!",[81] ele pôs a cabeça pela janela, e as orelhas: *ploft!*, despencaram. Bem, claro, foi um deus-nos-acuda, agarraram-no, meteram as orelhas numa caixa, e de avião direto para Kurgán, ao doutor Ilizárov. É isso aí... Horrível.

Gália buscava palavras inutilmente. Algo bem contundente.

---

[80] O médico soviético Gavriil Ilizárov (1921-1992), criador de técnicas e equipamentos para alongamento de ossos. (N. da E.)

[81] Apelido de Aleksei. (N. da E.)

— E de resto — suspirou Fílin —, é outono. Tristeza. Todos me abandonaram. Alice me deixou... Matvei Matvêitch não mostra o nariz... Quem sabe morreu? Só você, Gálotchka... Você seria a única que poderia, se quisesse. Mas agora eu ficarei mais próximo de você. Agora mais próximo. Coma a percazinha. "*Einmal in der Woche, Fisch!*" O que significa: uma vez por semana, peixe! Quem disse isso? Bem, quem dos grandes disse isso?

— Goethe? — murmurou Gália, amaciada contra a vontade.

— Chegou perto. Está perto, mas não totalmente. — Fílin animou-se, remoçou. — Estamos esquecendo a história da literatura, ai-ai-ai... Vou lembrar-lhe: quando Goethe, aqui você tem razão, já muito velho, apaixonou-se pela jovem, encantado-o-ora Ulrike, e cometeu a imprudência de lhe propor casamento, ele foi rudemente rechaçado. Da soleira da porta. Ou melhor, da janela. A beldade pôs a cabeça para fora da janelinha e destratou o olímpico poeta. Mas você sabe isso, não pode não saber; você já tem idade suficiente... um verdadeiro Fausto... Precisa é comer mais peixe, peixe tem fósforo, é bom para fazer a cabeça funcionar. "*Einmal in der Woche, Fisch!*" E bateu-lhe a janela na cara.

— Mas não! — disse Gália. — Ora, para quê... Eu mesma li...

— Todos nós lemos alguma coisa, minha querida — desabrochou Fílin. — Mas eu lhe trago os fatos nus. — Ele acomodou-se melhor na cadeira, levantou os olhos para o teto. — Pois bem, lá se vai o ancião, arrastando-se para casa, arrasado. Como se diz, *adeus, Antonina Petrovna, minha canção inacabada...*[82] Andava curvado, a estrela no pescoço ba-

---

[82] Verso da canção "Incumbência" ("Porutchênie"), de Issaak Dunaiévski sobre letra de Mikhail Matussóvski, composta para o filme *Lealdade à prova* (*Ispytánie viérnosti*), de 1954. (N. da E.)

lançava: *tilim-tim, tilim-tim*... E já anoiteceu, hora do jantar. Serviram caça com ervilhas. Ele gostava muito de caça, espero que não vá contestar isso. Chamejam as velas, prataria na mesa, claro, daquela alemã, sabe, com pinhas, o aroma... E, assim, os filhos estavam ali, e os netos. Num canto, acomodou-se o seu secretário, Eckermann, vai escrevendo. Goethe cutucou uma asinha, e largou. Não conseguia comer. E as ervilhas, menos ainda. Os netos perguntam: vovô, o que foi? Pois ele se levantou, empurrou a cadeira e, amargurado: uma vez por semana, falou, peixe! Prorrompeu em pranto e saiu. Os alemães, eles são sentimentais. Eckermann, é claro, imediatamente anotou tudo no seu diário de registro. Leia, se ainda não teve ocasião, *Conversações com Goethe*. Um livro instrutivo. A propósito, aquela caça, totalmente petrificada, era exibida no museu de Weimar até o ano de trinta e dois.

— E as ervilhas, onde foram parar? — perguntou Gália furiosa.

— Deram ao gato.

— Desde quando gato come legumes?!

— Tente não comer, com os alemães! Eles têm disciplina!

— Então, Eckermann escreveu também sobre o gato?...

— Sim, isto está entre as notas. Dependendo da edição, naturalmente.

Gália levantou-se, foi embora, para baixo e para a rua. Adeus, castelo cor-de-rosa, adeus, sonho! Vai voando pelos quatro ventos, Fílin! Com que foi que nos presenteaste? Tua árvore de frutos dourados secou, e tuas falas não passam de fogos de artifício na noite, lufada momentânea de um vento colorido, histeria de rosas de fogo na escuridão sobre os nossos cabelos,

Escurecia. O vento outonal brincava com papeluchos, arrancava-os das cestas de lixo. Ela espiou pela última vez no armazém que qual verme transparente se encravou no pé do castelo. Parou um pouco junto aos tristonhos balcões — ossos de boi, purê marca Aurora. Pois então enxuguemos as lágrimas com o dedo, espalhemo-las pelas faces, cuspamos nas lâmpadas votivas: nosso deus está morto e o seu templo está vazio. Adeus!

E, agora, para casa. O caminho não é curto. Pela frente — um novo inverno, novas esperanças, novas canções. Pois então, cantemos os confins, as chuvas, as casas cinzentas, as longas noites no limiar das trevas. Cantemos os terrenos baldios, os pardos capins, a friagem do barro sob os pés tímidos, cantemos a lenta aurora outonal, os latidos dos cães entre os troncos dos pinhos, a frágil dourada teia de aranha e o primeiro gelo, o primeiro gelo azulado na funda impressão de uma pegada alheia.

PETERS

Desde criança Peters tinha pés chatos e uma barriga larga, como de mulher. Sua falecida avó, que o amava assim mesmo, ensinou-lhe boas maneiras — mastigar tudo-tudo-tudo, enfiar o guardanapo na gola, calar-se quando os mais velhos falam. De modo que ele sempre agradava às amiguinhas da vovó. Quando ela o levava consigo para uma visita, podia-se tranquilamente deixar-lhe nas mãos um valioso livro ilustrado — ele não o rasgaria, e à mesa ele nunca arrancava fios das franjas da toalha e não fazia migalhas com os biscoitos —, era um menino excelente. Agradava também que ele entrava, puxava sisudamente a jaquetinha de veludo, ajeitava o laço ou o jabô, de renda não menos amarelada do que as faces da vovó, e, fazendo um rapapé com o pezinho gordo, se apresentava às velhas. "Peter-s."[83] Ele reparara que isto as divertia e comovia.

— Ah, Pietrucha, filhinho! Então vocês o chamam de Peter?

— É... bem... Nós agora estamos lhe ensinando alemão — dizia a vovó, negligentemente.

E, refletindo-se nos espelhos baços, Peters passava compenetradamente pelo corredor, pelas velhas arcas, pelos ve-

---

[83] Em russo, inserir a partícula -s ao final de uma palavra é um modo extremamente formal e antiquado de demonstrar respeito ao interlocutor. (N. da E.)

lhos odores, para os quartos, onde nos cantos se assentavam bonecas de pano, onde na mesa, debaixo da cúpula verde, dormia um queijo verde, e os biscoitos caseiros recendiam a baunilha. Enquanto a dona da casa dispunha as pequeninas colherinhas de prata, roídas de um lado, Peters vagava pelo quarto, examinava as bonecas sobre a cômoda, o retrato de um velho severo, ofendido, de bigodes mais longos que agulhas de tricô, as vinhetas do papel de parede, ou então ia até a janela e olhava através das touceiras de aloe para lá, para o frio ensolarado, onde voavam pombos furta-cor e crianças coradas deslizavam, de trenó, de montículos escorregadios. Ele não tinha permissão para passear.

O tolo apelido — Peters — grudou-se nele por toda a vida.

A mamãe de Peters, filha da vovó, fugiu para as terras quentes com um cafajeste, o papai passava o tempo com mulheres de vida airada e não se interessava pelo filho; escutando as conversas dos adultos, Peters imaginava o cafajeste como um africano debaixo de uma bananeira, e as mulheres de papai, como entes azuis e aéreos, leves como nuvenzinhas de primavera — porém, bem-educado, calava-se. Além da vovó, ele também tinha um vovô; no começo, ele permanecia deitado, quieto, numa poltrona, num canto, ficava calado e seguia Peters com brilhantes olhos de vidro, depois puseram-no sobre a mesa da sala de jantar, deixaram-no assim por uns dois dias, depois o levaram embora para algum lugar. Naquele dia eles comeram papa de arroz.

A vovó prometeu a Peters que, se ele se comportasse bem, quando crescesse teria uma vida maravilhosa. Peters calava-se. À noite, levando para a cama o seu coelho de pelúcia, ele lhe falava da sua vida futura — de como iria passear quando lhe desse vontade, fazer amizade com todas as crianças, como chegariam para visitá-lo a mamãe com o cafajeste trazendo frutas doces, como as mulheres airadas de papai voariam com ele pelos ares na vida real, como no sonho. O coelho acreditava.

A vovó, bem ou mal, ensinava alemão a Peters. Eles jogavam o antiquíssimo jogo Peter Preto — puxavam um do outro as cartas com figurinhas, juntavam-nas em pares — o pato e a pata, o galo e a galinha, cachorros de focinhos arrogantes. Somente o gato, o Peter Preto, não tinha par, ele sempre estava só — taciturno, eriçado, e aquele que no fim do jogo tirava o Peter Preto, perdia e ficava feito bobo.

Havia também cartões-postais com legendas: Wiesbaden, Karlsruhe, havia ilustrações transparentes sem penas mas com janelinhas: quem olhar pela janelinha verá alguém distante, pequeno, a cavalo. Eles também cantavam juntos: "*Oh, Tannenbaum, oh, Tannenbaum!*". Tudo isso era a língua alemã.

Quando Peters completou seis anos, a vovó levou-o de visita para uma festinha de Ano-Novo. As crianças ali eram testadas e estavam livres de infecções. Peters caminhava pela neve o mais depressa que podia, a vovó mal conseguia acompanhá-lo. Sua garganta estava bem enrolada numa echarpe branca, os olhos brilhavam no escuro como os de um gato. Ele tinha pressa em fazer amizades. Começava a vida maravilhosa. O grande apartamento aquecido cheirava a agulhas de pinho, brilhavam brinquedos e estrelas, corriam mamães alheias com roscas e bolos, guinchavam e atropelavam-se crianças agitadas e ágeis. Peters postou-se no meio da sala, à espera de quando começassem a fazer amizade. "Vem pegar a gente, gorducho!", gritou-lhe alguém. Peters correu a esmo, para qualquer lugar, e parou. Atropelaram-no e ele caiu e se levantou como um joão-teimoso. Ásperas mãos adultas empurraram-no para a parede. Ali ele ficou até a hora do chá.

No chá, todas as crianças, exceto Peters, comportaram-se mal. Ele comeu a sua porção, limpou a boca e aguardou os acontecimentos, mas não houve acontecimentos. Só uma garotinha de cabelo preto, como um besourinho, perguntou-lhe se ele tinha verrugas, e mostrou-lhe as suas.

Peters amou imediatamente a menina das verrugas e pôs-se a segui-la por toda parte. Convidou-a para se sentarem no sofá, e que os outros não se aproximassem dela. Mas nem mexer as orelhas, nem fazer tubinho com a língua, como ela propôs, ele sabia, e ela logo cansou-se dele e abandonou-o. Depois ele não sabia o que devia fazer. Depois ficou com vontade de girar no mesmo lugar e gritar alto, e ele girou e gritou alto, e logo a vovó já o arrastava pelos moles de neve azulada, dizendo indignada que não o estava reconhecendo, que ele estava suado e que nunca mais ela o levaria de visita a outras crianças. E, de fato, nunca mais eles foram para lá.

Até os quinze anos Peters passeava de mãozinha dada com a vovó. No começo ela o apoiava, depois foi o contrário. Em casa eles jogavam dominó e paciência. Peters fazia recortes com um serrote tico-tico. Era um estudante medíocre. Antes de morrer, a vovó matriculou Peters na escola técnica de biblioteconomia, e legou-lhe o pedido de que cuidasse da garganta e lavasse as mãos meticulosamente.

No dia do seu enterro, começou o degelo no rio Nievá.

Na biblioteca onde Peters trabalhava as mulheres eram desinteressantes. E ele gostava das interessantes. Mas o que ele poderia oferecer a estas, caso as encontrasse? A barriga rosada e os olhinhos pequenos? Se ao menos na conversa ele brilhasse, se quem sabe soubesse um alemão aceitável, mas não, além de Karlsruhe, da infância, ele quase não se lembrava de nada. Mas na imaginação ele entabulou um romance com uma mulher magnífica. Enquanto ela faz isso e aquilo, ele lê Schiller para ela, em voz alta. Ou Hölderlin. Ela, é claro, não entende nada e nem pode entender, mas não importa; importa que ele está lendo — inspiradamente, com matizes na voz... Segura o livro bem perto dos olhos míopes... Não, naturalmente ele vai encomendar lentes de contato. Embora digam que elas incomodam. E ele está ali, lendo. "Deixe este livro", diz ela. E óculos, e lágrimas, e a aurora... E as lentes pressionando. Ele vai piscar, apertar as pálpebras, meter os dedos nos olhos... Ela esperará, esperará, e dirá: "Mas arranque finalmente esses vidrinhos, Deus do céu!". Levanta-se e bate a porta.

Não. Melhor assim: uma loura simpática, quieta. Ela deitou a cabecinha no seu ombro. Ele lê Hölderlin em voz alta. Pode também ser Schiller. Sombrias florestas, ondinas... Ele lê e lê, a língua já secou. Ela boceja e diz: "Deus do céu, quanto tempo se pode escutar esse tédio?!".

Não, também não serve.

E se for sem alemão? Sem alemão seria, digamos, assim: uma mulher espantosa, como um leopardo. E ele próprio é como um tigre. Umas penas de avestruz, uma silhueta flexível no sofá... (Preciso trocar o estofamento.) Então, a silhueta. Também as almofadas do sofá. E a aurora, a aurora... Quem sabe eu até me caso. Por que não? Peters examinou o seu reflexo no espelho, o seu nariz grosso, os olhos revirados de paixão, os pés moles, chatos. Bem, e daí? Pareço um pouco um urso branco, isso deve atrair as mulheres, e assustá-las agradavelmente. Peters soprou em si mesmo no espelho, para esfriar. Mas nem novas relações nem romances lhe apareciam.

Peters tentou frequentar reuniões dançantes, tropeçava, bufando, e pisava nos pés das moças; aproximava-se das que riam e falavam, e, de mãos nas costas, a cabeça inclinada para um lado, escutava suas conversas. Anoitecia, agosto soprava friagem dos ásperos arbustos, semeava o pó vermelho dos últimos raios sobre o verde-escuro das folhagens, sobre as veredas do parque; acendiam-se as luzes nas vendas e quiosques de vinho e carne, Peters passava-lhes severamente ao largo, segurando a carteira, e, não aguentando a fome insistente, comprava meia dúzia de doces, afastava-se para um lado, e, na escuridão já reinante, devorava-os apressadamente do brilhante pratinho metálico. Quando ele emergia da escuridão, piscando, lambendo os beiços com creme no queixo, e, juntando coragem, aproximava-se para travar conhecimento — abrupto, a esmo, meio cego de medo, arrastando os pés chatos —, as mulheres recuavam, os homens pensavam em bater-lhe, mas, olhando melhor, mudavam de ideia.

Ninguém queria brincar com ele.

Em casa Peters batia gemadas para si mesmo, lavava e enxugava o copo, depois punha ordeiramente as chinelas sobre o tapetinho, deitava-se na cama, com os braços estendidos sobre o cobertor, e jazia ali imóvel, fitando o teto escuro e pulsante, até a chegada do sono.

O sono chegava, convidava-o para as suas passagens e corredores, marcava encontros em escadas recônditas, trancava portas e reconstruía casas conhecidas, assustando-o com armários, e mulheres, e pestes bubônicas, e negros naipes de espadas, levava-o depressa por escuras passagens e empurrava-o para um quarto abafado, onde, sentado numa mesa, felpudo e sorrindo zombeteiro, girando os dedos, estava um conhecedor de muitas coisas ruins.

Peters debatia-se nos lençóis, pedia perdão, e, perdoado por esta vez, mergulhava de novo até o fundo, até a manhã, confundindo-se nos reflexos dos espelhos tortos de um teatro mágico.

Quando na biblioteca apareceu uma nova colega, morena e perfumada, de vestido cor-de-arando, Peters alvoroçou-se. Foi ao barbeiro e aparou bem curto seu cabelo incolor, varreu mais uma vez, não se sabe por quê, o seu apartamento, mudou de lugar a cômoda e a poltrona. Não que ele esperasse que Fáina viesse visitá-lo assim tão logo, mas, em todo o caso, Peters devia estar pronto.

No trabalho estavam festejando o Ano-Novo. Peters agitava-se, recortava em papel estrelas de neve do tamanho de um pires e colava-as nas janelas da biblioteca, pendurava ouropel cor-de-rosa, embaraçava-se na chuva metálica, embaraçava-se em devaneios e desejos, as pequeninas lâmpadas do pinheirinho refletiam-se nos seus olhos revirados, reinava cheiro de pinho e raiz-forte, pela claraboia aberta entrava um farelinho de neve. Ele ponderava: se ela tem, digamos, um noivo, eu poderia aproximar-me dele, segurá-lo quietamente pelas mãos, e pedir-lhe mansamente, por bem: deixe a Fáina, deixe-a para mim, o que lhe custa!, você encontrará outra, você sabe fazer isso. E eu não sei, a mamãe fugiu com um cafajeste, papai flutua no céu com mulheres azuis, a vovó devorou o vovô com papa de arroz, devorou a minha infância, a minha única infância, e as meninas com verrugas não querem sentar comigo no sofá. Então dê-me ao menos alguma coisa, sim?

As velas acesas, mergulhadas até o peito em translúcida luz cor-de-maçã, prometiam bondade e paz, a chama rósea, amarela, balançava a cabeça, olhos brilhavam, borbulhava a champanhe. Fáina cantava ao som do violão, o retrato de Dostoiévski na parede desviava os olhos; depois, jogaram adivinhas, abrindo Púchkin ao acaso. Para Peters caiu o verso "Ama, Adele, a minha flauta".[84] Riram-se dele, pediram para serem apresentados a Adele; depois esqueceram-se dele, no rumor das conversas, e ele ficou sentado num cantinho, quieto, mascando uma torta, imaginando como acompanharia Fáina para casa. Começaram a dispersar-se, ele precipitou-se para o vestiário, oferecendo-lhe a peliça nas mãos estendidas, ficou olhando como ela trocava de calçado, como enfiava o pé, de meia colorida, na aconchegante botinha de

---

[84] Verso do poema "A Adele" ("Adeli", 1822), de teor erótico-satírico. (N. da E.)

pele, como se enrolava no xale branco, e pendurava a bolsa no ombro com um pequeno impulso — tudo o emocionava. Ela bateu a porta, e foi só o que ele viu dela — deu adeus com a luva, pulou num trólebus e sumiu na branca nevasca. Mas até isso era como uma promessa.

Nos seus ouvidos badalavam sinos triunfantes e seus olhos viam o até agora invisível. Todos os caminhos levavam a Fáina, todos os ventos trombeteavam sua glória, gritavam o seu nome obscuro, voavam sobre os íngremes telhados de ardósia, sobre as torres e as agulhas, serpenteavam em curvas nevadas e se atiravam aos seus pés, e a cidade inteira, todas as ilhas — águas e marginais, estátuas e jardins, pontes e gradis, rosas e cavalos de bronze —, tudo se fundia num anel, traçando para a amada uma sonora coroa de inverno.

Ele nunca conseguia ficar a sós com ela, ele tentava apanhá-la na rua, mas ela sempre passava por ele como um vento, uma bolinha, um floco de neve, atirado por mão ágil. E, horrendo, insuportável como um dente dolorido, era o seu amigo, que ao entardecer vinha visitá-la na biblioteca — desenvolto jornalista, rangendo de couro, cabeludo, contando anedotas internacionais sobre o russo, o alemão e o polaco que mediam a gordura das suas mulheres, e o russo saiu vencendo. O tal jornalista inseriu uma nota no jornal, na qual mentia que "sempre há mais gente junto às estantes de livros sobre a cultura de beterraba", e que os visitantes chamam a bibliotecária Fáina A. de 'capitã do mar de livros'". Fáina riu, contente de ter ido parar num jornal. Peters sofria e calava. E só ficava juntando coragem para tomá-la pela mão e levá-la para a sua casa, e depois de uma sessão de paixão conversar sobre a sua futura vida juntos.

Ao final do inverno, numa noite úmida e tísica, Peters enxugava as mãos no banheiro dos homens sob o jato quente da secadora mecânica, enquanto bisbilhotava a conversa de Fáina no telefone do corredor. A secadora estremeceu e se calou, e no silêncio resultante soou nítida a voz amada. "Nããão, o nosso pessoal é composto só de mulheres... Quem? Aquele ali?... Mas ele não é um homem, é uma coisa. Um tipo assim de maricas endocrinológico."

Ama, Adele, a minha flauta. Peters sentiu-se por dentro como se tivesse sido esmagado por um bonde. Passou os olhos pelos lamentáveis ladrilhos amarelecidos, o velho espelho, estufado por dentro de bolhas prateadas, a torneira pingando ferrugem — a vida escolhera corretamente o lugar para a derradeira humilhação. Ele enrolou meticulosamente a garganta com a echarpe, para não resfriar as amígdalas, arrastou-se até sua casa e, apalpando com os pés as chinelas, aproximou-se da janela pela qual tencionava cair e puxou de leve o batente. A janela estava bem calafetada para o inverno, ele mesmo a calafetara, e teve dó de estragar seu trabalho. Então ele ligou o forno, colocou a cabeça cheia de migalhas de pão e esperou. Quem comeria papa de arroz em sua memória? Depois Peters lembrou-se de que faltara gás o dia todo por causa de um defeito na tubulação, ficou furioso, discou com dedo trêmulo o número para reclamações, e berrou horrível e confusamente sobre o serviço inominável nas residências comunais, sentou-se na poltrona da vovó e ficou sentado até de manhã. De manhã, atrás da janela caía uma neve lenta e graúda. Peters olhava para a neve, para o céu silencioso, para os montes de neve nova, e alegrava-se quietamente porque não haveria mais juventude para ele.

Mas chegou, pelos pátios de passagem, a nova primavera, as neves morreram, a terra cheirava a podridão adocicada, ondículas azuis encrespavam as poças, e as cerejas silvestres de Leningrado novamente derramaram brancura sobre os veleirinhos de caixa de fósforos e os barquinhos de jornal — e não dá na mesma, se é numa vala ou num oceano que começa a nova navegação, se a primavera chama, se por toda parte o vento é o mesmo? E eram maravilhosas as galochas novas compradas por Peters — a maciez da fúcsia em flor forrava o seu interior, qual verniz brilhava a sua tensa borracha, prometendo marcar com uma cadeia de *waffles* ovalados os seus caminhos terrenos, para onde quer que o levassem na sua busca pela felicidade. E sem pressa, com as mãos cruzadas nas costas, ele caminhava pelas ruas de pedra, espiando fundo nas entradas amarelas, cheirava o ar dos canais e dos rios; e as mulheres da tarde, do sábado, lançavam para ele olhares compridos que não prometiam nada de bom, pensando: ali vai um homem doente, nós não precisamos dele.

Mas ele também não precisava delas, porém reparou em Valentina, pequenina, escandalosamente jovem — ela estava comprando postais de primavera na ensolarada marginal, e um vento feliz, vindo em lufadas, montava, mudava, construía penteados na sua cabecinha preta e tosada: Peters começou a seguir Valentina, sem arriscar aproximar-se demais, receoso de um fracasso. Uns rapazes esportivos abordaram a bela, seguraram-na rindo e ela foi com eles, aos pulinhos, e Peters os viu comprar e presentear a serelepe com violetas — escuras, roxas —, ouviu chamarem-na pelo nome, este arrancou-se e voou com o vento, o grupo risonho sumiu atrás da esquina, e Peters ficou sem nada — pesado, branco, por ninguém amado. Bem, e o que é que ele poderia lhe dizer, a ela, tão jovem, tão com violetas? Aproximar-se em pés de algodão, estender-lhe uma mão de algodão: "Peter-s..." ("Que nome estranho..." "Era minha avó que..." "Por que a avó?..." "Um pouco de alemão..." "Você sabe alemão?..." "Não, mas a vovó...").

Ah, se no seu tempo ele tivesse aprendido alemão! Oh, então, naturalmente... Uma língua tão difícil, ela chia, estala e se mexe na boca, *"oh, Tannenbaum"*, acho que ninguém sequer o conhece... Pois o Peters, ele vai pegar e vai aprendê-lo e impressionar a beldade.

Com medo dos policiais, ele grudou anúncios nos postes. "Desejo aprender alemão." Eles ficaram pendurados o verão inteiro, empalidecendo, movendo os seus pseudópodes. Peters visitava os postes amigos, consertava as letras lavadas de chuva, colava os cantinhos desgrudados, e, no auge do outono, telefonaram-lhe, era como um milagre — de um mar de gente emergiram dois, respondendo ao seu quieto, débil, indireto apelo em roxo sobre branco. Ei, você chamou? Chamei, chamei! Ele rejeitou o insistente e vozeirudo, que voltou a desmanchar-se no não-ser, mas a senhora de voz tilintante, Elizavieta Frântsievna da ilha Vassílievski, esta ele interrogou meticulosamente: como ir até lá, e aonde, e por quê, e se não havia cachorro, porque ele tem medo de cachorro.

Tudo foi conversado. Elizavieta Frântsievna esperou-o à noite, e Peters foi para a sua esquina escolhida, aguardar Valentina — ele a observara, ele sabia que ela passaria, como sempre, balançando a sacola esportiva, às vinte para as quatro, adejaria para dentro do grande prédio vermelho, e ali saltaria no trampolim, entre outras iguais a ela, ágeis e jovens. Ela passaria, sem desconfiar que existe no mundo o Peters, que ele imaginou um grande plano, que a vida é maravilhosa. Ele decidiu que o melhor seria comprar um buquê, um grande buquê amarelo, e em silêncio, isso mesmo, em silêncio, mas curvando-se, estendê-lo a Valentina na esquina conhecida. "O que é isto? Ah!..." — algo deste tipo.

Ventava, redemoinhava e chovia a cântaros quando ele saiu para a marginal. Atrás do véu de chuva transparecia baça a barreira vermelha da fortaleza úmida, a sua agulha de chumbo levantava baço um dedo de exclamação. Chovia assim desde o entardecer, e eles, lá em cima, tinham reservas de água generosas, suficientes. Os suecos,[85] ao deixarem estas

---

[85] A região onde fica a atual cidade de São Petersburgo esteve por

margens podres, se esqueceram de levar com eles o céu, e agora vai ver que tripudiam na sua península limpinha — eles é que têm um gelo azulado e límpido, e pinhos negros, e lebres brancas, enquanto Peters tinha de tossir aqui entre os granitos e o mofo.

No outono Peters comprazia-se em odiar a sua cidade natal, e a cidade pagava-lhe na mesma moeda: cuspia torrentes geladas dos telhados sonoros, enchia-lhes os olhos com turvos fluxos escuros, metia-lhe debaixo dos pés poças especialmente úmidas e fundas, açoitava com bofetadas de chuva o seu rosto míope, seu chapéu de feltro, sua pancinha. As casas viscosas que atropelavam Peters cobriam-se de propósito de fungos finos e brancos como miçangas, de peçonhentos cravos musgosos, e o vento, chegando das grandes estradas dos salteadores, imiscuía-se entre os seus pés encharcados, em oitos mortais e tuberculosos.

Ele colocou-se no posto com o seu buquê, e outubro continuava a despencar dos céus, e as galochas eram como banheiras, e desmanchou-se em farrapos o jornal três vezes enrolado em volta das caras flores amarelas, e o tempo chegou e passou, e Valentina não veio e não virá, e ele continuava de pé, gelado até os ossos, até a roupa de baixo, até o glabro corpo branco salpicado de delicadas pintinhas vermelhas.

O relógio bateu quatro horas, Peters enfiou o seu buquê na cesta de lixo. Esperar o quê? Ele já compreendera que estudar alemão era tolo e tarde demais, que a bela Valentina, criada entre rapazes jovens, esportivos e elásticos, só daria risada e passaria por cima dele, pesadão, amplo de cintura, que não são para ele neste mundo as paixões ardentes e os passos leves, as danças ágeis e os saltos no trampolim e as

---

mais de 100 anos sob domínio do Império Sueco, sendo reconquistada pelos russos em 1700. (N. da E.)

frescas violetas de abril descuidadamente compradas, e o vento ensolarado vindo das ondas cinzentas do Nievá, o riso, e a juventude; que todas as tentativas são vãs, que ele devia no seu tempo ter se casado com a própria avó e ficado a decompor-se silenciosamente no quarto quente sob o tique-taque do relógio, comendo um pãozinho doce, colocando na frente do seu prato — para conforto e diversão — o seu velho coelhinho de pelúcia.

Sentiu vontade de comer, e foi a esmo em direção à luzinha convidativa de uma lanchonete, pediu sopa e acomodou-se ao lado de duas beldades que comiam bolinhos com cebola e sopravam a película cremosa que se formava no seu rosado chocolate com leite.

As moças, naturalmente, chilreavam sobre o amor, e Peters escutou toda a história de uma certa Írotchka, que cultivou por longo tempo um colega fraternal do Iêmen, ou talvez do Kuwait, com vistas ao casamento. Írotchka ouvira que lá, *nas arenosas planícies das terras arábicas*,[86] dá petróleo que nem cogumelos, que cada sujeito decente é um milionário, e voa no seu próprio avião com privada de ouro. Pois essa privada de ouro é que enlouquecia a Írotchka, criada na região de Iaroslavl, onde os confortos são três paredes sem a quarta, com vista para o campo de ervilhas — em suma: *Que vastidão*, o quadro de I. E. Répin.[87] Mas o árabe não tinha pressa em casar, e, quando Írotchka lhe fez a pergunta direta, ele respondeu algo do tipo: "Ah, é?! E não quer mais nada? Lem-

---

[86] Verso de "Três palmeiras" ("Tri palmy", 1839), poema de Liérmontov. (N. da E.)

[87] *Kakói prostór*, quadro de 1903, mostra um casal sorridente, completamente vestido, dançando no meio da arrebentação das ondas de um mar em fúria. A crítica da época viu nesse quadro uma ode ao otimismo e à resiliência da juventude nos tempos conturbados que antecederam a revolução de 1905. (N. da E.)

branças pra titia!", e assim por diante, e botou Írotchka pra fora com todos os seus humildes trastes. As moças não repararam em Peters, e ele escutava, e tinha dó da desconhecida Írotchka, e imaginava ora as planuras de ervilhas de Iaroslavl, cercadas no horizonte por densas florestas de lobos, derretendo-se no silêncio abençoado sob o brilho do sol setentrional, ora o rangido seco e taciturno de milhões de grãos de areia, a pressão intensa do furacão do deserto, o astro pardo varando as trevas impetuosas, brancos palácios esquecidos, cobertos de pó mortífero ou enfeitiçados por bruxos havia muito mortos.

As moças passaram a comentar as relações complicadas de Ôlia e Valiéri, e o descaramento de Aniúta, e Peters, tomando o seu caldo, aguçou as orelhas e penetrou, invisível, na história alheia, tocou de perto nos segredos dos outros, ficou bem junto da porta, de respiração suspensa, ele percebia, cheirava e via, como num filme mágico, e eram insuportavelmente acessíveis, era só estender a mão, relances de certos rostos, lágrimas em olhos magoados, brilho de sorrisos, sol nos cabelos soltando faíscas rosadas e verdes, a poeira no raio de luz e o calor do assoalho de parquê aquecido, a ranger baixinho aqui ao lado, nessa vida alheia, viva e feliz.

— Acabamos: vamos indo! — comandou uma beldade à outra, e, abrindo seus guarda-chuvas transparentes, como sinais de outra, mais elevada, existência, elas flutuaram para a chuva e subiram para os céus, para o azul detrás das nuvens, oculto aos seus olhos.

Peters tirou um guardanapo de papel áspero do copo de plástico, enxugou a boca. A vida passou ventando, contornou-o e voou embora, como uma torrente impetuosa que contorna um pesado monte de pedras no chão.

A arrumadeira passou como uma ventania pelas mesinhas, agitou o trapo na cara de Peters, num movimento ágil apanhou vinte pratos sujos e desmanchou-se no ar adocicado.

— Mas eu não tenho culpa — disse Peters a alguém. — Não sou culpado de absolutamente nada. Eu também quero participar. Mas não me aceitam. Ninguém quer brincar comigo. E você, hein? Mas eu me esforçarei, eu vencerei!

Ele saiu de lá — para os salpicos gelados, para a gélida água açoitante. Eu vencerei. Superarei. Triunfarei. Apertarei os dentes e avançarei de cabeça. E aprenderei essa língua maldita. Lá, na ilha Vassílievski, na mais úmida umidade leningradense, espera, nadando como uma foca ou uma ondina, Elizavieta Frântsievna, murmurando facilmente na crepuscular língua germânica. Ele chegará, e eles vão tagarelar junto. *Oh, Tannenbaum! Oh*, repito, *Tannenbaum!* Como é que continua mesmo?... Chegarei lá, ficarei sabendo.

Pois então, adeus, Valentina e tuas ágeis irmãs, pela frente eu só tenho a velhota alemã — *se está na chuva*... Peters imaginou o seu caminho, pegadas tortuosas na cidade molhada, e o insucesso, seguindo-lhe as pegadas, cheirando as marcas de *waffles* das suas solas, e a velha no fim da jornada, e, para confundir o destino, ele acenou para um táxi e navegou pela chuva — um vapor subia dos seus pés, o motorista era taciturno, ele teve vontade de descer na mesma hora. *Taque-taque-taque-taque*, estalava o seu dinheirinho.

— Pare aqui.

Um porteiro guardava a entrada do antro de perdição — uma porta para um semiporão, e atrás da porta a música ribombava surdamente, e lâmpadas brilhavam pelas janelas, como tubos compridos com xarope venenoso. Diante da porta, rapazes batiam os dentes sob os açoites da chuva — todos pretendentes à mão de Valentina — adeus Valentina —, não havia lugares, mas o porteiro, iludido pelo aspecto sólido de Peters, deixou-o entrar, e Peters passou, e pelos seus lados esgueiraram-se mais dois. Um bom lugar, Peters tirou com dignidade o chapéu e a capa, prometeu uma gorjeta com o olhar, adentrou o ruidoso recinto e trombeteou a sua chegada para dentro do lenço. Bom lugar! Escolheu um coquetel dos mais rosados, um doce em formato de pagode, bebeu, mordeu, bebeu mais e descontraiu-se. Um bom, um ótimo lugar. E junto ao seu cotovelo surgiu, apareceu não se sabe de onde, do ar, da colorida fumaça de cigarros, uma moça-borboleta: o vestido verde, vermelho — as luzes piscavam — desabrochava nela qual orquídea, e seus cílios piscavam como asas, e nos pulsos fininhos tilintavam pulseiras, e toda ela era dedicada a Peters até o último suspiro. Ele acenou para que trouxessem mais álcool rosado, com medo de falar e afugentar a moça, maravilhosa peri,[88] florzinha volante, e eles ficaram sentados, calados, espantados, um com o outro, como se espantariam, ao se encontrarem, um bode e um anjo.

Ele fez outro sinal — e trouxeram-lhe até carne.

— Hum — disse Peters, implorando aos céus que não chamassem tão logo o seu enviado. — Na minha infância eu tinha um coelho de pelúcia, de fato um amigo, e quanta coisa eu lhe prometi! Mas agora eu vou para uma aula de alemão, huum.

— Eu gosto de coelhos de pelúcia, eles são gozadinhos-gozadinhos — disse a peri friamente.

Peters admirou-se da tolice angelical — um coelho não pode ser gozadinho, ele ou é um amigo ou uma nulidade, um saquinho recheado de serragem.

— E nós também jogávamos baralho, e eu sempre acabava com o gato — lembrou-se Peters.

— Um gato também é gozadinho-gozadinho — disse a moça, por entre os dentes, como uma lição bem-decorada, passeando os olhos pelo salão.

— Mas não! Mas por quê? — retrucou Peters, esquentado. — E não se trata disso! Não é disso que eu falo, é da

---

[88] No folclore, beldade prometida ao muçulmano fiel. (N. da E.)

vida, e ela sempre zomba, mostra e tira, mostra e tira. E, sabe, isso é como uma vitrina: brilha, mas está trancada e não se pode pegar nada. E pergunta-se: por quê?

— O senhor também é gozadinho-gozadinho — teimava, sem escutá-lo, a moça indiferente. — O senhor deixou cair alguma coisa no chão.

Quando ele finalmente conseguiu sair de sob a mesa, o anjo já havia ascendido, e com ele a carteira de Peters com o dinheiro. Entende-se. E então? Nem poderia ser diferente. Peters ficou sentado diante dos restos, imóvel como uma mala, começava a ficar sóbrio, imaginando como se explicaria, pediria — o desprezo e o sorriso zombeteiro do guarda da rouparia —, pescando rublos úmidos dos bolsos enlameados da capa, sacudindo as moedas miúdas, escondidas como peixinhos escorregadios atrás do forro... As máquinas musicais martelavam, rufavam tambores, anunciando paixões iminentes. O coquetel evaporou-se pelas orelhas. U-uh! Assim mesmo.

Então o que é você, vida? Um teatro mudo de sombras chinesas, cadeia de sonhos, loja de gatuno? Ou a dádiva de um amor não correspondido — e isto é só o que me é destinado? E a felicidade? O que é a felicidade? Ingrato, você está vivo, chora, se atira e cai, e acha que isto é pouco? Como? Pouco?!... Ah, sim, é isso? Mas não há mais nada.

— Estou esperando! Estou esperando! — gritava Elizavieta Frântsievna, uma velhota agitada, frisada, abrindo ganchos e trincos, deixando entrar o esbulhado Peters, taciturno, perigoso, repleto de desgraça até a garganta, até o último botão no pescoço.

— Por aqui! Começaremos já! Sente-se no sofazinho. Primeiro o jogo de loto, depois o chá. Certo? Rapidinho, pegue uma cartela. Quem tem uma cabra? Eu tenho uma cabra. Quem tem uma galinha d'angola?

Vou matá-la já, decidiu Peters. Elizavieta Frântsievna, desvie os olhos eu vou já começar a matá-la. A senhora, e minha defunta vovó, e a menina das verrugas, e Valentina, e o falso anjo, e quem mais seja — todos os que me prometeram e me enganaram, me atraíram e me abandonaram; vou matá-la em nome de todos os gordos e asmáticos, gagos e confusos, em nome de todos os trancados em estreito armário, todos os que não foram convidados para a festa, prepare-se, Elizavieta Frântsievna, vou já sufocá-la com aquela almofada bordada. E ninguém ficará sabendo.

— Frântsievna! — alguém bateu à porta com o punho. — Me dá três rublos, vou lavar teu corredor!

O impulso passou. Peters pôs de lado a almofada. Vontade de dormir. A velhota farfalhava com o dinheiro. Peters baixou os olhos para a cartela "Animais domésticos".

— Por que ficou pensativo? Quem tem o gato?

— Eu tenho o gato — disse Peters. — Quem mais haveria de tê-lo? — E saiu de banda, apertando o gato de cartolina no punho cerrado. Ao diabo a vida. Dormir, dormir, adormecer e não acordar mais.

A primavera vinha, a primavera ia embora, e vinha de novo, e espalhava flores azuis pelos campos, e acenava com a mão e chamava-o no sonho: "Peters! Peters!" — mas ele dormia profundamente e não ouvia nada.

O verão rumorejava, vagava livremente pelos jardins, sentava-se nos bancos, balançava no pó os pés descalços, chamava Peters para as ruas aquecidas, para as calçadas mornas; sussurrava, faiscava na dança das tílias, no tremor dos álamos; chamou, chamou, não obteve resposta e foi-se, arrastando a barra, para a linha clara do horizonte.

A vida punha-se na ponta dos pés, espiava admirada pela janela: por que Peters dorme, por que não sai para jogar com ela os seus jogos cruéis?

Mas Peters dormia e dormia e vivia em sonho; limpava

cuidadosamente a boca, comia legumes e consumia laticínios; escanhoava o rosto apagado — em volta da boca fechada e embaixo dos olhos adormecidos —, e certa vez, como que sem querer, de passagem, casou-se com uma mulher fria e dura, de pés grandes e um nome indistinto. A mulher olhava para as pessoas severamente, sabendo que todos são trapaceiros, que não se pode acreditar em ninguém, e da sua sacola saía um cheiro de pão ressequido.

Ela levava Peters para toda parte, segurando-o fortemente pela mão, como outrora a vovó, aos domingos eles iam ao museu de história natural, para os corteses salões ecoantes — olhar os endurecidos ratos de lã, os ossos brancos de baleia; nos dias úteis eles entravam nas lojas, compravam macarrão amarelo e morto, sabão pardo, de velhos, e olhavam como escorria pelo estreito funil o óleo vegetal pesado, espesso como a angústia, interminável e fugidio como as areias dos desertos arábicos.

— Diga-me — perguntava a mulher severamente —, estes frangos são, como é, congelados? Me dê aquele ali — E "aquele ali" se alojava na ensebada sacola, e o adormecido Peters carregava para casa o frio mancebo galináceo, que não conhecera nem o amor nem a liberdade; e em casa, debaixo do olhar atento da dura mulher, Peters era obrigado a rasgar com faca e machete o peito do tal congelado, arrancar o escorregadio pardo coração, as rosas vermelhas dos pulmões e o azulado tubo respiratório, para que se apagasse para sempre a memória daquele que nascera e tivera esperanças, movera as asas jovens e sonhara com uma verde cauda real, com o grão de pérola,[89] com a inundação da aurora dourada no despertar do mundo.

---

[89] Referência a "O galo e o grão de pérola", fábula de Ivan Krilov. (N. da E.)

E os verões e os invernos deslizavam e se derretiam, se desmanchavam e se apagavam, colheitas de arco-íris pendiam sobre as casas distantes, jovens nevascas ávidas avançavam das florestas do norte, empurravam o tempo para a frente, e chegou o dia em que a mulher dos pés grandes abandonou Peters, fechou a porta devagarinho e foi-se embora para comprar sabão e mexer nas panelas de um outro. Então Peters entreabriu os olhos cautelosamente e acordou.

O relógio tiquetaqueava, numa jarra de vidro boiava a compota, e as chinelas esfriaram durante a noite. Peters apalpou-se, contou os dedos e os cabelos. O pesadume piscou e passou. O seu corpo ainda sentia a surdez dos anos passados, o longo sono do calendário, mas no fundo da polpa da sua alma já revivia, soerguia-se, sacudia-se e sorria algo havia muito esquecido, algo jovem e confiante.

O velho Peters empurrou o batente da janela — tiniu o vidro azul, alvoroçaram-se e voaram milhares de pássaros amarelos, e a primavera dourada e nua gritou-lhe, rindo: me pegue, me alcance! Novas crianças brincavam nas poças com seus baldinhos. E, nada desejando, nada lamentando, Peters sorriu agradecido para a vida — apressada, passageira, indiferente, ingrata, enganadora, zombeteira, sem sentido, estranha — maravilhosa, maravilhosa, maravilhosa.

POSFÁCIO

Cecília Rosas

Tatiana Nikítitchna Tolstáia vem de uma família aristocrática e tradicional da literatura russa, da qual fazem parte a poeta e memorialista Natália Krandiêvskaia (1888-1963), o escritor Aleksei Tolstói (1882-1945), o tradutor Mikhail Lozínski (1886-1955) e, em parentesco mais distante, os clássicos Lev Tolstói e Ivan Turguêniev. Nascida em Leningrado em 1951, Tolstáia se formou em Filologia (o equivalente ao nosso curso de Letras) e passou oito anos trabalhando na renomada editora soviética Naúka. Em diversas entrevistas Tolstáia conta que começou a escrever após meses de "meditação forçada", enquanto se recuperava de uma cirurgia de miopia; segundo ela, a falta de contato com outras histórias fez com que começasse a criar as suas próprias. Tolstáia tinha então 32 anos de idade. Cinco anos depois, em 1987, publicou *No degrau de ouro*, seu primeiro livro, cuja escrita poética, complexa e sofisticada causou grande impacto no mundo das letras russas.

A LITERATURA DA *PERESTROIKA*

Tolstáia faz parte de uma geração que foi rapidamente denominada pós-soviética, categoria que segue gerando discussões pela heterogeneidade dos autores que abarca. Com o fim da União Soviética, o debate literário russo se viu numa situação nova. A literatura russófona, que passara quase todo o século dividida entre "soviética" e "emigrada", voltava a reunir seus autores. Vieram à luz livros de uma grande quantidade de escritores antes proibidos, a chamada literatura dos repatriados (*vozvraschiônnaia literatura*), ou, segundo Boris Schnaiderman, "literatura dos ressuscitados".[1] Entre as novas obras que se tornavam acessíveis ao público russo pela primeira vez havia clássicos do século XX, como *Doutor Jivago* (1957), de Boris Pasternak; obras do período do degelo, como *Vida e destino* (1959), de Vassíli Grossman; a vasta literatura russófona produzida na emigração; e, por fim, obras vanguardistas das décadas de 1970 e 1980, segundo a classificação de Naum Leiderman e Mark Lipovetsky.[2]

O fim da censura gerava um tipo de liberdade quase inédito; porém, os escritores também viram-se obrigados a lidar com as exigências do mercado, igualmente novas. O sistema literário russo, até então firmado entre polos definidos, pareceu se esfacelar em múltiplas categorias comerciais e tomar distância das discussões estéticas e políticas das chamadas "revistas grossas" — como eram conhecidos os periódicos de grande circulação que, desde o século XIX, serviam de arena para o debate público. A antiga centralidade da literatura na sociedade russa agora dava lugar à competição com a indústria do entretenimento.

De modo geral, é possível dizer que há na literatura pós-soviética algumas vertentes principais, como o "novo realismo", a "nova prosa feminina" e o "pós-modernismo". A

---

[1] Boris Schnaiderman, *Os escombros e o mito: a cultura e o fim da União Soviética*, São Paulo, Companhia das Letras, 1997.

[2] Naum Leiderman e Mark Lipovetsky, *Sovremennaia russkaia literatura — 1950-1990-e gody* [Literatura contemporânea russa — décadas de 1950 a 1990], t. 2, Moscou, Akademiia, 2003, p. 415.

primeira retoma a tradição do grande realismo russo para, reivindicando uma ideia de "verdade", tratar de temas até então proibidos. A nova prosa feminina abarca escritoras de diversas linhagens, e exige uma outra posição para a mulher na sociedade. O pós-modernismo russo, apesar de coincidir com o pós-modernismo ocidental em alguns aspectos, como o uso da paródia e a desestabilização de grandes narrativas, se relaciona com questões muito particulares da sociedade soviética.

Com origem na literatura *underground* do anos 1960, o pós-modernismo russo encontra o grande público apenas no fim dos anos 1980. Recuperando escritores até então proibidos, os pós-modernistas estabeleceram sua filiação a autores do começo do século como Daniil Kharms (1905-1942) e Vladímir Nabókov (1899-1977). Tolstáia costuma ser incluída entre os autores pós-modernistas e da nova prosa feminina, embora em diversas entrevistas rejeite essa última classificação, por ver nela um rebaixamento a uma escrita sentimental e pouco profunda.

A nova prosa feminina causou escândalo por dessacralizar a imagem soviética da mulher e abordar temas considerados tabu, como prostituição, desejo feminino e menstruação. Surge nessa época o termo *tchernukha* para descrever certo tipo de prosa pessimista, que tematiza com realismo a violência e a crueldade como fatos cotidianos. A nova prosa feminina é, para Leiderman e Lipovetsky, uma das principais vertentes da *tchernukha*, presente em autoras como Liudmila Petruchévskaia, Marina Palei e Liudmila Ulítskaia:

> "O principal traço desse tipo de prosa está no fato de que o caos da *tchernukha* e a guerra cotidiana pela sobrevivência, via de regra, não ocorrem em condições sociais particulares — ao contrário, a nova prosa feminina desnuda o pesadelo dentro

da vida normal: nas relações amorosas e no cotidiano familiar."[3]

A prosa de Tatiana Tolstáia

Leiderman e Lipovetsky incluem Tolstáia na categoria dos "pós-modernistas neobarrocos", em companhia de Ievguêni Kharitônov (1941-1981), Elena Chvarts (1948-2010) e Joseph Brodsky (1940-1996):

> "Tolstáia começou como a mais modernista dos escritores do neobarroco — não por acaso, ela mesma, mais de uma vez, falou e escreveu sobre sua proximidade com o modernismo dos anos 1920. É preciso dizer que, em seus contos, Tolstáia não esconde a ironia em relação à mitologia modernista da cultura."[4]

Ainda segundo os autores, o rompimento definitivo com o modernismo será realizado em seu romance *Kys*, uma distopia pós-nuclear publicada no ano 2000.

Tolstáia é vista como renovadora de uma tradição que remonta a Nabókov pelo refinamento estilístico, e a Nikolai Gógol e Mikhail Bulgákov pelos elementos fantásticos e incursões no grotesco. Seus contos, que praticamente não têm trama, no sentido rigoroso da palavra, trazem, no entanto, uma galeria de personagens estranhos e deslocados. Como nota Helena Goscilo, são vidas marginalizadas: crianças, mulheres mais velhas, homens infelizes que, como personagens

---

[3] *Idem*, p. 563.
[4] *Idem*, p. 477.

de Tchekhov, sonham com uma vida mais interessante e profunda.[5] Como o personagem Peters, no conto homônimo de *O degrau de ouro*, que imagina "um romance com uma mulher magnífica. Enquanto ela faz isso e aquilo, ele lê Schiller para ela, em voz alta. Ou Hölderlin. Ela, é claro, não entende nada e nem pode entender, mas não importa; importa que ele está lendo" (p. 208). Ou Gália, personagem de "O faquir", que vê no amigo Fílin a possibilidade de uma vida de aventuras e sofisticação. Frustrada por não conseguir replicar em seu cotidiano os modos extravagantes e altivos de Fílin, ela atribui a ele uma capacidade quase sobrenatural de transformar a vida comum: "Oh, Fílin! Generoso proprietário de frutos de ouro, ele os distribui a torto e a direito, alimenta famintos e dessedenta os sequiosos, ele faz um gesto — e florescem os jardins, as mulheres ficam mais belas, os enfadonhos ficam inspirados e as gralhas cantam como rouxinóis" (p. 192).

A linguagem própria dos contos de fadas é frequente nos contos da autora, em especial quando narrados por uma criança. As histórias parecem transcorrer em uma temporalidade mítica, fora do tempo cronológico, na qual a fantasia infantil não está separada da realidade, e sentimentos como raiva, alegria e desamparo se manifestam de forma desconectada da linguagem. Na interpretação de Helena Goscilo, as experiências formadoras para a criança, como o contato com o outro e a primeira compreensão da morte, são contadas como momentos de transição, marcados pela entrada no mundo da linguagem.

Goscilo aponta que a obra de Tolstáia baseia-se na tríade cognição, tempo e memória, e que suas personagens infan-

---

[5] Helena Goscilo, *The Explosive World of Tatyana N. Tolstaya's Fiction*, Nova York, M. E. Sharpe, 1996, p. 52.

tis reencenam o mito da queda e perda da inocência.[6] Muitas vezes, o foco narrativo passa sem conflito do ponto de vista infantil para o de um adulto que rememora aquele momento, criando um efeito de camadas superpostas na narração. Nas palavras de Ecléa Bosi:

> "Fixamos a casa [materna] com as dimensões que ela teve para nós e causa espanto a redução que sofre quando vamos revê-la com os olhos de adulto. Para enxergar as coisas nas suas antigas proporções, como posso tornar-me de novo criança?"[7]

Por essa dinâmica de alternância entre as camadas, o leitor é convidado a mergulhar no jogo irônico do contraste entre perspectivas, em que o olhar infantil e o adulto se desestabilizam mutuamente.

Em outros momentos, é a superposição entre narradora e autora que cria o efeito de ironia. O que nos é comunicado pela criança-narradora de forma quase inconsciente fica explícito pelo contraste com as falas de outros personagens. Um exemplo são os poemas paródicos recitados por Marivana em "Bem me quer, mal me quer", que tanto impressionam a criança-narradora. As personagens adultas, assim como o leitor, percebem que se tratam de versos altissonantes, pretensiosos e inadequados para uma criança. Na excelente tradução de Tatiana Belinky, lemos:

> "*Não são tulipas brancas*
> *Em rendas de noivado,*

---

[6] *Idem*, p. 11.

[7] Ecléa Bosi, *Memória e sociedade: lembranças de velhos*, 4ª ed., São Paulo, Companhia das Letras, 2022.

> *É espuma do oceano*
> *Em ilhas mui distantes.*
>
> *Rangem cordames, velas,*
> *Sobre a vetusta quilha;*
> *Incríveis alegrias*
> *Aguardam-nos nas ilhas.*
>
> *Não são tulipas negras,*
> *Mulheres são na noite —*
> *Ardem paixões diurnas*
> *Também à meia-noite!"*

Ao que a babá retruca: "Que paixões horríveis para a criança, à noite..." (p. 24).

Tatiana Belinky, tradutora

O que temos aqui é um caso de feliz afinidade entre duas Tatianas. Belinky, além de ser uma das autoras infantis mais conhecidas do Brasil, também atuou como tradutora, jornalista e crítica. Em sua obra constam mais de setenta traduções publicadas, entre elas obras de autores clássicos e contemporâneos.

De fato, saltam aos olhos os pontos de contato entre sua obra e a de Tolstáia: o interesse pela fantasia infantil, a criação de palavras e jogos de linguagem, a evocação dos contos de fada. Também sabe-se que ambas foram fortemente influenciadas pelo autor infantil russo Kornêi Tchukóvski, traduzido por Belinky e frequentemente recomendado por Tolstáia.

Nascida em 1919 na Rússia, em Petrogrado, Tatiana Belinky tem origem numa família judia russófona da *intelli-*

guentsia que em 1929 imigraria para o Brasil, depois de viver em Riga. Em São Paulo, Belinky se formou como secretária bilíngue e, a partir de um grupo de teatro amador montado com a família, ingressou em definitivo no mundo das artes e da literatura.

Belinky foi responsável por uma longeva adaptação para a televisão de *O Sítio do Pica-Pau Amarelo* nos anos 1940, feita em parceria com o marido Júlio Gouveia. Nas décadas seguintes, tornou-se uma tradutora ativa. Como não é incomum em famílias imigradas, Tatiana Belinky cresceu entre diversas línguas: além do português, dominava alemão, russo, letão, francês, inglês e iídiche, e sua atividade como tradutora se estendeu por vários idiomas.

Com a publicação de *Histórias imortais*, de Tchekhov, pela editora Cultrix em 1959, Tatiana Belinky se tornou uma das pioneiras da tradução direta do russo no Brasil. Além de clássicos russos, ingleses e alemães, traduziu também uma série de autores ainda hoje pouco conhecidos do público brasileiro, como Nikolai Nekrássov (1821-1878), Ivan Krilov (1769-1844) e Mikhail Zóschenko (1894-1958).

Neste *No degrau de ouro*, Belinky faz uma tradução inventiva e ágil, cheia de humor. É interessante notar que suas traduções em geral não soam datadas com o passar do tempo. O recurso a uma linguagem oral e informal combina-se com momentos de lirismo, nos quais fica clara a maestria de sua recriação da prosa de Tolstáia.

Em "Uma folha em branco", por exemplo, antes da cirurgia a narração é atravessada por uma prosa de tom elevado e salpicada de ironia: "Ignátiev não sabia chorar e por isso fumava. Qual pequenina aurora de brinquedo, acendia-se a brasinha. Ignátiev jazia angustiado, sentia o amargor do tabaco e sabia que nele está a verdade. Amargor, fumaça, o minúsculo oásis de luz nas trevas — eis o mundo" (p. 92). Depois de extirpada a angústia do protagonista, a narração passa para um tom ostensivamente coloquial: "E depois disso, pra casa, chego e digo, não dá mais pra manter em casa este abortinho. É anti-higiênico, tá sabendo? Tratem de arrumar um internato para ele. Se fizerem onda, terei de engraxar-lhes as patas" (p. 114).

Belinky acerta no tom, e quando é o caso, não hesita em fazer adaptações. Assim, os sobrenomes Sobákin, Kôchkin e Míchkin, comuns na Rússia, em português viram Cachorrova, Gatova e Ratova, em tradução quase literal. Se, por um lado, a tradutora insere uma estranheza inexistente no original, por outro mantém o efeito humorístico.

No degrau de ouro vem se juntar à publicação de autoras até recentemente pouco acessíveis ao público brasileiro, como Nadiéjda Téffi, Liudmila Ulítskaia e Liudmila Petruchévskaia. Aguardamos que esse lançamento ajude a difundir tanto a obra de Tatiana Tolstáia quanto as traduções de Tatiana Belinky. Ambas merecem o nosso reconhecimento e a nossa curiosidade.

SOBRE A AUTORA

Tatiana Nikítitchna Tolstáia nasceu em 1951, em Leningrado, atual São Petersburgo, numa família da antiga nobreza russa. Entre seus antepassados estão figuras importantes das letras russas, como Natália Krandiêvskaia, Mikhail Lozínski e o monumental Lev Tolstói. Seu avô paterno, Aleksei Tolstói (1882-1945), foi também um escritor de enorme influência sobre o ambiente literário do país, tendo presidido a União dos Escritores Soviéticos.

Tatiana Tolstáia cresceu em tempos de escassez num lar numeroso e modesto. Em 1974 graduou-se em grego e latim pela Universidade de Leningrado e trabalhou por quase uma década no departamento de literatura oriental da editora Naúka. *No degrau de ouro* (1987) é seu primeiro livro de ficção, reunindo contos publicados em revistas e periódicos ao longo de cinco anos.

Na década de 1990, já conhecida como escritora, Tolstáia residiu nos Estados Unidos, onde lecionou nas Universidades de Richmond e do Texas e publicou *Sleepwalker on the Fog* (1992), sua segunda coletânea de contos. Na imprensa norte-americana Tolstáia publicou uma série de resenhas e ensaios nos quais comenta atentamente o conturbado desenvolvimento político da Rússia pós-soviética. Alguns desses textos foram reunidos em 2003 no volume *Pushkin's Children*.

De volta à Rússia, Tolstáia publicou seu único romance, a distopia *Kys* (2000), e passou a apresentar, junto com a cineasta Dúnia Smírnova, o aclamado *talk show* Chkola Zloslóviia (Escola do Escândalo), que esteve no ar ao longo de doze anos, com mais de 400 episódios, recebendo o prêmio TEFI da Academia Russa de Televisão. Em parceria com Smírnova, Tolstáia publicou A cozinha da Escola do Escândalo (*Kúkhniia Chkoly Zloslóviia*, 2004), com histórias dos bastidores do programa. Com sua irmã, Natália Tolstáia, publicou Irmãs (*Sióstry*, 1998) e Duas (*Dvoió*, 2001), que mesclam contos curtos e memórias de família. Com Olga Prokhorova, sua sobrinha-neta, publicou o livro infantil *Aquela mesma cartilha de*

Buratino (*Ta sámaia azbuka Buratino*, 2011), que dá continuação a um famoso livro de Aleksei Tolstói.

Após um longo hiato, em 2014 Tolstáia publica *Mundos amenos* (*Liógkie Miry*), sua terceira coletânea de contos, reunindo textos inéditos escritos ao longo de dez anos. Apesar do corpo relativamente pequeno de sua obra de ficção — um romance e pouco mais de trinta contos —, Tatiana Tolstáia é aclamada como uma das maiores escritoras russas contemporâneas, tendo recebido em 2019 o Prêmio Escritor do Ano, da União Russa dos Escritores, pelo conjunto de sua obra.

SOBRE A TRADUTORA

Tatiana Belinky nasceu na cidade de São Petersburgo, na Rússia, em 1919 e mudou-se com os pais para Riga, capital da Letônia, aos dois anos de idade. Em 1929, a família transferiu-se para o Brasil, instalando-se em São Paulo, onde, após cursar o ginásio no Mackenzie, Tatiana estudou Línguas e Filosofia. Em 1940, casou-se com o médico psiquiatra e educador Júlio Gouveia. Juntos os dois seriam responsáveis por várias iniciativas culturais pioneiras na cidade e no país — como a fundação do Teatro-Escola de São Paulo em 1948, as experiências de teleteatro na década de 1950 e 1960 (quando chegou a fazer roteiros de mais de mil obras clássicas da literatura e da dramaturgia) ou, ainda, a criação da primeira adaptação televisiva da obra de Monteiro Lobato, O *Sítio do Pica-Pau Amarelo*.

Paralelamente a sua carreira como autora infantil, com mais de 130 livros publicados e alguns dos mais importantes prêmios literários do país, Tatiana Belinky desenvolveu uma sólida trajetória como tradutora, vertendo com extrema qualidade obras clássicas e contemporâneas de língua inglesa, alemã, mas sobretudo de sua amada literatura russa, como *Almas mortas*, de Gógol, *A morte de Ivan Ilitch*, de Tolstói, e inúmeros poemas, contos e novelas de autores como Púchkin, Leskov, Turguêniev, Górki, Tchekhov e outros.

Faleceu em São Paulo, em 2013, aos 94 anos de idade.

Este livro foi composto em Sabon, pela Franciosi & Malta, com CTP e impressão da Edições Loyola em papel Pólen Natural 80 g/m² da Cia. Suzano de Papel e Celulose para a Editora 34, em outubro de 2024.